本书由肇庆市文艺评论家协会资助，是"肇庆文艺评论书系"之一，亦是 2024 年广东省研究生教育创新计划项目"'语文课题研究与论文写作'课程思政建设路径探索"（项目批准号：2024JGXM_179）的阶段性成果

黎保荣 ◎ 主编

肇庆文艺评论选

肇庆文艺评论书系

暨南大学出版社
JINAN UNIVERSITY PRESS

中国·广州

图书在版编目（CIP）数据

　　肇庆文艺评论选 ／ 黎保荣主编. -- 广州 ： 暨南大
学出版社，2024. 8. --（肇庆文艺评论书系）.
　　ISBN 978-7-5668-3971-8

　　Ⅰ. I206.7-53

中国国家版本馆 CIP 数据核字第 2024P2U587 号

肇庆文艺评论选
ZHAOQING WENYI PINGLUN XUAN

主　编：黎保荣

··

出 版 人：阳　翼
策划编辑：武艳飞
责任编辑：陈俞潼　林玉翠
责任校对：刘舜怡　潘舒凡
责任印制：周一丹　郑玉婷

出版发行：暨南大学出版社（511434）
电　　话：总编室（8620）31105261
　　　　　营销部（8620）37331682　37331689
传　　真：（8620）31105289（办公室）　37331684（营销部）
网　　址：http：//www.jnupress.com
排　　版：广州尚文数码科技有限公司
印　　刷：广东信源文化科技有限公司
开　　本：787mm×1092mm　1/16
印　　张：15.5
字　　数：278 千
版　　次：2024 年 8 月第 1 版
印　　次：2024 年 8 月第 1 次
定　　价：69.80 元

目录
Contents

肇庆文艺评论选

上 编

文学评论

20 世纪中国新诗都市话语的价值分析

鲍昌宝

都市是现代工业文明的重要表征，在现代化过程中必然会遭遇都市化问题。20 世纪中国的新诗是在都市背景下展开的，它的诸多特征及困境都可归结于都市的生存方式、视觉图景及其价值取向。本文试图从现代诗人对待都市的态度入手，揭示 20 世纪中国新诗从古典向现代转化的艰难历程。

一、中国新诗都市话语的价值取向

在中国诗歌史上最早和现代都市发生关系的是清代士大夫们在国外的游历，在黄遵宪周游各国的纪行中，西方的事物和话语开始进入他的诗作。在《今别离》诗中，出现了现代工业文明的标志性事物，如轮船、火车、电报和照相术等。他在《香港感怀》中这样描写他对香港工业化的印象，"弹指楼台现，飞来何处峰"，"火树银花耀，毡衣锈缕铺"。然而，这些表现局限于感知表象，仍没有突破古典诗歌的感兴模式。真正意义上具有现代都市特质的诗歌是从郭沫若的《女神》开始。朱湘认为《女神》的特点是"在题材上能取材于现代文明"[①]。闻一多先生则认为《女神》中的"动"与"力"最能代表现代性和时代精神，是"近代文学一切的事业之母""近代文学之细胞核"。[②] 在《笔立山头展望》一诗里，郭沫若情不自禁地表达了对现代工业的礼赞，他把工厂的烟囱看成"黑色的牡丹""二十世纪的名花"。郭沫若在一种情绪化的话语中，肯定工业文明的合理合法，无疑给 20 世纪中国新诗的发展提出了一种新的指向。综观五四时期的诗人心理，现代化观念被普遍接受，工业化被看成救国的主要

---

① 转引自朱自清：《中国新文学大系·诗集·诗话》，上海良友图书公司 1935 年版。
② 闻一多：《女神之时代精神》，《创造周报》1923 年第 4 期。

路径之一。在此语境下，都市话语更多地表现为观念性的反映。虽然五四时期的诗人很少表现现代都市的感性体验和对都市存在的本质性反思，但它为中国新诗都市话语的展开提供了观念上的准备。郭沫若的诗作被当时的人们评价为时代精神的代表，反映了一个时代的普遍心态。

　　五四时期的诗人大部分虽生活在北平、上海等都市，但他们更多地沉浸在个人的情感和思想上，表现为自我的抒情和简单的说理。早期新月诗人则更多地倾向于对理想和自由的浪漫抒唱。在 20 世纪 20 年代中后期，部分诗人开始在都市里以流浪者的身份感伤失去的乡村家园，愤慨都市的无情与冷漠。艾青在《马赛》《巴黎》中对都市的态度具有代表性。一方面，西方资本主义都市的财富和繁荣令诗人向往；另一方面，诗人又站在东方的角度给予批判与否弃。值得注意的是，在这两首诗里，有一个意象——"妓女"反复出现，成了都市的隐喻。如：

　　巴黎/解散了绯红的衣裤/赤裸着一片鲜美的肉/任性的淫荡……你！
　　巴黎/你患了歇斯底里的美丽的妓女！
　　巴黎，你——噫，/这淫荡的/淫荡的/妖艳的姑娘！（《巴黎》）

　　这种妓女——都市的象征模式蕴含着 20 世纪中国新诗对于都市的双重情感，成为一种集体无意识。何其芳在《云》中写道："我走到海边的都市。/在冬天的柏油街上/一排一排的别墅站立着/像站立在街头的现代妓女，/等待着夏天的欢笑/和大腹贾的荒淫，无耻。"王统照在《她的生命》中描写的都市是"织着迷荡的色丝，包藏着娇媚的骷髅"。吕亮耕在《都市的文明在哪儿》诗中把"伸展的道路"比作"荡妇的胸怀"，胡拓在《夜底葬曲》中形容都市的夜"仿佛一个妖艳的淫妇/以诱惑的姿态淫荡地迷糊着人呵/让人们沉湎于她的秽亵的怀抱/——夜是淫奔而迷惑的呀"。都市被看成恶的存在，在二三十年代诗人中最为普遍。李金发是最为认真地对待这一问题的诗人，他的诗作大部分是留法时期创作的，波德莱尔的《恶之花》对他影响深刻。金丝燕概括地认为："对波特莱尔的接受，使李金发成为第一位中国的'恶魔诗人'。他经历精神的失望，……体验着颓废的反常与精美的滋味。"[1] 腐尸、枯骨、恶臭、魔鬼、深

---

　　① 金丝燕：《文学接受与文化过滤》，中国人民大学出版社 1994 年版，第 262 页。

渊这些充满波德莱尔式的"异国情调"的意象是李金发对都市的感觉。恶的迷恋和诅咒同时并存，都市被看成"鬼魅"和"天使"的混合体（《忆上海》）。与李金发有同样感觉的还有王独清、于赓虞、胡也频等诗人，他们都表现了对于"都市生活之颓废的享乐的陶醉与悲哀"①。追求感官的刺激和灵魂的救赎形成象征派诗歌独特的精神现象，他们的话语中充斥着酒色与咖啡，疲乏、感伤和颓废，形成都市生命的质性。

20 世纪二三十年代中国新诗对都市的感知主要表现在个体的生存体验上，具有浓厚的情绪化感伤成分。走出了封建家园的诗人们在获得自由的同时发现自己一无所依，不得不独自面对整个社会。生存的艰辛和沉重的承担造成诗人们精神上巨大的压迫。诗人朱湘由于生计的艰难和人际关系的紧张而跳江自杀便是现代生存的悲剧性事件。现代诗人生活在都市而被都市所拒绝，这种游离于都市的身份决定了他们与都市的距离，从而以流浪者的身份参与都市的生活。他们沉溺于都市的酒色奢靡生活，感伤生命的虚无与幻灭，在颓废中自叹自恋，从而避缩回自己的情绪中，营造诗的象牙塔。

四十年代的穆旦，为中国新诗都市话语的价值取向提供了新的维度。由于理性话语的介入，都市图景的深度和广度都得到了较为充分的揭示。隐藏在都市的朦胧面纱背后的是生存的严酷性、职业化分工的运作机制、技术化工具理性，这些现代性因素不可抗拒地物化生命的自主性。在穆旦的诗中，人全面地成为都市的奴隶，匍匐在"钢筋铁骨的神"的脚下。

把我们这样切，那样切，等一会就磨成同一颜色的细粉，/死去了不同意的个体，和泥土里的生命；/阳光水分和智慧已不再能够滋养，使我们生长的/是写字间或服装上的努力，是一步挨一步的名义和头衔，/想着一条大街的思想，或者它灿烂整齐的空洞。（《城市的舞》）

世界的主宰让位于物的专制。诗人关注着个体的自主自由丧失的无名性。都市生存条件下生命的异化构成思的主要对象。自然、纯真、质朴随着乡村社会的消解而一去不返。都市里的人性沦丧与理性——懦弱的等值成为生存的严重事件。"送人上车，掉回头来背弃了动人的真诚"（《智慧的来临》），诗人为

① 穆木天：《王独清及其诗歌》，《现代》1934 年第 5 卷第 1 期。

普遍存在的阴谋、欺骗、狡诈而痛心。成熟意味着童真的丧失，在"不败的英雄，有一条软骨"（《鼠穴》）中，良知无奈地泯灭。穆旦在痛苦与焦灼中揭示出都市生命的庸俗、无意义。四十年代的诗人中，袁水拍、杜运燮、袁可嘉等的创作都对都市人生给予讽刺和鞭挞。理性的辩证分析是四十年代都市诗歌的特色，反讽成为一种普遍性的修辞策略。四十年代新诗的都市话语和西方存在主义思潮有着相通之处，都市从本质上显示了恶魔般的品行，它以异化物化的形式使生命失去了完整性和自主性。四十年代诗人对都市的态度是批判与否定的，他们从两个角度切入都市话语：一个是政治层面的，政治的黑暗与腐败是造成都市生存堕落的主要原因；另一个是文化层面的，都市的工商文化所强调的"物竞天择，适者生存"的理性直接颠覆了世代恪守的传统伦理。

　　八十年代中期以后，随着意识形态和权力话语在诗歌文本中被不断地消解，都市生活的日常性成为诗歌话语的中心。在后朦胧诗人的作品中，一种相异于精英文化的市民意识得到了表现。"真实的生活在河这边/在等待火车开过的栅栏前/每一张脸都反映出集体的冷漠　　真实的生活在自由市场的喧闹中/在一棵白菜放进秤盘的时候　　在河这边，真实的生活/是葱姜奶奶和花草爷爷的对话"，这是王小龙的《真实的生活》中的几个片段。生活的真实性就在此岸的平淡忙乱中，此在的现实性不再被质疑。在后朦胧诗人中，"诗歌精神已经不在那些英雄式的传奇冒险，史诗般的人生阅历、流血争斗之中。诗歌已经到达那片隐藏在普通人平淡无奇的日常生活底下的个人心灵的大海"①，他们推崇对日常生活的感觉还原。如"我坐着/看着尘土的玻璃窗/心境如外面的天空/阴郁/或者晴和/没有第一个欲望/也没有其它的欲望/某个女朋友/她要出嫁了/另外一个/我很想最近去看看她/就这样/我的表情/一会阴郁/一会晴和/如外面的天空"（小君《日常生活》）。无思的生存合法化，只留下愿望的片段，自足的日常生活的心灵图景滞留于片刻的一念一觉之中。后朦胧诗人的诗歌话语全面关注都市生存的当下状态，他们对都市的价值取向主要表现在三个方面。首先，他们对都市人生的世俗性、现实性持肯定态度。残缺、庸俗和世故演绎着都市儿女的生命质性。感性享受与本能冲动的快感成为人生的终极辩护，日常生活的实在性有着不可替代的优先权。个体的媚俗或放荡不羁是完全私人化的事件。后

---

　　① 于坚：《诗歌精神的重建》，载陈旭光编：《快餐馆里的冷风景》，北京大学出版社1994年版，第260页。

朦胧诗人的反价值理论实际上是破除生命中彼岸性的存在虚幻，从而肯定此在的肉身。其次，面对都市生存的单向度、平面化，诗人没有乌托邦式的重构企图。生命简约为生活现象和状态。随着神性的解构，凡俗化的生存由诗学话语的边缘移向中心，娱乐和消遣作为凡俗人生的合理性不再使人产生罪责感。最后，都市生存的此在的荒诞和矛盾性构成人生戏剧的主景。人生的严肃性成为揶揄的对象，生活被看成一种游戏。在后朦胧诗人的作品中，冷漠与孤僻奇异地结合在一起，在所谓的"零度写作"中，形成一种超然而又漠然的诗风。

当我们回顾 20 世纪中国新诗都市话语的价值取向时，我们发现：第一，汉语诗人对待都市的态度与中国社会历史的现代化进程是基本一致的，从理想化的礼赞、情绪化的感伤、理性化的批判到世俗化的肯定的逻辑发展和现实历史的发展脉络相吻合。虽然它们不是线形发展的，但其脉络仍隐约可辨。而且，诗人的肯定与否定大部分也只是针对都市的某一现象，中国新诗很少深入都市工业文明的本质——科学技术的层面进行反思和批判，大都是以生命的都市遭遇为切入点感知、思想，缺乏形而上的理性追问和重建存在的理论力度。由于20 世纪中国社会处于封建的自然经济向都市化的工商经济转型的时期，而且这种转型还远没有完成，所以新诗的都市话语一直处于诗学理论的边缘。第二，中国现代诗人对待都市的态度既受西方现代主义和后现代思潮的诗歌理念影响，又是他们根据现实感受主动选择的结果。中国现代诗人在走向都市化过程中过早地遭遇到西方的"世纪末"情绪和现代与后现代思潮，他们在进入都市过程中以先入之见来建构现实。他们对都市还没有认真地体验认识，便做出了自己的价值判断。这种价值先行的现象在现代诗歌史上是普遍存在的。20 世纪中国新诗的发展是在中西文化融合的基础上展开的，他们对都市的感知具有全球化的色彩，大多数诗人都曾生活在国外的大都市里，对都市的感知也部分源于国外生活。在诗歌理念上他们接受了西方现代诗歌的理论主张，从早期对象征主义的接受到目前后现代主义思潮的盛行，整个诗学话语体系无不在西方思想中获得资源性的支持。第三，在这些价值取向中存在着诸多的矛盾与困境及其历史深层动因，它们制约着现代都市诗歌的丰富与发展，成为探讨 20 世纪中国新诗都市话语的价值取向时不可回避的命题。

二、乡村他者：中国新诗都市话语价值判断的支点

在 20 世纪中国新诗的都市话语中，存在着一个潜在的"他者"——传统的

乡村文化形象。它渗透在诗歌文本中制约着诗人的价值取向。在中国特定的历史现实中，乡村文化和都市文化的互动产生的张力构成都市诗歌话语的独特性。古典与现代的矛盾反映了两种文化的冲突。由于中国新诗的主体运思方向是如何使新诗现代化，古典的文化价值沦落为新诗的"他者"形象，而"他者"的身位表明民族精神的基本原则悲剧性地失落。然而，民族性毕竟是诗人生存的土壤与背景，它渗透在诗人各个方面的创作中，在自觉与不自觉中参与新诗话语的建构，仍然是现代话语中的活性成分。

首先，乡村文化作为一种参照系、一个特定的视角，影响着中国新诗都市话语的建构。都市文化的生机活力在乡村的静谧安宁的衬托下才能凸显，而都市的冷漠物化只有放在乡村的自然和谐的前提下才更触目惊心。中国早期都市诗人从封闭的自给自足的小农经济中来到发达的工业化国家，对大机器生产、便利的交通、丰富的商品等生产力要素情不自禁地产生惊叹，这是两种文化碰撞的心理震惊。细究郭沫若、艾青等人的都市题材诗歌，很少注重主体的个人形象，诗人隐逸在文本之外，缺乏具体的身份。诗人的抒情视角是局外旁观，因而诗的意象也是观念化和印象式的。正是诗人的都市感性经验的缺乏，造成他们诗歌文本的都市质性的薄弱。

其次，以乡村社会的传统文化观念构成诗人都市生存中所眷念的精神家园。李金发一方面声称"'牛羊下来'的生活，自非所好"（《故乡·序》），另一方面又试图超越都市生存中的"混乱"，"要把生活简单化，人类重复与自然接近"①。在他的诗里，有着深深的乡思和对简朴的向往。正是这种"怀着乡愁，寻找家园"的冲动，使得戴望舒、何其芳等诗人游荡在都市里，踯躅、苦闷、忧伤。乡土，已经失去，却不能忘怀；都市，已经进入，却不能认同。怀乡变成精神上的逃离，在古典诗性的遥望中，他们试图撑起生命深处的"油纸伞"，抵挡都市风雨的无常。千年古镇的梦中，"丁香姑娘"是一个永远的企求。戴望舒以都市浪子的身份叩问精神漫游的意义："这是幸福的云游呢，还是永恒的苦役？"（《乐园鸟》）都市里古典诗性的丧失，使三十年代的现代派诗人变成一群现代的寻梦者。何其芳在古典的梦境中寻觅着朦胧神秘的美，企盼梦中女神的来临。在这种都市失语症中，他们沉浸在晚唐五代诗词的脂香中，维系着生命的统一性。在中国现代诗人心中，古典文化的美学情韵蕴含着浓郁的诗性内

---

① 李金发：《复刊感兴》，《美育》1931年第4期。

涵，是他们挥之不去的情结。以自然的神性消解都市的魔性，现代诗人获得广泛的话语权，他们可以在自己精心构造的乡村神话中自在逍遥，超脱此在的凡俗性。

再次，在传统乡村文化中提炼的"自然""童真""野性"等观念在穆旦等人的诗里构成对现代都市的批判功能。穆旦在新诗史上的独特性在于他以辩证的态度来处理乡村与都市的关系，乡村的自然经济形式和封建政治形态已经退出历史舞台，传统的伦理道德已经不能适应时代的发展，但传统文化中仍然有人类永恒价值的积淀，它是人性的重要组成成分，不应被忽视或践踏。穆旦在揭示都市生存的灰暗与无奈时，呼唤着一种生命的本真形式的重临，一种与泥土、大地亲密无间的存在来对抗世俗的侵入。乡村，虽然淡化为办公室的"壁上油画的远景"（《小镇一日》），但它所蕴含的价值理念却成为诗人永恒坚持的信念。

最后，在后朦胧诗人的都市话语中，乡村图景与观念全面消隐。都市成为诗歌话语的中心。随着乡村话语的淡出，都市被随意散乱地处置，从而"放弃了超越现实的努力，对精神、价值、终极关怀、真理、美、善这些超越价值失去了兴趣，……不再区分真善美和假恶丑，不再作价值判断，在精神失控的状态下，沉醉于卑微愉悦的感官享受中"①。在乡村的价值理念的参照与中介缺失和新的市民理性尚未成熟的前提下，都市话语显示了从未有过的平面性、无深度感，后朦胧诗因而失去了"意义"的寻问和对社会现象的批判性透视。由于后朦胧诗人不再设想彼岸的神性存在，理想和现实、精神和肉体、神性和魔性的二元对立消失了。乡村"他者"的缺失使都市失去了与另一种文化对话的可能，从而也最终消弭了新诗都市话语的紧张感和戏剧化张力。后朦胧诗放逐了古典的诗意、诗境，因而从根本上颠覆了传统的诗学大厦。它的是非功过现在还远不是给予评定的时候，但它所进行的诗学革命可以说是历史上从未有过的彻底。

三、对中国新诗都市话语价值取向的反思

20 世纪现代诗歌的都市话语历史性地表现为乡村"他者"由"在场"到

---

① 赵祖谟：《中国后现代文学丛书·总序》，载陈旭光编：《快餐馆里的冷风景》，北京大学出版社1994 年版，第 9 页。

"缺失"的历史过程。这个过程反映了中国新诗的诗学观念的变迁，乡村与都市这一基本矛盾及其隐含的传统文化与现代文化的矛盾影响了中国新诗的发展历程，在中国新诗的现代化中起着决定性的作用。都市化所代表的生产方式和生活方式是人类文明进步的标志，是社会现代化的必由之路。工业化所追求的大机器生产和利润最大化的效率观为生产力的发展提供了强大的动力。现代诗歌都市话语的价值取向隐含着社会结构转型期精神上的阵痛与困境。在物质层面上，诗人充分依附于都市的物质丰富性、便利性。而文化工业的发达又刺激、吸引着诗人云集都市以获取功名。在精神层面上，诗人们又深深地领悟到商品拜物教对生命的物化，人在获得财富的同时成为财富的奴隶，生命的一切生存要素被量化、标准化、形式化。乡村化是 20 世纪中国现代化所必须逾越的对象，然而在乡愁的驱动下，他们又神往依恋于古典的乡村情韵。他们在精神上承接了古典的优雅和精致的同时，遗失了对都市存在的反思。这种物质层面和精神层面的断裂现象，表达了中国现代诗人维系话语中心的努力。穆旦诗歌的矛盾尤为典型，他以自然、童真、野性这些乡村文化的观念来批判都市生存的世俗性，从而获取反思都市存在的视界。因之，生命在堕落的不可免和救赎的不可能中注定成为悲剧。一方面是乡村文化理念的神性，另一方面是都市生存的魔性，这种二元对立思维模式构成诗歌文本的主体架构。然而我们需要追问，以自然、童真、野性的观念对工业化生产与商品化世界进行批判是否具有有效性、合法性，以一种文化理念过滤另一种文化现象是否具有逻辑的合理性？

后朦胧诗人放弃一切传统理念对都市现实的重构，柏桦说过："诗人不能忽视他面临的事实。"在亲切、平实、生动的语感中，都市在一种"杂语喧哗"中再现了一种自在的世俗美。他们沉浸在语言的狂欢中，游戏人生，解构神圣，戏谑观念化的权力意识和形态化的精英话语。他们回归于都市的市民文化，也终止于市民无思的狂欢。然而，市民社会难道就真的如此轻松自如？责任和使命真的离他们而去？纯真、浪漫的情怀就不被人类所珍视？正如王岳川所言："生命中确乎有不可承受之重，但别忘了，真正难以负荷的倒是米兰·昆德拉所说的'生命中不可承受之轻'。在我看来，这被杰姆逊称为零散化、平面化、复制化的世界，一切都可复制，一切都因复制而有备用品，然而，生命本身不可复制，爱情不可复制，母亲和孩子不可复制备用，对生命、爱情和世界意义的本真感悟同样不可复制备用。"① 在解构的层次上，后朦胧诗宣告了用传统的文化观念和政治话语来阐释市民社会存在的无效性，但是，在建构的层次上，后朦胧诗人也同样没有提供一种话语来有效地阐释市民社会存在的理念。在后朦胧诗的语境上，传统价值的完整性、统一性已经不可回归，生命的意义正在凋零，虚假的乐观主义只是欺世盗名，当一切退回到零时，我们如何面对？

（作者简介：鲍昌宝，安徽庐江人，文学博士，肇庆学院文学与传媒学院教授）

---

① 王岳川：《后现代主义文化研究》，北京大学出版社 1992 年版，第 404 页。

论张天翼《鬼土日记》中的"鼻套"意象

苏文兰

《鬼土日记》是张天翼 25 岁创作的第一部长篇小说，1930 年在欧阳山等办的《幼稚》周刊上发表。张天翼创作前期，即从 1922 年 17 岁开始短篇小说创作到 1930 年 25 岁完成第一部长篇小说，他已经发表了《新诗》《三天半的梦》等短篇小说，"除滑稽小说、侦探小说、散文、小品外，还写过谈创作问题的短文，如《小说杂谈》等"①。这一阶段，张天翼创作激情高涨，成果丰硕，体现了一位天才作家的创作能力。《鬼土日记》作为张天翼第一部长篇小说，体现了作家创作的审美情趣、题材、语言、风格，尤其是作家所表现出的独特的创作倾向性：以辛辣的讽刺、荒诞的叙述，揭露了 20 世纪 20 年代末期中国社会尖锐的阶级对立和阶级压迫，"以阴间寓资本主义世界的种种矛盾与黑暗，成为现实的资本主义世界漫画化了的写照"②，表现出对现实生活的强烈批判。张天翼的长篇作品并不多，只有五部：《鬼土日记》《在城市里》《齿轮》《一年》《洋泾浜奇侠》。在五部作品中，《鬼土日记》是一部"幻设型讽刺小说"③，即科幻类作品，非现实题材。它的影响力非同一般，"这本《鬼土日记》由于曾被国民党当局以'普罗文艺'罪名禁毁，如今已甚不经见；正好拓园有藏本，不妨作些介绍"④。

笔者在充分感受这部作品所表现出的独特世界、幽默风格、辛辣讽刺之时，对作品中的"鼻套"意象印象深刻。可以说，鼻套是《鬼土日记》的主要意象

---

① 沈承宽、黄侯兴、吴福辉编：《张天翼研究资料》，中国社会科学出版社 1982 年版，第 2 页。

② 韩作黎、田增科编写：《张天翼名作欣赏·序言》，中国和平出版社 1993 年版，第 5 页。

③ 陈双阳：《异类的命运——中国现代幻设型讽刺小说论》，《中山大学学报》（社会科学版）1999 年第 1 期。

④ 胡从经：《一部别具一格的鬼话小说——张天翼：〈鬼土日记〉》，《山花》1986 年第 2 期。

之一，是作者的奇特想象，它成为贯穿作品始终的重要线索，也是作品诙谐幽默、荒诞滑稽讽刺效果的重要依托。由主人公一开始到鬼土对鼻套的不习惯，到回归阳世之后，对不戴鼻套的不习惯，都令人捧腹。在我们惊讶于作家超凡想象力的同时，又不由得产生了深深的思索：作家在"鼻套"意象背后究竟有哪些深层次的思考？

一、"鼻套"意象与知识精英

（一）"鼻套"意象

作品具体讲述了阳世的一位作家韩士谦，突然到鬼土（阴间）游历了一番，然后回到阳世的故事。在鬼土世界里他遇到了很多奇奇怪怪的人和事，畸形的政治、文化、爱情、生活都令人感到滑稽、可笑，但这一切在鬼土世界当中，又以一种极其严肃、极端正式的形式真实存在。作家以庄严的滑稽表现了鬼土世界的荒诞和可笑，将他对现实人生的理解和批判完全融入荒诞的语言叙述之中，产生了出其不意的效果，构成了强烈的讽刺。张天翼在《关于〈鬼土日记〉的一封信》中写道，"鬼土社会和阳世社会虽然看去似乎是不同，但不同的只是表面，只是形式，而其实这两个社会的一切一切，无论人，无论事，都是建立在同一原则之上的。这两个社会是一样的，没什么差别"[①]，明确地体现了他的写作初衷，就是借助鬼土指代现实，鬼土即为现实。

阅读《鬼土日记》，我们惊讶于故事开篇寓意的深刻：作家韩士谦来到鬼土，前来迎接他的是他死去十年的好朋友萧仲讷君和萧仲讷君的乖乖（女朋友）。当萧仲讷君一看到韩士谦，在没有任何寒暄的前提下，第一句话就是要韩士谦遮住鼻子：

"快把你的那个遮住！"

我茫然了："那个？那个什么？"

他手指指他自己的鼻子。怎么，这是……？他鼻子上有个白色的绒套子，像一顶帽，遮盖着他的鼻子。"快遮住快遮住！"他又说。我于是用左手掩着鼻子。但是，"还不行，"他说，"哪，我给你带个东西来了，你自己套上吧。"

---

① 张天翼：《张天翼讽世喜剧小说：鬼土日记 包氏父子》，中国华侨出版社1999年版，第5页。

他扔给我一个绒套子，和他的一样，不过是蓝色的。套子的两端有丝质的带子，是系在耳朵上使它不至于掉下来的，鼻孔这段有两个圆孔，以便呼吸。于是我套上了。他然后向那同来的人叫道："我的乖乖，你看，我给你介绍这位韩爷。"

他的乖乖是个漂亮女人，鼻子也遮住的，不过她的套子是丝的，还绣着花，比我们的好看些。萧说她是他的未婚妻。鬼土里也有婚事么？但我没有功夫去理会这些事，我是在惊异着为什么要遮住鼻子。

"鼻子为什么要套上？"可是仲讷慌张着脸色，很急似地打手势叫我莫开口。而他的乖乖涨红了脸，眼里放出轻蔑的光，看我一眼。①

在离奇的言说中，我们惊讶地发现作家游历的鬼土世界里，出现了一个不同寻常的事物——"鼻套"。这一意象在阳世的经验世界中显得非常怪异、奇特，难以理解。但在鬼土世界里，戴鼻套是准则，是必须遵守的行为方式，已经成为社会正常秩序的显性标志。换句话说，鬼土里，鼻子象征生殖器官，需要遮住，鼻套就是遮羞布。戴鼻套是文明人的行为，不戴鼻套就等同于下流，是缺乏教养的表现。所以萧君的乖乖，对"我"的迷惑与不解表示出极强烈的愤怒和蔑视。终因气恼异常，羞愤离去。面对如此冷峻荒诞、滑稽可笑的鬼土书写，我们不得不探究作者关于"鼻套"意象的深刻寓意。

（二）知识精英

张天翼在《鬼土日记》当中着墨最多、写得最生动的是一群知识精英。他们徒有虚名、行为怪异，无所事事、虚伪做作，愚弄百姓、依附权贵。这些在现实生活中有地位、有身份，被普通百姓仰慕的文化偶像，在张天翼犀利的剖析下，却是一群可笑的社会寄生者，没有任何社会实际意义，作者对他们予以尖锐的讽刺。

作为知识精英当中的一分子，张天翼能以这样的气魄对所属群体的整体思想和行为状况进行反思和剖析，实属冷静而深刻，难能可贵。抗战时的《华威先生》，作家表现的场景已经由虚拟的鬼土转为真实抗战后方的书写，从现实的角度，对知识分子官僚的虚伪、无用和有害进行了无情的揭露。1947年，钱锺

---

① 张天翼：《张天翼讽世喜剧小说：鬼土日记 包氏父子》，中国华侨出版社1999年版，第7页。

书先生《围城》的出版,继续坚持对文化精英们生活和精神的深刻剖析,"其目的决非仅仅是对他们之中那些沽名钓誉之辈的辛辣讽刺,而是对'五四'以来中国文人趋之若鹜'西化'追求的理性反思"①。可以说《围城》在分析的层面和批判的力度上较《鬼土日记》更深一步,《鬼土日记》缺乏《围城》在人物塑造、文化心理、知识分子百态等方面的深入书写,也没能形成鲜明的人物个性。但张天翼对社会生活全景式的观览,对动荡的现实生活中存在的阶级对立、金钱政治,以及依附权贵、丧失独立思考精神的知识分子,进行了全方位的展示,是一幅漫画型的 20 世纪 20 年代中国都市现实生活全景图。

《鬼土日记》中,上流社会的各色人物尽情展示了他们的功利精神和行为丑态:玩弄、操纵政治的商业大亨,完全没有吴荪甫的民族情怀;上海都市中美丽的女士"乖乖"们,作为物质主义的崇拜者,婚恋就是金钱交易,与追求个性解放和精神自由的"娜拉"完全无关;更让我们拍案叫绝的是鬼土世界中一群病态的文化精英,作者极尽夸张之能事,展示他们作为社会文化代表的荒唐和可笑。对他们,作者没有流露出任何同情和认可,而是辛辣地描摹出这群文化人物就是制造垃圾、无病呻吟、胡说八道、扰乱视听的废物。

从作者的书写中我们可以读出一个结论,知识精英等同于怪异的鼻套,鼻套就是知识精英的象征符号,其中隐含了深刻的思想内涵。

二、无用的鼻套与知识精英的虚无化

按照鬼土规则,鼻子被认为是性器官的象征,需要遮蔽,裸露是极不文明的行为。孩子一生下来就要戴鼻套,一般不能摘掉,除非鼻子生病了需要医生诊治。甚至在称呼上,也不能叫"鼻子",而要避讳,称为"上处"。擤鼻涕的地方,被称为"卫生处",厕所被称为"轻松处",因为"厕所"二字不雅,所以代以"轻松"二字。

一系列看似荒唐可笑的描写背后,隐含着作者深刻的寓意。作者巧妙地借助"鼻套"这一独特意象,根据我们司空见惯的五官之中的鼻子大做文章,采用给鼻子套一个套子的滑稽和荒诞手法,表明一切毫无意义的强加的规则。在张天翼的言说中,知识精英就如这鼻套一样毫无用处,在社会中是多余人,没有任何实

---

① 宋剑华:《生命阅读与神话解构:20 世纪中国文学经典文本的重新释义》,广东人民出版社 2010 年版,第 86 页。

际意义，徒添很多的麻烦和笑料而已。但他们又优越地存在于社会之中，以上流人自居，享受着"下流人"提供的种种服务，自以为很重要、了不起，实则完全是社会的寄生者，体现了作者对这些文化精英们的极度反感和鄙视。

我们在忍俊不禁之后，不得不惊讶于作者绝妙的想象力，因为这一想象合情合理，有现实的依据。既觉得它夸张，又觉得它很富于生活的气息，有现实的合理性，产生亲切感。作家余华对想象的含义有自己的理解，他说："当我们考察想象在文学作品中的作用时，必须面对另外一种能力，就是洞察的能力。我的意思是说，只有当想象力和洞察力完美结合时，文学中的想象才真正出现，否则就是瞎想、空想和胡思乱想。"① 可以说，在"鼻套"这一意象的创造过程中，张天翼的想象力和洞察力达到了完美的结合。

《鬼土日记》中的45篇日记，其中有27篇涉及对文化精英的书写——社会当中不同领域的文化知识精英都有所涉及。这些文化精英们包括极度象征派文学专家萧仲讷、黑灵灵，都会大学文字分析学教授李阳冰，写实派文学专家王铭德，人类学专家易正心，法学博士、后期印象派艺术专家、国立文艺大学校长、浪漫生活提倡人赵蛇鳞，球类比赛批评专家、万能学者文教授，颓废派诗人司马吸毒，都会大学历史系主任、历史学家魏三山博士，神经系病治疗专家酱油王，新闻探访专家巴访，二百二十米低栏赛专家吴自强，太极剑专家毛源，等等。但这些所谓的"专家"所从事的工作或他们的研究成果，与他们光鲜耀眼的头衔完全不相符合。他们除了会让正常人感到难受、不舒服、呼吸不畅之外，完全是个无用的、麻烦的存在。

文化精英们以他们貌似严肃的科学研究，不学无术，胡编乱造，得出完全缺乏事实根据的可笑结论。人类学专家易正心，证明出"下流人的大脑中比上流人的少两个甲状细胞，所以他们永远下流，再也没有办法"，"天才比常人多五分之一的甲状细胞"，"爱国心的浓淡与甲状细胞之多寡成正比例，所以天才常是最爱国的，下流人往往不爱国，下流人如有爱国的，那该下流人一定和某一上流人有点血统关系"。② 都会大学历史学系主任、史学委员会主席、历史学专家魏三山博士的研究成果《阳世拉国之现状》一文表明："阳世之拉国，自下流人杀尽上流人之后，已成下流人之大本营，凡各国之罪犯，皆亡命于此，

---

① 余华：《文学：想象、记忆与经验》，复旦大学出版社2011年版，第3页。
② 张天翼：《张天翼讽世喜剧小说：鬼土日记 包氏父子》，中国华侨出版社1999年版，第18页。

竟成一罪薮。……该国人有吃人肉之习，街头巷尾，时有厮杀之声，胜者即以刀割败者，切其肉而生啖之。"① "该国女子有一下流习惯：喜与男子乱交，交后即割下该男子之生殖器，悬于襟上，以多者为荣。"② 恋爱小说专家兼诗人万幸先生写恋爱小说，通过掷骰子决定这篇小说的男女主角，然后就开始胡编乱凑，愚弄读者，文学的严肃和精神陶冶早已被这些所谓的小说家抛弃。在张天翼的视野当中，他们产生的不是科学，而是垃圾和废物。

三、粉饰太平的遮羞布与知识精英的伪饰性

"鼻套"意象，除了它的无用多余之外，我们不能忽视它隐含的遮羞特点。魑魅魍魉的世界，在大量生产废物和糟粕的地方，需要一种漂亮的东西来遮掩、粉饰肮脏和黑暗，而这种物质在作家看来就是社会中不可或缺的文化精英，他们就是这个荒诞世界当中的遮羞鼻套。张天翼难以掩饰内心的愤怒，以一种荒诞的手法，对这群人进行了辛辣的讽刺，丝毫不留情面，撕下虚伪的面纱，露出了他们无能的真实面目。

文化精英应该是社会最高智慧的代表，他们以自身独特的学科价值，引领社会大众的精神生活。"理应为大众提供良知示范、为社会提供高品位的文化产品并承担社会批判与公众启蒙的责任。"③ 但在张天翼的笔下，这些文化精英是病态的群体，尤其是文人和艺术家们，他们的工作与智慧毫不相干，除了矫揉造作、无病呻吟之外，没有任何实际意义和价值，是最无能的群体。最有代表性的两个人物是：极度象征派文学专家黑灵灵和颓废派诗人司马吸毒。我们先看黑灵灵的日常用语——"我铅笔的灵魂浸在窈窕的牛屎堆里"，表示他迟到了。"韩爷的摄入灵魂的耳朵，虽然不比鸡毛还方，但跳舞得比咸板鸭好"，"猫头上的萝卜是分开夜莺的精密，明白一点说，就是洗脸手巾的香纹路已经刻在壁虎肺上了"，④ 表明他与韩士谦初次见面的感受。这样的语言形同天人之语，没有人能读懂他们的意思，完全不知所云。张天翼用他非凡的才情、超凡的想象力，辛辣地讽刺了这些所谓的象征派文学专家们的语言，彻底否定了他

① 张天翼：《张天翼讽世喜剧小说：鬼土日记　包氏父子》，中国华侨出版社1999年版，第42页。
② 张天翼：《张天翼讽世喜剧小说：鬼土日记　包氏父子》，中国华侨出版社1999年版，第43页。
③ 华羽：《知识精英当如何引领大众》，《光明日报》，2009年2月17日。
④ 黄侯兴：《张天翼的文学道路》，上海文艺出版社1993年版，第186页。

们的文学创作。一种没有人能明白的汉语，它注定是短命而毫无意义的。颓废派诗人司马吸毒，是作者竭力讽刺的另一现代派人物。他本具有健康之躯，但为了所谓的颓废，他吸食鸦片，不讲卫生，不锻炼身体，害怕健康，所以故意糟蹋身体，他的各种与正常生活状态相背离的行为方式，都是为了证明自己是不折不扣的颓废派。这种病态的思想和行为在鬼土是时尚的体现。作者除了明确赋予他一个显示怪异特征的名号之外，对他非自然的、病态的生活方式也予以无情的讥讽。对所谓现代派涉及的"鸦片、神经衰弱、失眠、喝酒、病态"生活的抨击，实际表明了作者对三十年代流行一时的所谓"现代派"文化的相当的质疑和反感。

尤其是遮羞的"鼻套"，在公共场合，它是所有人的道德标准，被载入宪法，如不遵守，譬如不小心打个喷嚏，立即治罪，被警察押走。如此严重的后果令人不可思议，但在鬼土，这是亵渎神的行为，是万恶之薮。"看来，鬼土里的上流人，比阳世的正人君子还要虚伪，还更有一套遮掩丑恶的本领，防范似乎也更加严格。"① 在另外一个场合，朱教士、陆乐劳等与妓女在一起时，作为最高精神领袖的朱教士，却肆无忌惮地摘掉妓女的鼻套，摸着她的鼻子说："呵，小乖乖，多好一个鼻子，鼻子，鼻子！"② 这段露骨的描写，无情揭开了伪君子遮羞的面纱，以最彻底的方式，展现了上流精英的低俗本质。而知识精英们作为他们之中的一分子，虽然没有狎妓，但在充分打牌消遣的同时，对此情此景已是见怪不怪，早已经从心理层面与他们同流合污。

四、权势阶层的附庸与知识精英的寄生性

这些缺乏独立思考、社会关注与批判意识的知识精英，已经完全沦为权贵势力的附庸，责任尽失，毫不觉醒，并以结交权贵为荣，沾沾自喜。当萧仲讷君收到财阀"平民陆乐劳"邀请吃便饭的条子后，"满脸遏不住的狂喜"③。在等级森严的鬼土世界，金钱是确定人的身份、社会地位的唯一标准。处于金字塔顶端，高高在上，把持一切社会话语权的，自然是金钱最多的工业大亨"平民陆乐劳、潘洛、严俊"等人，他们分属于"坐社"（主张"坐着出恭"）和

---

① 张天翼：《张天翼讽世喜剧小说：鬼土日记　包氏父子》，中国华侨出版社 1999 年版，第 16 页。
② 张天翼：《张天翼讽世喜剧小说：鬼土日记　包氏父子》，中国华侨出版社 1999 年版，第 71 页。
③ 张天翼：《张天翼讽世喜剧小说：鬼土日记　包氏父子》，中国华侨出版社 1999 年版，第 35 页。

"蹲社"（主张"蹲着出恭"）两大政治集团，为争夺金钱和地位展开激烈的争斗。这是全书的主线，由此也揭开了上流社会各个角落所充斥的污秽、丑陋。但为争夺权力和金钱进行的政治斗争仍需要有身份地位、文化内涵的文史学者们的加盟，才能抬高自己的品位和档次，并能为他们打探消息、出谋划策、制造舆论、壮大声势。所以鬼土世界中学术界、文化界的知识精英就成为工业大亨们拉拢的对象。

工业大亨们需要知识精英们装点门面，抬高自己的文化层次，附庸风雅，成为自己的文化鹰犬。而知识精英们愿意结交工业大亨，以参加工业大亨们的一次"聚餐会"为荣，主要在于"攀附"与"利益"两种心理的驱使。工业大亨们因为雄厚的经济实力，操纵国际政治，决定党派领袖，干扰社会生活，他们是鬼土世界的真正主宰者，能和他们结缘是知识精英们的荣幸。为此，以萧仲讷君为代表的一群人快活而自豪地出席陆乐劳的各种邀请活动，歌功颂德，并以此作为炫耀的资本。而知识精英们也会在拥戴和参与过程中，作为帮凶，获得不菲的金钱回报，大家各取所需，心照不宣，相互利用，沆瀣一气，皆大欢喜。但领着"坐社"津贴的司马吸毒，还标榜自己"我们不过是无聊，谈谈这些话消遣。其实我们是文学专家，这些事全管不着"①，看似故作清高，实则得了好处还卖乖的伪善面目暴露无遗。

但没想到，比陆乐劳更阴险、更毒辣的野心家、阴谋家严俊，玩弄政治手腕，迫使"坐社"政府陷入失败境地，并"要求逮捕陆、潘二人的一切走狗"。由此这些平时大财阀们豢养的小狗有了一番另类的表演："仲讷寝食不安，他失掉了依靠的。更不安的是怕有人跟他为难，他没出门一步。陆潘二平民处更不敢去，而且也没有去的必要。"② 他已决定和他的乖乖去旅行，避避风头。司马吸毒依然标榜自己只是一个颓废派诗人，黑灵灵依然吟着不知所云的诗句，韩士谦急急忙忙要回到阳世社会了。由此出现了树倒猢狲散的滑稽场面。知识精英们为利而来，因利尽而散，没有了依附对象，便惶惶不可终日。

五、20世纪20年代中国知识精英的病态与异化

在张天翼看来，作为社会先进文化的代表，最具智慧的知识分子所应拥有

① 张天翼：《张天翼讽世喜剧小说：鬼土日记 包氏父子》，中国华侨出版社 1999 年版，第 99 页。
② 张天翼：《张天翼讽世喜剧小说：鬼土日记 包氏父子》，中国华侨出版社 1999 年版，第 108 页。

的独立思考和批判精神在鬼土世界里的文化精英身上已经荡然无存。在这个所谓"文明"的世界里，知识精英们精神空虚、道德堕落、生活腐烂，已经完全沦落为权势阶层的附庸和帮凶，麻木不仁。就如同鼻套一样，必须依附于耳朵，才能保证不掉下来。"这些就是张天翼在小说里为我们描绘的依附于权势者的知识界的种种'人生相'。作者展览了他的人物，从他们各自分明的性格特征中，让读者去辨认他们不同的身份、职业、习惯和嗜好，以及命运与出路。读者正是从这一部分文士学者暴露出来的劣根性，窥察到时代的、民族的悲哀。"① 所以，鼻套作为不能独立存在的个体，在作者眼中，就如同不能在社会生活中发挥应有积极作用的知识精英，只能作为附庸，永远陷在寄生的污泥中难以自拔。

出身于旧知识分子家庭的张天翼，以创作实绩，在文坛享有一席之地，引起较多关注之时，他对作家、文化名人的认识超越了世人的通常判断，看到了他们隐藏在理性、道德、高尚等多层华美外衣下的虚伪灵魂和堕落生活。由此，他以漫画家般夸张、犀利的笔法，足足将所谓的知识精英们大大讽刺了一番，画出了一个个毫不自知、自以为是的舞动着的小丑形象。所谓的"鼻套"，远远望去，就像中国古典戏曲中滑稽角色鼻子上的一大块白粉，给人们徒添更多生活的笑料罢了。当然，张天翼讽刺的锋芒并没有停滞在某一个群体、某一个集团上，知识精英只是他所熟悉的一个代表，对其他官僚资本集团，张天翼同样毫不留情。他批判、揭露和嘲讽的真正指向是中国 20 世纪 20 年代后期的黑暗社会现实。极端的两极分化、尖锐的阶级矛盾和阶级压迫、上流社会物质主义泛滥导致的道德沦丧、人性堕落，被外国和本国垄断资产阶级操纵的不同政治集团为获取利益最大化所展开的殊死搏斗，才是作家真正关注的焦点。作家在《鬼土日记》中勾画了各式各样的鬼，似乎荒诞而虚无，却实现了"借一些做'狗'的鬼，严肃地、确切地展示了活的人间相"②。其中塑造得最生动的"狗"的鬼，就是文化界、学术界的鬼，在这个号称最文明、最高尚的群体中，每天上演的就是一幕幕充满奴才相和市侩气息的虚伪、庸俗、滑稽的人间喜剧。

（作者简介：苏文兰，山西翼城人，肇庆学院文学与传媒学院教授）

---

① 黄侯兴：《张天翼的文学道路》，上海文艺出版社 1993 年版，第 182 页。
② 黄侯兴：《张天翼的文学道路》，上海文艺出版社 1993 年版，第 178 页。

鲁迅"白心说"的中庸特质论

杨红军

中国人所以安身立命的儒家思想，强调高尚的人格必须以"诚"为根基，诚则明，明则诚，两者是一体两面、不可分离的。但是在鲁迅的眼前，他看到的是：时至今日最讲究真诚的中国人，却"不敢正视各方面，用瞒和骗，造出奇妙的逃路来，而自以为正路。在这路上，就证明着国民性的怯弱，懒惰，而又巧滑。一天一天的满足着，即一天一天的堕落着……"① 鲁迅先生一方面批判国民性中缺乏诚与明，以引起疗救的注意，另一方面竭力呼唤"抱诚守真"，做"至诚之声"的精神界之战士，对救治愚弱国民性这一大事件煞费苦心。纵观鲁迅一生的言行举止，他对"诚""明"的贯彻可谓终生如一，他对"白心"的强调比较细致地体现了他这方面的思想。

一、鲁迅的"白心说"与"中庸论"

故病中国今日之扰攘者，则患志士英雄之多而患人之少。志士英雄，非不祥也，顾蒙帼面而不能白心，则神气恶浊，每感人而令之病。奥古斯丁也，托尔斯泰也，约翰卢骚也，伟哉其自忏之书，心声之洋溢者也。若其本无有物，徒附丽是宗，辄岸然曰善国善天下，则吾愿先闻其白心。使其羞白心于人前，则不若伏藏其论议，荡涤秽恶，俾众清明，容性解之竺生，以起人之内曜。如是而后，人生之意义庶几明，而个性亦不至沉沦于浊水乎。②

鲁迅的"白心说"是在《破恶声论》中提出来的，他提倡白心的目的是救

---

① 鲁迅：《坟》，人民文学出版社 1981 年版，第 234 页。
② 鲁迅：《鲁迅全集：第八卷》，人民文学出版社 1981 年版，第 27 页。

治"伪士"的虚假和不明智。鲁迅在文中首先用白心批评"妄行"之人损害国家和人民利益：

　　狂蛊中于人心，妄行者日昌炽，进毒操刀，若惟恐宗邦之不臤崩裂，而举天下无违言，寂漠为政，天地闭矣。吾未绝大冀于方来，则思聆知者之心声而相观其内曜。内曜者，破黮暗者也；心声者，离伪诈者也。人群有是，乃如雷霆发于孟春，而百卉为之萌动，曙色东作，深夜逝矣。惟此亦不大众之祈，而属望止一二士，立之为极，俾众瞻观，则人亦庶乎免沦没；望虽小陬，顾亦留独弦于槁梧，仰孤星于秋昊也。①

　　然后鲁迅又借白心批评"妄惑"之人，混淆视听，喊出宏大口号："聚今人之所张主，理而察之，假名之曰类，则其为类之大较二：一曰汝其为国民，一曰汝其为世界人。前者慑以不如是则亡中国，后者慑以不如是则畔文明。"然而，"寻其立意，虽都无条贯主的，而皆灭人之自我，使之混然不敢自别异，泯于大群，如掩诸色以晦黑，假不随驸，乃即以大群为鞭棰，攻击迫拶，俾之靡聘"②。

　　鲁迅还进一步揭露"伪士"之所以言不由衷的别有用心，"浇季士夫，精神窒塞，惟肤薄之功利是尚，躯壳虽存，灵觉且失。于是昧人生有趣神闷之事，天物罗列，不关其心，自惟为稻粱折腰"，不仅不自知其谬，还"举丧师辱国之罪，悉以归之，造作譸言，必尽颠其隐依乃快"。③

　　仔细分析鲁迅所谓"白心"，其实包括了两个要点，即"诚实"和"明智"。"'白心'即无邪之谓，可以认为是看破社会矛盾与虚伪的力量。"④"在鲁迅自己，历来所注重的……是正视现实，反抗黑暗……瞿秋白总结鲁迅的革命传统，把'最清醒的现实主义'和'反虚伪的精神'正确地认定为……'鲁迅最主要的精神'。"⑤

　　一提起中庸，读者就会想起很多鲁迅金刚怒目式的批评，比如他认为生活

---

① 鲁迅：《鲁迅全集：第八卷》，人民文学出版社1981年版，第23页。
② 鲁迅：《鲁迅全集：第八卷》，人民文学出版社1981年版，第26页。
③ 鲁迅：《鲁迅全集：第八卷》，人民文学出版社1981年版，第28页。
④ ［日］藤井省三著，陈福康编译：《鲁迅比较研究》，上海外语教育出版社1997年版，第221页。
⑤ 王福湘：《悲壮的历程：中国革命现实主义文学思潮史》，广东人民出版社2002年版，第21页。

中圆滑世故、见利忘义的"叭儿狗"通常标榜自己坚守中庸之道：

虽然是狗，又很像猫，折中，公允，调和，平正之状可掬，悠悠然摆出别个无不偏激，惟独自己得了"中庸之道"似的脸来。①

他对"持中"者的阴险狡猾、逃避责任进行讽刺：

夫近乎"持中"的态度大概有二：一者"非彼即此"，二者"可彼可此"也。前者是无主意，不盲从，不附势，或者别有独特的见解；但境遇是很危险的……后者则是"骑墙"，或是极巧妙的"随风倒"了，然而在中国最得法，所以中国人的"持中"大概是这个。②

但是，仔细阅读作品就会发现鲁迅所指责的中庸之人，是那些打着中庸招牌，而实际上干着违背中庸思想勾当的"卫道士""伪君子"。"从总体上来看，他所反对的主要是传统文化的主流（尤其是儒家思想中直接为专制统治服务的那一部分），也就是'吃人的礼教'。"③ 在中国历史中，孔孟学说长期被当作封建专制主义的理论基础，因为其掺杂了大量有利于统治者压迫人民的思想在里面。鲁迅一生最为深恶痛绝的就是强权政治塑造出来的国民奴性，正由于此，鲁迅才在文章中不遗余力地批评它，但是鲁迅对真正的儒家文化思想还是赞同的，比如他对国民标榜"中庸"却言行不一的"劣根性"进行批评时说：

我中华民族虽然常常的自命为爱"中庸"，行"中庸"的人民，其实是颇不免于过激的。譬如对于敌人罢，有时是压服不够，还要"除恶务尽"，杀掉不够，还要"食肉寝皮"。但有时候，却又谦虚到"侵略者要进来，让他们进来。也许他们会杀了十万中国人。不要紧，中国人有的是，我们再有人上去"。④

---

① 鲁迅：《鲁迅全集：第一卷》，人民文学出版社 1981 年版，第 271 页。
② 鲁迅：《鲁迅全集：第七卷》，人民文学出版社 1981 年版，第 56 页。
③ 林川：《读书与立人》，《鲁迅研究月刊》1997 年第 1 期。
④ 鲁迅：《鲁迅全集：第四卷》，人民文学出版社 1981 年版，第 506 页。

从上面这一段话可以看出，鲁迅对中庸的本意是赞许的，他批判的是言行不一，"虽然常常的自命为爱'中庸'，行'中庸'的人民，其实是颇不免于过激的"，言外之意是：鲁迅在现实生活中发现中庸之道之难行，恰如《中庸》所言："中庸其至矣乎，民鲜能久矣。"① 因此他又一针见血地指出了言行不一幕后的事实真相：

　　然则圣人为什么大呼"中庸"呢？曰：这正因为大家并不中庸的缘故。人必有所缺，这才想起他所需。穷教员养不活老婆了，于是觉到女子自食其力说之合理，并且附带地向男女平权论点头。②

综上所述，我们可以看出，鲁迅所批判的中庸并非真正意义上的中庸之道，而是被一些人歪曲的处世哲学，由于这些别有用心的人打着中庸的幌子来骗人，所以当务之急就是要戳穿他们。因此，鲁迅就用批判的精神来揭穿他们的虚假面具，显示真相于天下。同时正是他这种追求真理的批判精神，恰恰充满了真正本质意义上的中庸精神。以上已经论述过鲁迅"白心说"具有诚和明两个要点，这两者正好是中庸文化的核心要素，因此可以说鲁迅的"白心说"具有浓厚的中庸特质。

二、白心与中庸的会通：诚和明是不二法门

"白心"一词来源于庄子《天下篇》："不累于俗，不饰于物，不苟于人，不忮于众，愿天下之安宁以活民命，人我之养，毕足而止，以此白心。"③ "白心"在此指的是纯白无污之心，即真诚和明智的不二法门。老子也强调人们以白心为本心："知其白，守其辱，为天下谷。"虽然悟道之人认为自己身有瑕疵，愿意成为深谷，但是首先要做到白其心即诚和明的不二法门："以本为精，以物为粗，以有积为不足，澹然独与神明居。"④

中庸是一种假设的绝对真理，"不偏之谓中，不易之谓庸。中者，天下之正

---

① （宋）朱熹撰：《四书章句集注》，中华书局1983年版，第19页。
② 鲁迅：《鲁迅全集·第四卷》，人民文学出版社1981年版，第507页。
③ 孟庆祥等译注：《庄子译注》，黑龙江人民出版社2003年版，第537页。
④ 孟庆祥等译注：《庄子译注》，黑龙江人民出版社2003年版，第541页。

道。庸者，天下之定理"。之所以说它是假设的真理，是因为中庸是一种理体，虽然它能在世间发挥作用，体现在万事万物之中，"莫见乎隐，莫显乎微"①，但是又视之不见，听之不闻。简而言之，中庸之道就是指正确的分析判断和行为方式，有人说孔子及其后人没有把这个概念说明白，没有讲清楚中庸的具体内涵，以至于给人误读留下了广阔的空间。其实这对先贤是不公正的，正确的思想和行为没有一个明确的客观评判标准，它会因时间、地点、人物等因素的变化而变化，因此中庸之道是一个形而上的理体，表现在万事万物中就会变化无穷。而关于这个形上概念，《中庸》里面已经非常明确地界定为"无过无不及"："道之不行也，我知之矣，知者过之，愚者不及也；道之不明也，我知之矣，贤者过之，不肖者不及也。"② 可见，中庸本是一种理想的道德境界、世界的最佳状态，它的含义就是适度和谐，使事物得到恰到好处的对待时那种恰如其分的状态。

"中庸"概念本身预设了行为主体在任何场合下都必须在"过分"和"不足"之间进行斟酌、选择和决定。中庸的对象乃是不确定的，中庸对象的不确定性，决定了行中庸的主体并不把唯一的准则当成唯一选择行为的原则，行中庸的主体必须根据不同场合，灵活地转换行为方式。③

由此可知，中庸本来是一种方法论，这种方法论的实施还必须建立在一种科学的认识论的基础上，因为如果没有一个清晰的认识做保障，中庸就会无所适从。这种认识论就是《中庸》里提到的一个核心概念"诚"。诚有伦理义与智慧义，伦理义要求主体不自欺、不欺人，智慧义要求主体具足认识客体的智慧，即"明"。诚则明，明则诚，两者血肉相连，不可须臾离。因此《中庸》重点提出"诚"这个概念，"诚者，天之道也；诚之者，人之道也"④。只有运用诚心才有可能合乎中庸，"唯天下至诚，为能经纶天下之大经，立天下之大本，知天地之化育，夫焉有所倚"⑤。但是只有主观伦理方面的"诚"还不够，如果没有"明"，"诚"也会无从立足："诚身有道，不明乎善，不诚乎身

① （宋）朱熹撰：《四书章句集注》，中华书局1983年版，第17页。
② （宋）朱熹撰：《四书章句集注》，中华书局1983年版，第19页。
③ （宋）朱熹撰：《四书章句集注》，中华书局1983年版，第26页。
④ （宋）朱熹撰：《四书章句集注》，中华书局1983年版，第31页。
⑤ （宋）朱熹撰：《四书章句集注》，中华书局1983年版，第32页。

矣……自诚明，谓之性；自明诚，谓之教。诚则明矣，明则诚矣。"① "明"就是一种大智慧的境界，因此需要艰苦努力学习才能获得："博学之，审问之，慎思之，明辨之，笃行之。"② "诚"和"明"其实是一体两面的：没有伦理的"诚"，就做不到具足智慧的"明"；如果没有"明"做保障，"诚"也会由于稀里糊涂而失去意义。"诚"在《中庸》里面出现时，也通常都带有两个含义：主观伦理方面不自欺，不欺人；对待客观事物方面，认清真相，这就是"诚"和"明"的一体化。

综上所述，我们可以看出，其实中庸之道的核心观念是"诚"，分而论之，则有遵守主观诚实和追求客观真实两个要点。如果人们在实践中能够做到这两点，就能够走正确道路，也就是践行了中庸之道。同时，人们必须认识到，每个人都可以做到"诚"，但是要达到最佳状态非常难，所以《中庸》又说："君子之道，费而隐，夫妇之愚，可以与知焉；及其至也，虽圣人亦有所不知焉。夫妇之不肖，可以能行焉，及其至也，虽圣人亦有所不能焉。"③ 正因此，君子处事才会如临深渊、如履薄冰："道也者，不可须臾离也，可离，非道也。是故君子戒慎乎其所不睹，恐惧乎其所不闻，莫见乎隐，莫显乎微，故君子慎其独也。"④

鉴于判断标准的灵活性，真正践行中庸必须有"诚"和"明"做保障，否则中庸就会被歪曲。中庸被人利用，问题就出在这里，当有人利用权力强迫别人服从自己观点的时候，"诚"和"明"就被忽略了，那么他们自我标榜的中庸之道瞬间失去支撑，就会垮塌于谬知陋见的污泥中。比如"君君臣臣"在"诚"和"明"的背景下要求双方各尽本分，恪尽职守，权责明确，通力合作，这样就符合中庸之道。但是一旦离开了"诚"和"明"的背景，"君君臣臣"就会沦为独裁暴政的工具，当统治者宣称独裁也符合中庸的时候，中庸就已经被歪曲了。按照亚里士多德的说法，中庸是一种伦理德性，并非科学判断，但它又离不开科学之"明"。他把德性分成两类：优秀地运用有理性部分是理智德性，而优秀地运用无理性部分则是伦理德性，也叫优秀品格或道德德性。

---

① （宋）朱熹撰：《四书章句集注》，中华书局 1983 年版，第 32 页。
② （宋）朱熹撰：《四书章句集注》，中华书局 1983 年版，第 31 页。
③ （宋）朱熹撰：《四书章句集注》，中华书局 1983 年版，第 22 页。
④ （宋）朱熹撰：《四书章句集注》，中华书局 1983 年版，第 17 页。

"中庸"在本源上乃是对伦理真理的体现……处于"过度"和"不足"的中间……理智德性却是对于"中庸"的最大成全。因为理智德性……展示了完全的"真"。如果我们明白,"中庸"的目的其实并不是区别出不足和过度,而恰恰是求取行动中的真,那么对"真"的认识本身也就是合乎"真"的行为。①

由上面这段话可以看出,中庸之道的重要目的在于求真,它把科学精神也纳入了自己的内涵,因为"理智德性展示了完全的'真'",而理智德性就包括了科学和理智。其实科学的目的就是达到《中庸》里所说的"明","明"和"诚"是不二法门。鲁迅对伪中庸的批评恰好坚持了中庸的核心理念:"诚"和"明",这些恰恰也是"白心说"的关键要素。

三、鲁迅践行"白心说"的中庸特质

鲁迅在他一生的实践中,一直坚持用真诚来反抗虚伪,用科学真理来启蒙愚昧,他所坚持的"真诚"和"真理"相当于《中庸》所说的"诚"和"明",这正是"白心说"的核心理念。

首先,鲁迅认为作为一个真诚的人,要接纳自己的缺点,不伪善。鲁迅发现人性是丰富多彩的,有善也有恶,他不仅发现人性中有恶的因素,还试图从进化论的角度为此做出解释:"人类顾由昉,乃在微生,自虫蛆虎豹猿以至今日,古性伏中,时复显露……"② 在《摩罗诗力说》中,鲁迅引用拜伦评价彭斯的话,具体表达了自己对普遍人性状况的理解:"精神而质,高尚而卑,有神圣者焉,有不净者焉,互和合也。"他还激愤地反问道:"即一切人,若去其面具,诚心以思,有纯禀世所谓善性而无恶分者,果几何人?"人性有善,也有恶,中国也有一句古话"金无足赤,人无完人",要同时承认和接纳自己的优点和不足,这才是真诚。

其次,鲁迅认为人性的本质是自由选择,可以选择为善或者为恶,坚守白心就应该主动为善,遏制为恶冲动。"惟此自性,即造物主;惟有此我,本属自由","思想行为,必以己为中枢,亦以己为终极:即立我性为绝对之自由者

---

① 梁晓杰:《"中庸之道":中西伦理学互鉴》,《学术月刊》2005 年第 7 期。
② 鲁迅:《鲁迅全集:第八卷》,人民文学出版社 1981 年版,第 31 页。

也"。① 在真诚接纳自己的基础上，如果抑制住为恶的冲动，其人可爱；如果放任为恶的冲动，为非作歹，伤害别人，则其人可恨。若依此为标准，作者认为阿长既真诚又可爱，因为她虽然有缺点，但是不伤害别人，而且还十分关爱别人，比如她虽然对长毛不分善恶，并借以表达自己作为女人的虚荣心，但是由于她对虚荣心丝毫没有掩饰，所以这种自然表达就不会具有攻击性和破坏力。当然作者并不认为这种表现是一种理想的真诚状态，他只想说明，就连一个目不识丁的农村妇女，她那种婆婆妈妈式的真诚都比惯于撒谎的封建卫道士强上千百倍。至于那些封建卫道士，则是既虚伪又可恨，因为他们不但放任人的恶性，作恶多端，而且故意表现出一副伪善的嘴脸，制造出许多假象，使得世界更加险恶。这副嘴脸极具欺骗性和破坏力，所以鲁迅在他的一生中，致力于揭穿他们的伪善面具。

鲁迅在生活中见识过形形色色的道德伪君子，这些人与"白心说"背道而驰，作者从来不与他们同流合污。比如从 1912 年到 1926 年，鲁迅在教育部任职 14 年，1915 年，为了给袁世凯称帝制造社会舆论，教育总长汤化龙利用自己的特权网罗一大批知识分子开展工作。他对小说界发出指示，说小说要"寓忠孝节义之意"，并亲自召见鲁迅，希望他能够听从指挥。鲁迅看清了他们虚伪的伎俩，不愿意同流合污，坚持自己的立场，对抗丑恶势力。虽然鲁迅小说股主任的兼职被免去了，他依然没有妥协。再比如鲁迅对"高等做官法"的对抗。所谓"高等做官法"，是鲁迅对当时高层领导施政心理的贬义统称，语出《谈所谓"大内档案"》。鲁迅剖析了教育总长傅增湘整理"大内档案"，监守自盗、假公济私的阴暗心理，为了推卸责任，封堵政府其他部门之口，又发动他们派员参加整理，彼此在大染缸里走一遭，也就没什么闲话好说了。傅总长对鲁迅这只"白乌鸦"一定是有所觉察，于是果断地终止了他参与后期工作。不要透出聪明而又耳聪目明，这才是"高等做官法"的精要，鲁迅对此深恶痛绝，面对威胁利诱，拂袖而去。

最后，鲁迅不遗余力地批判"瞒和骗"。鲁迅早在 1918 年的作品《狂人日记》中，就借着狂人那奇异深邃的目光，于"天上看见深渊"，一针见血地揭示出封建伦理道德的虚伪性：

---

① 鲁迅：《坟》，人民文学出版社 1981 年版，第 44 页。

我翻开历史一查,这历史没有年代,歪歪斜斜的每叶上都写着"仁义道德"四个字。我横竖睡不着,仔细看了半夜,才从字缝看出字来,满本都写着两个字是"吃人"!

鲁迅在《朝花夕拾》的另一篇文章《狗·猫·鼠》中更是把人类的虚伪嘴脸刻画得惟妙惟肖:

在动物界,虽然并不如古人所幻想的那样舒适自由,可是噜苏做作的事总比人间少。它们适性任情,对就对,错就错,不说一句分辩话……鸷禽猛兽以较弱的动物为饵,不妨说是凶残的罢,但它们从来就没有竖过"公理""正义"的旗子,使牺牲者直到被吃的时候为止,还是一味佩服赞叹它们。人呢……开始了说空话。说空话尚无不可,甚至于连自己也不知道说着违心之论……

鲁迅在《朝花夕拾·二十四孝图》中,以犀利的笔锋强烈谴责了对儿童的欺骗性道德教育,使虚伪的封建伦理纲常在众目睽睽之下更加丑态百出:

我最初实在替这孩子捏一把汗,待到掘出黄金一釜,这才觉得轻松……现在想起来,实在很觉得傻气。这是因为现在已经知道了这些老玩意,本来谁也不实行。整饬伦纪的文电是常有的,却很少见绅士赤条条地躺在冰上面,将军跳下汽车去负米。

鲁迅对知识分子的虚伪也做出过精辟评论:"我看中国有许多智识分子,嘴里用各种学说和道理,来粉饰自己的行为,其实却只顾自己一个的便利和舒服,凡有被他遇见的,都用作生活的材料,一路吃过去,像白蚁一样,而遗留下来的,却只是一条排泄的粪。社会上这样的东西一多,社会是要糟的。"[1]

鲁迅对"白心说"的践行还体现在他提倡科学精神的言行中。鲁迅在《中国地质略论》《说钼》等文中对科学进行过评价,"交通贸迁,利于前时……饥疫之害减;教育之功全","人间生活之幸福,悉以增进","精神亦以振,国民风气,因而一新","实则多缘科学之进步"。又说,"科学者,神圣之光,照世

---

[1] 鲁迅:《鲁迅全集:第十三卷》,人民文学出版社1981年版,第116页。

界者也，可以遏末流而生感动"，研究科学的人都是"以知真理为唯一之仪的，扩脑海之波澜，扫学区之荒秽，因举其身心时力，日探自然之大法而已"。科学研究首先需要人们以真诚为出发点，而科学的目的就是使人类更加清楚地认识世界，这正好体现了"白心说"和中庸文化的两个汇通关键点："诚"和"明"，此两者是立身之本，更是强国兴邦必须具备的行为准则，鲁迅在 20 世纪的大声疾呼如今依然具有振聋发聩的威力，勉励大家奋力前行。

（作者简介：杨红军，河南驻马店人，文学博士，肇庆学院文学与传媒学院教授）

对身体权利的误读与滥用

——重读美女作家的"身体写作"

赖翅萍

20 世纪末到 21 世纪初，沉静的文坛因一个年轻女性创作群体的出现而显出热闹与喧嚣。这个群体最早集体亮相于纯文学刊物推介的《70 年代以后》栏目中，其性别身份并不被文坛所特别强调。[①] 后来，《作家》在 1998 年第 7 期强力推出"70 年代出生的女作家小说专号"，集中刊发了卫慧、周洁茹、棉棉、朱文颖、金仁顺、戴来、魏微 7 位女作家的作品，并配发女作家的"玉照"。由此，中性的"70 年代以后"的命名就被富有性别特征与轻佻、暧昧意味的"美女作家"称谓所代替。实际上这 7 位"美女作家"的文化立场与审美取向并不尽然相同，魏微与朱文颖表现出来的古典主义审美情怀就迥异于卫慧、棉棉的消费主义文化立场下的感性写作。显然，将她们作为一个文学现象加以讨论是过于宽泛了。他爱在其《十美女作家批判书》[②] 一书中，着眼于"美女作家"文本的"身体写作"内容，把盛可以、春树、卫慧、安妮宝贝、九丹、尹丽川、虹影、棉棉、赵凝、木子美 10 位作家统称为"美女作家"。实际上，即便同为身体写作，出生于 20 世纪 60 年代的虹影、赵凝、九丹与出生于 70—80 年代的盛可以、春树、卫慧、安妮宝贝、棉棉、木子美，因为代际的差别也有所不同。邵燕君在其《"美女文学"现象研究——从"70 后"到"80 后"》一书里，侧重考虑"美女文学"产生的特殊语境和作家所持的文化立场，将"美女

---

① 据邵燕君的《"美女文学"现象研究——从"70 后"到"80 后"》一书的资料考证，《70 年代以后》这个栏目由《小说界》1996 年第 3 期率先推出，随后，《山花》（1998 年第 1 期）、《芙蓉》（1998 年第 4 期）、《作家》（1998 年第 7 期）、《长城》（1999 年第 1 期）等也先后推出相关栏目。该书由广西师范大学出版社于 2005 年出版。

② 该书由华龄出版社于 2005 年出版。

作家"看作是 70—80 年代出生的受消费主义文化和青少年亚文化影响的女性作家群体，主要代表如"70 后"的卫慧、棉棉，"80 后"的张悦然、春树等。本论文为了方便讨论，将综合考虑代际因素、写作内容、文化立场和审美取向等因素，将"美女作家"界定为 20 世纪末文坛出现的以消费主义文化立场进行身体写作的"70 后"和"80 后"的女性创作新人群体，并选取这个群体的主要代表作家作品（如卫慧的《上海宝贝》《蝴蝶的尖叫》《水中的处女》《像卫慧那样疯狂》《欲望手枪》，棉棉的《糖》《香港情人》《九个目标的欲望》《啦啦啦》《盐酸情人》，安妮宝贝的《告别薇安》《八月未央》《彼岸花》《蔷薇岛屿》等）为个案，剖析她们是如何因文化语境及个体经验的局限，误读了身体存在的真相，滥用了身体的权利意识，从而走向身体探索的迷途的。

一、歧路丛生的消费文化语境

应该说，经由王安忆、铁凝与林白、陈染等两代女作家的执着探索，身体得以从封建父权制文化的屈辱阴影中走出，踏上了自由解放的道途。由此，人获得对自己身体的所有权与使用权，人的身体存在真相也获得前所未有的澄明。在某种意义上说，王安忆、铁凝、林白等女性作家从荆棘中抢救出来的身体权利意识、探寻出来的身体存在真相，理应成为"美女作家"身体探索的逻辑起点。但令人遗憾的是，她们不但没能将身体探索继续导向诗性探索的境界，还误入了身体探索的迷途。因为她们遭遇了复杂的消费主义文化语境。这个语境在给身体自由存在提供敞亮道途的同时，也连同身体异化的迷途一并送到作家面前。歧路丛生的文化语境给"美女作家"的身体探索带来了文化立场选择与审美价值判断上的困难。

剖析对"美女作家"成长产生至深影响的 90 年代语境，就可以清晰地发现这一点。从时间来看，20 世纪 90 年代正是世界范围内的全球化浪潮对中国社会和文化结构产生深刻影响的十年。其影响的深刻性，不仅表现为因市场经济改革纵深发展而引发的中国社会结构转型，即从农业文明社会向工业文明和后工业文明社会的转型；也表现为伴随着工业和后工业社会的来临，新兴的消费主义文化模式正在逐步入侵传统的民族文化与现代启蒙文化。随之，身体的权利意识、伦理内容与爱情内涵等也相应地让渡给身体的消费意识。如汪民安所言："今天的历史，是身体处在消费主义中的历史，是身体被纳入到消费计划和消费目的中的历史，是权力让身体成为消费对象的历史，是身体受到赞美、欣赏和把玩的历史。身体从它的生产主义牢笼中解放出来，但是，今天，它不可自制地陷入了消费主义的陷阱。"① 处在消费文化这个汪洋大海中的身体，置身于繁华绮丽的物质丛林中的身体，正在日益遭受着消费主义文化逻辑的主宰与控制。在饮食男女、生命繁衍、保健美容、体育盛典、政治狂欢、大众文化等日常生活领域以及文艺创作领域，身体的繁复意义正在被简化为单一的欲望与愉快，身体存在的多重边界也正在被删繁就简为单一的消费存在。概言之，消费时代建构起来的身体文化，"其主题是欲望，其价值是身体性愉快，其实践是按照美的规律对人体进行技术再造和改装"②。当人的身体被抽空了精神、情感与伦理内涵，仅以欲望满足和快乐为其目标时，人也就越来越失去其自主性，从精神主体、理性主体沦为纯粹的物质和欲望个体，成为一个物化的人、单向度的人。从空间来看，"美女作家"的生活环境呈现出都市化与国际化的倾向。如棉棉生长在上海；卫慧90年代在上海读书、工作，成名后常出没在中西方之间，奔波在世界各地；春树则是地道的"北京娃娃"；安妮宝贝也一直在北京与上海两地之间迁徙。美女作家生活环境的都市化与国际化，意味着她们比边地作家更能直接亲历全球化的消费文化逻辑，而全球化的消费文化逻辑也更彻底、更深入地对她们产生影响。

理论上，作家、文本与文学语境的关系，通常表现为文学语境影响并制约着作家主体意识与文学文本的生成，因为"所谓事实、生活与实践，无不是按照某种文本方式加以世界化的结果；而我们作为个人，难免要在身体、知识、意识形态层面屈从于这一世界化"③。但即便如此，也并不表明作家面对语境是完全被动无奈的。相反，作家应对文化语境时，若能充分发挥其思考、言说与审美的主体意识，那么，他就会对文化语境的建构产生深刻的影响。因此文学与语境的关系，实际上就应表现为"文学不仅作为某种文化成分参与历史语境的建构，另一方面，文学又将进入这种历史语境指定的位置"④。由此观之，面对消费主义文化逻辑对人身体的全面入侵，作家是通过抗诉来固守身体的权利

---

① 汪民安、陈永国编：《后身体：文化、权力和生命政治学·编者前言》，吉林人民出版社2003年版，第20－21页。

② 刘成纪：《身体美学的一个当代案例》，《中州学刊》2005年第3期。

③ 赵一凡等主编：《西方文论关键词》，外语教学与研究出版社2006年版，第204－205页。

④ 许志英、丁帆主编：《中国新时期小说主潮》（上），人民文学出版社2002年版，第6－7页。

意识与诗性存在，还是主动迎合，甘愿做身体异化的囚徒，实际上是由作家的文化立场和审美价值取向决定的。两个颇具意味的案例证明了这一点。王安忆的《我爱比尔》与卫慧的《上海宝贝》都因塑造了年轻女性在消费主义时代的身体形象与身体命运而成为该时代经典的身体读本。不同的是，王安忆的现代女性主体立场的选择，使她对消费主义文化对身体的运作轨迹与运作逻辑持谨慎、冷静的反思态度，她让时尚前卫的阿三在遭遇跨国恋情的美梦破裂与牢狱的身心磨难后幡然悔悟，以此表达自己在全球化浪潮中对现代女性主体立场的坚守，对消费主义将世界文本化、欲望化的抗诉。而卫慧则对倪可可享乐身体的时尚形象、灵肉分离的身体命运以及对西方"他者"的想象与营造，表现出极大的认同热情。

事实上，卫慧的这一个案在"美女作家"那里是具有普遍性的。深入考察美女作家的主体构成，不难发现她们都共同表现出人生阅历简单、人生经验单一、文化滋养匮乏等特点。就人生经验而言，她们大都沿着上学—求职—工作—社会的路子去获取自己的人生经验。当然，也不乏例外者，如棉棉、春树作为辍学者较早步入社会，积累了较多的人生体验。但普遍的事实是，她们缺乏乡村与城市底层的苦难体验；就文化构成而言，她们的文化滋养主要来自90年代的消费文化，更早一些的"70后""美女作家"还吸收了一些西方现代主义的生命哲学与自由伦理观念。如卫慧所言，"从大学开始我就被一种'性本论'影响了人生观"[1]，"'一个人可以做任何事，包括应该做和不应该做的'，伟大的达利好像说过这话"[2]。正是人生阅历的简单、人生经验的单一、文化滋养的匮乏影响着"美女作家"对身体的认知方式与审美立场，使她们无力超越消费主义文化逻辑的束缚，并最终妨碍她们在身体写作上进行身体诗学的转换。当我们深入地探讨"美女作家"对身体空间的重构、对身体的想象与营造时，这个问题就会得到更加清晰的展示。

二、重构现代都市的身体空间

法国当代著名的思想家、社会学家和文化理论批评家皮埃尔·布尔迪厄在其《男性统治》一书中，以详尽可信的大量研究揭示了男女两性的统治/被统

---

① 卫慧：《上海宝贝》，春风文艺出版社1999年版，第5页。
② 卫慧：《上海宝贝》，春风文艺出版社1999年版，第60页。

治关系,是如何直接表征在身体的空间分布上的。即在男性中心秩序里,男/女的空间分布分别为右/左、高/低、南/北、西/东、外/里、上/下。皮埃尔·布尔迪厄的这一发现表明,身体的空间话语常常表征着女性身体的境遇、地位和命运。实际上,不仅女性如此,人的身体境遇、地位与命运也无不直接表征在空间的话语形式里。在漫长的封建父权制文化统治与规训下,人的身体相对人的灵魂,其境遇也如同女性的身体境遇,被挤压在一个阴性的、低等的、从属的与边缘的空间位置上。在此意义上,我们也许可以说以抢救身体为主旨的现代性身体叙事,实际上就是争夺身体空间的叙事。王安忆、铁凝、林白、陈染等,为了能从父权的虎口之中夺回人的身体,唤醒人尤其是女人的身体权利意识,她们常常在文本里,重构远离文明束缚与权力控制的边缘的自然空间,如王安忆笔下的"小城""金谷巷""锦绣谷",铁凝笔下的"端村""百舍"或"茯苓庄",林白笔下的南方亚热带丛林或"王榨村",等等。这些相对自由的边缘的自然空间,不但使人/女人的身体能量与欲望得到释放,而且也为作家的身体诗学转换提供了诗性的话语资源。与"美女作家"相比,她们更喜欢从自然系统如森林、鲜花、水、鱼、麦秸垛等中,提取优雅激情、富有诗性意味的色语来诗化人的身体存在,同时喜欢把身体放在自然系统中去界定其边界与属性。

而对"美女作家"来说,身体空间主要在消费时代的都市里展开,都市是安放她们身体的唯一世界,也是她们创作想象的关键资源。消费主义文化的欲望、快乐与异域化逻辑,使她们习惯于申诉一种金碧辉煌的都市物质生活,臆想一种全球化和国际化的身体空间景观。翻阅"美女作家"对都市的公共空间与私人生活空间的想象与重绘,就不难发现这一点。

比如,她们这样写以"欲望"为特征的都市公共空间:

站在顶楼看黄浦江两岸的灯火楼影,特别是有亚洲第一塔之称的东方明珠塔,长长的钢柱像阴茎直刺云霄,是这城市生殖崇拜的一个明证。轮船、水波、黑黢黢的草地、刺眼的霓虹、惊人的建筑,这种植根于物质文明基础上的繁华只是城市用以自我陶醉的催情剂。与作为个体生活在其中的我们无关。一场车祸或一场疾病就可以要了我们的命,但城市繁盛而不可抗拒的影子却像星球一样永不停止地转动，生生不息。①

直刺云霄的建筑如这个庞大都市的生殖器官，这个意象隐喻着都市正以强劲的欲望本能，永不停息地繁殖着时代的物质文明，也催生出这个城市无尽的欲望；生活在这个都市里的个体被这种强旺的欲望本能裹挟着不可预知地前行，焦虑、无序、茫然、无奈。

又比如，她们这样凸显以物质与异域化为特征的都市公共空间：

路上有这个城市里非常大的一个日本百货公司。夏天它有非常足的冷气，有一次在它空荡荡的大店堂里展出过一具恐龙化石，我觉得它很有品位。这里有非常多有钱的人，他们购买有品牌的衣服、皮包、围巾、帽子……他们在非常漂亮的餐厅里吃贵而粗糙的食物。他们走在光线明亮而寒冷的走廊上，面无表情，眼神游离。②

类似的身体空间还有很多，如清醒怒放的 BENNE TON 巨幅的人物广告画，出售哈根达斯冰激凌的小店铺，镶嵌着咖啡色玻璃的硬石餐厅，参差林立的高楼大厦，拥挤、喧嚣的地铁，晦暗闪烁的酒吧与咖啡厅等，这一个个物质的、欲望的、充满异域情调的空间场景，依次组成一幅消费文化时代流动的巨型都市景观。

在这幅巨型的都市景观的细微处，是一个个私人日常生活空间。卫慧在《上海宝贝》里这样设计可可和天天的爱巢：房屋坐落在城市西郊的住所，周围虽为居民住宅区，坑坑洼洼的马路，丑陋的矮房子，生锈的广告牌，腐臭不堪的垃圾堆，但所住的公寓是"一套三居室的大公寓。他把房间布置得简洁舒适，沿墙放着一圈从 IKEA 买来的布沙发，还有一架施特劳斯牌钢琴，钢琴上方挂着他的自画像"③；安妮宝贝在《八月未央》里这样写"我"租住的房子："租的房子属于文明小区。一律红砖的四层式楼房，栅栏上挂满植物。第一次去看房子的时候，闻到浓郁的栀子花芳香。房东在擦地板，空荡荡的房间在阳光

---

① 卫慧：《上海宝贝》，春风文艺出版社 1999 年版，第 14 页。
② 安妮宝贝：《八月未央》，作家出版社 2001 年版，第 132 – 133 页。
③ 卫慧：《上海宝贝》，春风文艺出版社 1999 年版，第 3 页。

的照射下干净而明亮……房间是朝南的，宽敞明亮，光滑的木地板适合席地而坐。"① 如此等等，无须列举，已经昭示出"美女作家"对物欲繁华的极端渴望和满心优越、对品位生活的诉求和想象。

有趣的是，王安忆在《长恨歌》《新加坡人》等文本里，也为我们描摹了上海的饭店、餐馆、商场、街景，特别书写了普通市民安身立命的弄堂景致：波涛连绵的弄堂屋顶、精致细巧的老虎天窗、细雕细作的木框窗扇、细工细排的屋顶上的瓦、细心细养的窗台上的月季花等。但这些都市景致充满着人性的冷暖，散发出普通市民的诗意情怀。与王安忆相比，"美女作家"的都市景观，更多地流露出她们对欲望满足的快感诉求，以及对异域情调的想象。如果说王安忆努力重构的是本土化与平民化的都市身体空间的话，"美女作家"再造的就是殖民化与贵族化的都市身体空间了。从这个意义上说，"美女作家"的身体空间已经具有了尤米·布莱斯特的"景观"内涵。"景观"是尤米·布莱斯特用来命名符合资本主义商品标准的可见的生活之道的一个概念："该景观允诺你可能获得你所寻求的东西，而且当那允诺无可逃遁地破产时，它又有一套代偿机制出现。该景观通过蕴含在语词心理意味中的'经济'操纵着观众的欲望……从景观中生出的欲望最终又被引回到景观上……"② 此即是说，"美女作家"笔下的身体空间景观，实际上是被消费文化的经济与欲望逻辑所操纵的，它以物质、繁华、富有、品位等诱引着、迷惑着或允诺着观众。实际上，就都市景观与身体的关系而言，身体受制于都市景观，而都市景观才是身体的主人。

行文至此，作为消费时代的身体，其被都市景观操纵、被消费文化逻辑形役的命运已经昭然若揭了。身体作为一个无主体性的器官，在消费时代的舞台上将会上演一出怎样的戏剧呢？

三、对身体权利意识的误读与滥用

在"美女作家"笔下，我们看到的是一幅幅支离破碎的身体图景。身体尚未完全从父权的规训下解放出来，却又跌入了消费文化的温柔陷阱之中，经历着自我与心灵的新一轮的分裂痛楚。面对身体的这种痛楚，年轻的"美女作

---

① 安妮宝贝：《八月未央》，作家出版社 2001 年版，第 121 页。

② 转引自［美］李欧梵著，毛尖译：《上海摩登——一种新都市文化在中国》，北京大学出版社 2001 年版，第 236 页。

家"不但无力承担救赎的重任，反而误读、滥用了身体的自由意识与权利意识。

这首先表现在"美女作家"所提供的一幅幅肉体狂欢、灵魂沉睡的图画中。应该说，肉体觉醒（即性觉醒）在现代生命哲学视域里，是具有革命性与诗性意义的。其革命性意义在于肉体常常被当作与身体专制对决的武器，肉体充当了反抗权力的历史角色；其诗性意义在于它常常被当作个体生命意识与自我意识觉醒的重要表征而被肯定、被彰显。王安忆、铁凝、林白等正是在肉体与生命和自我同构的基础上，提倡宽容肉体需求，肯定人有享用身体的权利，有通过身体消费获得快感的权利。但同时她们又清醒地认识到性的存在具有相对边界，故而能坚守性的伦理意识。与之相比，"美女作家"的性叙事则表现为漠视性伦理，无限夸大人对性的享用与消费，从而造成对"性—肉体"的诗性品质的消解。

显而易见的消解表现在她们的性修辞上，与王安忆、铁凝、林白等优雅诗性的色语表达相比，她们的色语粗俗、露骨、直白、单调，缺少美感。原因如前所论，她们因为都市生活的局限，缺乏自然系统的性话语资源，因而使得她们无法像王安忆、铁凝、林白那样，将性置放在自然话语系统中进行诗学转换。

当然，造成"美女作家"性叙事格调粗俗低下的原因，还在于她们对性本相的错误认知，对性的善的伦理内涵的否弃。这突出表现在她们的性爱分离观以及对性理性的否弃上。在她们的笔下，性或是个谋生的工具，"上海女孩喜欢把性当成武器，她们通过性要其他的东西"[1]；性或是人性的全部，无性不欢，性满足比穿衣吃饭、自我价值的实现等更重要，如棉棉的《糖》；性还可以超越真理和正义，如卫慧《上海宝贝》里的倪可可，"我想象他穿上纳粹的制服、长靴和皮大衣会是什么样子，那双日耳曼人的蓝眼睛里该有怎样的冷酷和兽性，这种想象有效地激励着我肉体的兴奋"[2]。而更多时候，人的性冲动状如发情的动物，随时随地都可发生。棉棉在《九个目标的欲望》里曾借"我"的口说过，"在生命中，我们必须得为自己时刻准备两个瓶子，当一个瓶子不在的时候，还可以拥有另一个瓶子"[3]。这两只瓶子一只装"爱"，另一只装"性"。不幸的是，消费时代"爱"这只瓶子总是破碎不堪，难以圆满。在性与爱难以

---

① 棉棉：《盐酸情人》，上海三联书店 2000 年版，第 141 页。
② 卫慧：《上海宝贝》，春风文艺出版社 1999 年版，第 61 页。
③ 棉棉：《盐酸情人》，上海三联书店 2000 年版，第 37 页。

统一的情况下，她们或者不问爱与情，拼命地游戏性、挥霍性，不停地更换性交对象，随心所欲地和人睡觉，如棉棉的《糖》和《香港情人》《九个目标的欲望》里的主人公；或者她们分裂自己的身心，把心托付在此，却在彼猎取肉体的满足，如卫慧《上海宝贝》里的倪可可在中国爱人天天和德国情人马克之间周旋，在爱与欲的分裂中跳着惊险的游戏舞蹈。

"美女作家"粗俗低下的纵欲叙事，因为失去了人之为人的爱与情的依托，放弃了人之为人的主体选择，完全将人的性降格为动物的性，其结果不但混淆了人对性的权利意识与性的本真存在的认知，破坏人诗意的性快感，而且也必然降格了文学的诗意性描写。如棉棉的《香港情人》里的"我"就曾为此感到迷惘："我没有爱的感觉却也到达了高潮。而我一直以为高潮必须具备爱和想象才可获得。我想我非但不明白爱的真谛，我同样不明白快乐的真谛。如果快乐来自经验，那么快乐的最高境界是什么？如果不正常的快乐会抹杀正常的快乐，那么正常的快乐是什么？"①

此外，在"美女作家"所提供的一幅幅的空洞易碎的身体图景中，我们同样发现了她们对身体权利意识的滥用与误读。酗酒、吸毒、斗殴、深夜飙车、性滥交，以身体自虐或自戕的极端方式，寻求平庸麻木生活里的刺激与快感，以缓解世纪末的生存绝望。这是"美女作家"笔下的人物所共同选择的生活方式。然而，事与愿违，"酒精和毒品让我们的生活走入极限，生活的画面处于不停的变化中，这刺激，我们暗自喜欢。穿行在薄雾之中，我们成了两个危险分子，世界昏迷亲人伤感，所谓爱的感觉在越来越模糊的感伤中消失殆尽。从疯狂做爱到看都懒得看对方一眼，我惟一明白的就是我不明白为什么我们的生活注定会失去控制"②。对身体的自虐或自戕，非但不能缓解生存的焦虑与恐惧，反而使人丧失爱的能力与真正的身体自由，同时还会把个体生命推向死亡的边缘。

从理论上说，随着人的身体所有权而来的是，人"天赋人权"地包含了对自己身体的处置权，人有处置自己身体的自由。然而，基于个体生命存在是一次性的永不复返的存在特征，我们赋予人的身体即生命以至高的神圣性。据此，反对人选择身体异化如自虐或自戕的自由。"美女作家"对身体自虐或自戕的

① 棉棉：《盐酸情人》，上海三联书店 2000 年版，第 27 页。
② 棉棉：《盐酸情人》，上海三联书店 2000 年版，第 106 页。

嗜好，正是她们误读身体自由的结果。她们误将异化的自由选择当作真正的自由选择，遂而否弃了生命的神圣性，放逐了身体的高贵性。

从以上分析可以看到，消费主义文化与"美女作家"共谋是如何使性欲望成为这个时代的唯一胜利者的。应该说，"美女作家"的这种"性唯一"的审美判断，借着现代个体欲望自由伦理的掩护，是极具迷惑性的。为此，需要我们仔细去甄别与思考，进行批判。性于人而言，意味着什么？李小江对此有过精辟的论述，她说："性是重要的——但它并没有重要到可以涵盖整个人性。性快感是重要的——但它并不能包容人世间所有的快乐。性欲也是重要的——但它并不比生存的欲望、发展的欲望、安全的欲望、创造的欲望更加重要。"① 人固然有追求性欲望满足的权利，但人的性欲望权利并不能也不应取代人的其他权利。

（作者简介：赖翅萍，广西陆川人，文学博士，肇庆学院文学与传媒学院教授）

---

① 转引自周璇：《后现代主义与女性主义》，《理论与创作》2006 年第 2 期。

《三里湾》中的两性关系书写

陈艳玲

　　赵树理小说《三里湾》是新中国第一部关于农业合作化的长篇小说，讲述了特定历史时期农村合作化道路中农民的新转变与农村的新面貌，勾勒出了一个时代乡土中国的斑斓图景。赵树理为农民描绘出了走向社会主义理想、走向现代化的康庄大道，指明其重要的途径就是走进"集体"，参加农业合作社，社员们携手前进，共同奋斗。从现有的研究结果来看，历来研究者多关注小说表现"农村题材"特别是"农业合作化题材"对现实意义秩序的建立及其叙事艺术，揭示其隐藏在文本裂隙中复杂多样的现代化话题，评价农民视角下的赵树理对小说艺术及农村现代化道路的探索；还有个别研究者对小说中的新女性形象及爱情关系进行分析，发现赵树理通过书写新女性婚姻自主来探索女性解放之路，而对小说中两性关系的细读还未有专文做全面细致的论析。

　　马克思指出，"人对人的直接的、自然的、必然的关系是男人对妇女的关系"①。可以说，两性关系是人与人之间最基本的关系，两性关系的和谐与发展是人类社会发展的重要维度。本文所探讨的两性关系并不是专指恋人关系和夫妻关系，而是指在一定时期一定范围内男性与女性的对比关系。由于历来男性在传统社会中占主导地位，因此考察女性在社会与家庭中地位的变化更有意义，是评价两性关系的重要指标。值得注意的是，照此思路，虽然在《三里湾》建构的乡村集体中，村民们在共产党员的带领下大步走向农业合作化道路，而当时的主要矛盾是社会主义路线和资本主义路线的冲突，分别在代表社会主义路线的党支部书记王金生与代表党内自发走资本主义路线的村长范登高之间展开，

---

① 中共中央马克思恩格斯列宁斯大林著作编译局编译：《马克思恩格斯文集：第 1 卷》，人民出版社 2009 年版，第 184 页。

另外还有马、袁两家对加入合作社所持的抵制与观望态度，小说由此展现了在农业合作化过程中村民内部存在的思想分歧和生活观念的矛盾，而且最终解决了矛盾，取得大团圆结局，具有强烈的时代色彩。然而，细读文本，若从男女两性的关系问题来解读，"三里湾"这个正热火朝天发展农业经济的集体中，仍然可以发现一扇展示时代主旨与历史内涵窗口。《三里湾》展现了在新政权的艳阳天里，新农民满怀对新社会、新农村的建设热情，在这个大家庭里似乎男女平等、和谐，两性都是社会主义当家作主的新人。然而，仔细检视小说，我们发现，在大环境宣扬"男女平等"的主旋律里，不时响起声声不和谐的音符，反映出赵树理及时代隐藏的两性文化的局限性。

一、男女平等的主旋律

"我的作品，我自己常常叫它是'问题小说'。……因为我写小说，都是我下乡工作时在工作中所碰到的问题，感到那个问题不解决会妨碍我们工作的进展，应该把它提出来。"[①] 创作《三里湾》之前，赵树理多次来到作为长治专区十个农业生产合作社试办点之一的川底村开展工作。在那里，他深入农民的生产劳动与日常生活中，积累了丰富的写作素材，最后才创作了长篇小说《三里湾》。他曾回忆说："写《三里湾》时，我是感到有一个问题需要解决，就是农业合作社应不应该扩大，对有资本主义思想的人和对扩大农业社有抵触的人，应该怎样批评。因为当时有些地方正在收缩农业社，但我觉得社还是应该扩大，于是又写了这篇小说。"[②] 也就是说，在《三里湾》的构思与写作过程中，赵树理并没有明确意识到要反映当时农村的两性关系问题，他只是基于自己的见闻与生活经验很自然地呼应了大环境，也表现出自己在新时代里对两性关系的认识。所以，《三里湾》中首先奏响的是"男女平等"的主旋律。这首主旋律来自"五四"以来新型两性关系的历史必然发展，更主要来自当时新政权赋予女性的权利，即女性在政治地位、经济关系乃至家庭活动中都被赋予与男性同等的权利，这些权利甚至被写进了法律。

性别包括生理性别和社会性别，小说里反映的两性关系都是社会性别的表现。社会性别是"由社会文化形成的有关男女角色分工、社会期望和行为规范

---

① 赵树理：《赵树理全集（4）》，北岳文艺出版社 2000 年版，第 424 页。

② 赵树理：《赵树理全集（4）》，北岳文艺出版社 2000 年版，第 425 页。

的综合体现"①。在《三里湾》中,"男女平等"关系主要体现在两性政治地位的平等与经济地位(如生产劳动权利方面)的平等。众所周知,中国历史历来都是以男性为主导的文化,大至世界稳定、国家繁荣,小至乡村秩序、家庭和谐,男性都被赋予重要责任。女性的世界是小的,只属于男性的家,被要求"无才便是德",整天围着锅台、抱着孩子移动她们沉重的步伐,没有改变自己、改造社会、创造新生活的权利。新政权从制度上改变了这种局面,加速推进了"五四"以来改变两性关系的努力。两性在社会主义建设面前拥有同等的政治身份,处于同一起跑线上。"共和国政府颁布的第一部重要法律就是婚姻法,它首先确立了男女两性在婚姻关系中的平等地位;1951 年,政府又制定了'劳动保护条例',规定了女工与男工享有同样的劳动保护;1953 年 2 月通过的'选举法'规定了男女公民都具有选举权和被选举权;特别是 1954 年颁布的宪法明确规定了妇女在政治的、经济的、文化的、社会的和家庭的生活方面享有同男子平等的权利。"②《三里湾》中的农民不管男女都有参加村里集体政治活动的权利,如开村民大会,集体决议;女性也能进入湾里的权力机构,成为新政权的基层管理者,如秦小凤担任副社长、村妇联主席与优抚主任之职,是社里的重要干部,灵芝担任文化教员、会计与团支委委员,玉梅、菊英都是青年团员;另外,在小说开始交代旗杆院一家子时,提及的男女都在外面当干部。小说中对部分女性参与政治活动的书写表明了当时农村已经较好地实现了两性平等,颠覆了旧时以男性为中心的政权管理结构,具有现代性。而且,在政治身份明确的前提下,以秦小凤、范灵芝、王玉梅为代表的年轻女性思想觉悟高,有坚定地走社会主义道路的决心,甚至可以起到模范带头作用,帮助家人改变旧思想跟上新时代。小说中明显对这些女性都是持肯定赞扬的态度,由此也表现出对新政权下女性地位的肯定与两性关系平等、和谐的主流意识形态。

鲁迅曾在《娜拉走后怎样》中谈到出走的娜拉的结局:"娜拉或者也实在只有两条路:不是堕落,就是回来。"③ 他认为原因是"钱","所以为娜拉计,钱,——高雅的说罢,就是经济,是最要紧的了"④。没有获得经济独立的女性

① 郑新蓉、杜芳琴主编:《社会性别与妇女发展》,陕西人民教育出版社 2000 年版,第 12 页。
② 李自芬:《无性的两性关系:性别文化视野中的 1950—1970 年代中国诗歌》,《社会科学研究》2005 年第 1 期。
③ 鲁迅:《鲁迅全集:第一卷》,人民文学出版社 2005 年版,第 163 页。
④ 鲁迅:《鲁迅全集:第一卷》,人民文学出版社 2005 年版,第 164 页。

是没办法真正走出家门去争独立、争平等的。从《三里湾》中塑造的新女性形象来看，女性获得了与男性平等的经济身份，即她们拥有与男性同样的参加劳动生产、挣工分的权利。玉梅、金生媳妇、菊英等女性个个都是劳动的好手，就像玉生所说的，"我们这一大家，除了小孩们都是参加生产的！说不上是谁来伺候谁"①。新政权提供了女性独立的最基本条件——参加劳动生产，劳动的结果就是使得女性获得了一定的经济基础。同时，男性也认为女性爱劳动、能劳动是一个优势，比如说大家肯定玉梅是个"强劳力"，在地里生产时很能干，"不论做什么都抵得上个男人"，这种评价说明当时已经在一定程度上改变了"男主外，女主内"的两性定位，确立了两性在经济地位上的平等关系。除此以外，女性在择偶时也把能劳动当作一个重要条件，如灵芝对玉生、小俊对满喜的选择，正是看中了他们在劳动中的能力与热情。相反，小说对那些不爱劳动、不事生产的女性则进行了否定，如写袁天成对妻子"能不够"不参加劳动的批评，要求妻子与女儿进行"劳动改造"。可见，小说通过书写女性与男性一样参加劳动生产，构建了一个妇女解放，两性平等、和谐的氛围。另外，细读文本，还能够发现一些体现男性尊重女性的细节。比如小说中提到金生他们的农业合作社规定"不让妇女挑担子"，这是对妇女身体的保护，因为挑担子是重体力活，连男社员们都觉得很辛苦很累。这其实是一种在平等基础上体现两性差异、尊重女性的做法。虽然小说中这种意识不多，但确实是处理两性关系时的重要立场，比部分女权主义者宣扬两性无差别的平等要合理。当然，小说的主旨是表达对新社会走农业合作化道路的探索，所以在肯定女性劳动时更是鼓励她们走出家门参加农业生产建设，获得一定的经济报酬。比如玉梅说："咱们村自从有了互助组以后，青年妇女们凡是干得了地里活的人，谁还愿意去织那连饭钱也赶不出来的小机布呢？"② 参与集体的生产劳动可谓是《三里湾》中女性参与公共事业的开始，至少能够表明女性正在解放的路上。

　　家庭历来是衡量两性关系的重要评价场域，《三里湾》在描写家庭关系时，也表现出当时两性平等、和谐的主流态度。其中最突出的是在婚恋方面。小说中对爱情的书写不多，而且是围绕农业合作化道路而展开的，主要叙述了灵芝与玉生、玉梅与有翼自由恋爱的婚恋故事，虽然他们的婚恋过程有点简单，但

---

① 赵树理：《赵树理全集（2）》，北岳文艺出版社 2000 年版，第 80 页。
② 赵树理：《赵树理全集（2）》，北岳文艺出版社 2000 年版，第 120 页。

是他们都能够自主选择爱人。而且，女性往往占主动地位："只要女方愿意，男方的话比较好说。"① 如果说在"五四"作家笔下，青年们还仅仅停留在反抗父权、争取爱情自由的激情中，那么新政权下的农村青年已经能够进入爱情内部，对爱情进行思考，他们的爱情既建立在感性愉悦的基础上，又有明确的理性判断。比如灵芝在向玉生表白前的心理矛盾过程，明确表达了她选择爱人有非常具体清晰的条件，如聪明、能干、爱劳动，以及个人与家庭成员的政治立场和对农业合作社态度的正确，等等。"爱情，是在一定社会经济文化背景下，两性间以共同的社会理想为基础，以平等的互爱和自愿承担相应的义务为前提，以渴望结成终身伴侣为目的，按照一定的道德标准结成的具有排他性和持久性的一种特殊关系。"② 虽然他们确定爱人的最重要因素是一种类似"政治正确"式的选择，但是这未尝不是一种值得肯定的爱情形式。另外，在农民对待离婚的态度上也可以体现出当时两性关系的平等与和谐。玉生与小俊婚后有矛盾，在经过调解委员会调解无效之后，顺利离婚，双方父母及村民并没有阻拦或者在背后议论，完全按照他们自己的意愿行事。离婚后，二人反而重新获得了自己满意的婚姻。特别值得一提的是村民对小俊的态度，让我们看到了新社会对离婚女性的正确态度，曾经束缚女性的所谓"弃妇""贞洁"枷锁都被抛弃。即便是思想陈旧的父母与姨妈，也丝毫不顾忌她离异的身份而千方百计撮合她与有翼的婚姻。可以说，小说中虽然处处表现出对新社会里农民政治思想觉悟与实际行动的重视，也有论者认为小说中的爱情因为"政治话语"的叙事主线而显得"失真"③，但是的确也在无意中揭示出了农村两性关系上的新面貌，体现了新政权下女性地位的提高、男性对女性的平等意识。

所以说，像这类近距离反映农村社会面貌和人民生活的农村题材小说，同步性地表现出了当时社会的实际情况与作者对时代的忠实反映甚至是理想，可以成为考察两性关系发展历史的一个重要对象。

二、不和谐的小音符

自"五四"以来，对两性平等关系的探讨逐步得到重视，然而，即便是西

---

① 赵树理：《赵树理全集（2）》，北岳文艺出版社 2000 年版，第 79 页。
② 罗国杰、马博宣、余进编著：《伦理学教程》，中国人民大学出版社 1985 年版，第 262 页。
③ 戴彬：《"十七年文学"中的爱情模式建构——以赵树理〈三里湾〉为例》，《梧州学院学报》2014 年第 1 期。

方外来思想与"人的觉醒"的共同作用与影响，两性平等关系的确立一直还在努力建设当中。平等的两性关系，如果能通过从上至下的行政手段来顺利建构，反而显得这并非一个需要重视的问题。然而事实也并非如此，制度的规定历来无法完全实现创建者的意图，更何况其本身也存在局限性。《三里湾》中以"平等和谐"为主流的两性关系是新政权下农村社会发展的必然趋势，是赵树理跟随时代主流、反映农村现实的必有内容。但是，小说中这种两性关系能否贯穿始终，赵树理对两性关系的书写究竟是开创一个新局面，还是无法脱离窠臼？通过对小说的细读，我们可以发现这首和谐主旋律背后隐藏的秘密音符。

也正是因为赵树理并无明确的性别立场与目的性去书写两性关系，反而使他在小说中能够毫不隐藏地表达他对两性关系的认识，也能充分展示其认识矛盾、局限的地方。在新政权的要求下，两性共同成为新农村建设的主人翁，女性的政治身份、经济身份得到了史无前例的重视与提高，甚至在男性眼里两性也是平等的，所以，《三里湾》中被争取加入农业合作社的包括了男性与女性。但是仔细对比两性在劳动生产、家庭关系中的差异，可发现两性的关系并没有想象中的平等、和谐。

首先，从新政权基层男女干部的数量上看，男性远远多过女性。小说中出现的男性干部有党支书王金生、村长范登高、副村长兼社内小组长张永清、村生产委员兼社内小组长魏占奎、社长张乐意、县委会刘副书记、专署农业科何科长和本区副区长张信等，而女干部只有副社长兼村妇联主席秦小凤。两性干部数量上的严重不对等也必然导致了在农业合作化道路上，男性成为理所当然的决策者，实行对女性的引领，成为政治、经济舞台最重要的角色。同时，小说中也很自然地表现出一个事实：在涉及生产大事如扩社、开渠等的讨论与决议时，很少提到唯一的女干部秦小凤的发言，沉默无语表示她处于服从的位置。小说中有个细节，写的是当其他男干部在讨论扩社事宜的时候，秦小凤却手拿刚刚做好的红绸旗，让大家看看活儿做得整齐不整齐。她真正发挥一定作用的是在调解委员会中对菊英分家和玉生夫妻离婚的调解。另外，以金生、玉生兄弟为代表的男性形象的活动空间主要是在象征新政权的公共领域旗杆院与代表转型时期重要生产领域的田间地头，而写到家庭生活更多出现的是女性形象，否则就是写男性在家里讨论社里的大事、制作生产工具，比如玉生的房间就是工作（劳动）场所。由此可见，两相比较，还是凸显出"男主外，女主内"的传统观念，说明社会权力还是主要归男性所有，印证了西方女权主义者认为的：

"因为妇女在任何领域内很少占有权力职位，所以权力一般是指男性。"①

其次，小说在对家务劳动的书写中表现出了对女性解放的简单化处理。《三里湾》中的两性拥有参加集体劳动生产的平等权利，但是对承担所有家务劳动的女性来说，小说不仅没有承认家务劳动对家庭、对社会的重要作用，反而表现出与集体劳动生产相比，家务劳动无关紧要，会拖集体经济生产后腿的态度，由此否定了女性家务劳动的价值。《三里湾》的主旨是探讨农业合作化道路如何走，显然，家务劳动与集体经济生产之间是相矛盾的，最终如何处理这个矛盾却是两性关系的体现。小说写金生媳妇向玉梅诉说她的苦恼："光这些零碎活儿就把人赶死了！三个孩子的鞋都透了，爹和你大哥的鞋也收不下秋来了！前几天整了两对大鞋底连一针也没有顾上纳，明天后天得上碾磨，要不然一割了谷，社里的牲口就要犁地，碾磨就是使人推了。说话秋凉了，大大小小都要换衣裳。白天做做饭，跟妈俩人在院里搓一搓大麻，捶一捶豆角种，拣一拣棉花，晒一晒菜……晚上这些小东西们又不早睡，跟他们争着抢着做一针活儿抵不了什么事，等他们睡了还得熬夜！"② 这段话充分表明了当时的女性不但要参加社里的劳动，还要承担家务及照顾孩子的责任。也就是说，当男性在外面劳动时，家里至少有一个女性同时承担了两份工作，她们的苦恼是没办法向男性诉说的。小说最后在处理开渠问题时，为了动员更多女性参加集体劳动，赵树理设计了一个办法——让人专门负责照看孩子和做饭，让更多女性从家务劳动中解放出来，投入更重要的开渠工作。小说并没有详细描写其效果如何，但是这也说明赵树理意识到了女性承担家务的重要性，若既要女性参加集体劳动，成为社会主义生产建设的一分子，又要女性承担传统家庭中的义务，是不可能实现女性解放的。而在那个时代，只有放弃家庭才可以真正进入集体，这种选择也是值得深思的。

最后，小说对家庭关系的描写中也表现出两性不平等的现象。"两性关系的性质，在很大程度上体现在进入婚姻的男人/丈夫与女人/妻子的关系上。"③《三里湾》描写的家庭主要有王、袁、马、范四家，这几家的夫妻关系不论是

---

① 李英桃：《女权主义视角下的"权力"》，载《中国女性主义：第一辑》，广西师范大学出版社2004年版，第102页。

② 赵树理：《赵树理全集（2）》，北岳文艺出版社2000年版，第76页。

③ 刘思谦：《我们距两性和谐还有多远？——女性小说文本中的两性关系问题》，《南开学报》（哲学社会科学版）2008年第2期。

平静稳定型还是吵闹争执型，都能够或隐或显地表现出赵树理对两性关系的态度。作家在创作小说时一般都重视人物的取名，因为恰当的人物称呼可以更直接地表现人物性格，帮助小说揭示主题，表达作家独特的艺术风格。历代文学史上都留下了许多内涵丰富的人名，如林黛玉、贾宝玉、阿 Q、祥子、曹七巧等。赵树理的小说也一向重视人物的称呼，比如《小二黑结婚》中的二诸葛、三仙姑等名字，都很形象地揭示了人物的性格。《三里湾》中人物的称呼最让人记忆深刻的是外号，如具有讽刺意味的"常有理""能不够""惹不起""糊涂涂""翻得高"等。除此以外，对几位女性的称呼也表明了夫妻关系中女性的地位。这几位女性是宝全媳妇、金生媳妇、登高媳妇、大年媳妇，她们的名字是由自己丈夫的名字决定的，没有属于自己的称呼，仅仅是被当作丈夫的附属，无名的女性表现出女性独立人格的缺失。而且，虽然这几位女性在家庭中跟丈夫的关系都是平静稳定型的，但这都是用她们对丈夫无条件的支持与服从换来的。赵树理在描写她们时明显是持肯定态度的，如写勤劳善良、任劳任怨的金生媳妇，她不仅要承担社里及家里的繁重劳动，还要支持配合作为党支部书记的丈夫的领导工作，就算自己有委屈也不会吵闹，始终维护一家人和睦融洽，成为村里的典范。相反，若夫妻关系中有吵闹争执，妻子强势有主见甚至反对丈夫，小说则表现出对女方撒泼无理的指责，如"能不够"因为在两性关系中占上风，给男人立规矩，则通过她指导女儿婚姻失败，丈夫袁天成跟她闹离婚，自己后来有所转变来加以否定。此外，小说还有许多细节揭示了家庭中两性关系的秘密，如家里涉及钱财的开支都由男性决定，如写小俊买衣服去找玉生要钱，马家"花钱是要通过老头"。

总之，小说在描写两性关系时，通过塑造进步女青年小凤、灵芝、玉梅、菊英等人表达出农村合作化道路上两性都是平等的同路人、合作者，但在描写村里扩社、开渠的进程中，在家庭琐事及对人物处理矛盾的不同态度中，也有旧观念时露端倪，显现出赵树理潜在的对农村两性关系失衡的理解。

三、尴尬的民族曲风：无性的两性关系

其实，考察两性关系并不仅仅关涉两性关系本身，因为两性关系归根结底是人的问题，能折射出人性的本质和人的存在方式。赵树理农民作家的身份以及对农村题材的偏爱，让他着力描写历史转型时期农民的各种表现。新政权为

确立两性平等、和谐的关系提供了制度上的保障，男女两性在政治权、经济权、受教育权、婚恋自主权等方面迅速而猛烈地达成了和解，尤其是女性获得了前所未有的尊重。但是历史的积淀与人们思想认识的不足使得这一切都没那么简单。《三里湾》中的两性关系揭示出新时代农村社会两性平等合作的高亢嘹亮的主旋律，也不时奏响两性失衡的音符，表现出赵树理及其所处时代对女性潜藏的不公平态度。这是一首既能反映农村新面貌又有坚实的传统烙印的民族曲风，它的音波里散发出当时农村社会两性"去个人化"与"无性化"的倾向，值得警惕。"去个人化"体现在集体利益对两性关系中个人生活与情感的挤压；"无性化"指女性特征的模糊，女性形象向男性标准靠拢，用同样且唯一的政治身份来评价两性。小说在建构走农业合作化道路、建设社会主义事业的宏大叙事中，两性关系应有的个性化私密话语及性别间色彩各异、和谐相生的美好都被省略，一切为了集体利益，以男性化的标准规训女性。

"五四"时期女作家庐隐曾呼吁女性："不仅仅作个女人，还要作个人。"[1]争得与男性同样的做"人"的权利，将女性从父权制的牢笼中解放出来是当时女性解放的核心内容。后来从延安时期一直到中华人民共和国成立，"开发民族国家所需的劳动力资源和政治资源，就成了这一历史时期妇女解放的主要诉求"[2]。这种诉求必然导致对两性提出同样的要求，特别是女性要向男性看齐。《三里湾》中涉及两性审美时就体现出了"去个人化""无性化"的标准。小说在叙述灵芝与有翼的关系时已经表明他们的感情是有较深的基础的，比如说他们有三年的"闲谈"历史，除了谈些工作、学习上的正经话，更多的是扯些没边没岸的闲话以及打小游戏。这种闲谈正是两性交往中具有个人化及两性吸引力的内容。可惜，后来当灵芝看到有翼多次表现出思想觉悟低，被家庭落后分子束缚而不能挣脱时，她原本的感情天平倾斜了，眼前思想觉悟高、聪明能干的玉生马上吸引了她的注意力，在一番比较之后她作出了"正确的"选择。而仔细分析她与玉生的交谈，基本都是与工作有关的"公共话语"，几乎没有很个人化的"私语"。同样，玉生在考虑灵芝时也是看上了她团支委、初中毕业、合作社会计、聪明、能干等身份和特点，小说虽然提到灵芝"漂亮"，但没有

① 庐隐著，肖凤、孙可编：《庐隐选集》，百花文艺出版社 1983 年版，第 45 页。
② 王宇：《乡村现代性叙事与乡村女性的形塑——以 20 世纪 40—50 年代赵树理、李准文本为例》，《厦门大学学报》2013 年第 1 期。

一点外貌、身材、性情等个性化的描写。二人都没有表现出对对方独特的性别魅力的兴趣，没有表现出私人化的对爱情的细致体验，爱情变得简单、可以计算，人物丰富复杂的情感世界无从得知。思想觉悟与劳动能力成为两性审美共同的标准，这样的标准也发生在其他恋人之间，如玉梅跟有翼，若有翼不改变原来的思想态度，玉梅是不可能选择他的。而在夫妻之间的相处中，我们看到的仍然是用这个共同的标准来衡量两性，如玉生与小俊的关系。开始玉生认为小俊长得还不错，在社会上又没有表现过什么缺点，而当小俊思想觉悟上的毛病暴露出来后，婚姻马上维持不了了。离婚的导火索是小俊想买新衣服，向玉生要钱而不得后二人争吵打架。平心而论，小俊买新衣服并不是十分过分的要求，玉生沉浸在集体劳动中丝毫不顾及妻子的感受加剧了二人的矛盾，甚至最后因为小俊摔坏了玉生一个重要的画图工具——曲尺，玉生"响响打了小俊一个耳光"，当见到小俊把东西扫落地上以后，他就"认真和她打起来"。在这场争执中，小俊因为无法跟上玉生的思想觉悟而遭到了否定，丈夫对她的态度是觉悟者对落后分子的态度：能改则过，不改则离，没有丈夫对妻子的怜爱，双方对彼此都没有丝毫"情爱"的表现。这场短暂的婚姻很典型地表现出了当时农村的婚姻观、性别观，两性关系被政治标准抽离了所有关于"个人"、关于"性"的想象。小说唯一与此有关的细节描写却是"能不够"对小俊的一个错误教导："哭的时候也不要真哭——最好是在夜里吹了灯以后装着哭。"[①] 这暗示的是新婚的小俊对丈夫进行"性惩罚"，很明显，"性"对玉生毫无吸引力，不但没有得到她想要的效果，反而加剧了二人的隔阂。"常有理"批评玉生不管家，"对村里、社里的事比对家里的事还要紧"[②]，可谓看清了他的缺点，只可惜小说为了表现进步青年参加社会主义建设的热情，为了为集体利益服务，完全无视人物在两性关系与家庭关系处理上的不足。正如论者所言："王玉生的行为多数出于对'集体事业'的维护，或者说他更热心对集体事业的参与，这导致他没有搞清楚集体事业和个人家庭生活毕竟是有区别的。"[③]

此外，为了获得更多的劳力资源，鼓励女性走出家庭，参加能够获得报酬的集体劳动是对两性同质化（无性化）的变相要求，是对两性差异的无视，在

① 赵树理：《赵树理全集（2）》，北岳文艺出版社2000年版，第80页。
② 赵树理：《赵树理全集（2）》，北岳文艺出版社2000年版，第95页。
③ 许孟陶：《〈三里湾〉：情感化治理和爱情的冲突与"分配"》，《文艺争鸣》2012年第1期。

差异实际存在的前提下，实际上这是对女性的不尊重。正如费孝通先生所分析的，西方人的家庭里，夫妇是主轴，两性间的感情是凝合的力量，而在我们的乡土中国，父子是主轴，夫妇是配轴，而且"都被事业的需要而排斥了普通的感情"①。乡土社会规定的"男女有别"，在心理上使得"男女只在行为上按着一定的规则经营分工合作的经济和生育的事业，他们不向对方希望心理上的契洽"②。这种注重事业合作的两性关系跟新政权对两性的要求完全一致，所以在《三里湾》的性别图景中，我们看到的是两性携手建设社会主义的欢乐景象，而不是两情相悦、浓情蜜意的两性交融。这样的两性关系也提供了一种"和谐"的途径，只不过，两性各自的性别话语被遮蔽在庞大的政治话语之树的阴影里，女性获得真正解放的宏愿似乎还是遥不可及。

综上所述，《三里湾》中两性关系的书写既体现农民作家赵树理积极响应国家政策，传承"五四"以来启蒙主义思想的精神，宣扬两性平等，描绘两性共同努力建设新社会的新景象；又在传统文化深厚的集体无意识影响下，无意中显露出农村两性关系的失衡，即轻视女性，男性仍然充当社会主角、女性引路人。细读《三里湾》中的两性书写，可以探索新政权下转型时期政治因素对两性关系相处之道的影响，也为人类解开两性和谐之谜寻找方向。

（作者简介：陈艳玲，湖南株洲人，肇庆学院文学与传媒学院副教授）

---

① 费孝通：《乡土中国》，北京出版社 2004 年版，第 57 页。
② 费孝通：《乡土中国》，北京出版社 2004 年版，第 65 页。

论新时期小说的叙述方位

王少瑜

　　小说的故事必须由一个有叙述功能和传达功能的叙述者来讲述。叙述者作为文中的"叙述行为的主体"①，可以现身文本中，用第一人称"我"叙事，也可以隐身于文本背后，用第三人称叙事。同时，叙述者在叙事时总是选择一定的叙述视角，这就使关于叙述者和叙述视角之间关系的研究富有意味。赵毅衡建议把叙述者与叙述视角的配合称为"叙述方位"②。新时期小说摆脱了"十七年"小说叙事方式单一化的困境，叙事艺术发生巨大变革，表现出多样化的叙事策略。本文选取一批在叙述方位上有一定代表性的作品，对新时期小说叙述者与叙述视角的组合艺术进行分析。

一、第一人称叙述

　　运用第一人称讲述故事的小说，叙述者"我"出现在文本中，"我"为聚焦人物，从"我"的视角出发进行叙事。我们可根据叙述者在"我"所讲述的故事中的位置、所选用的视角，把运用第一人称叙述的新时期小说的叙述方位，划分为四大类：第一人称叙述者兼主角、第一人称叙述者兼参与者、第一人称叙述者兼旁观者、第一人称叙述者兼全知者。

　　在第一人称叙述者兼主角的叙述方位中，第一人称叙述者是故事的主角，把自己作为认知和体验的主要客体，自我观察、自我剖析，自叙个体对生存世

---

　　① ［法］茨维坦·托多罗夫：《文学作品分析》，载王泰来等编译：《叙事美学》，重庆出版社 1987年版，第 34 页。
　　② 赵毅衡：《当说者被说的时候——比较叙述学导论》，中国人民大学出版社 1998 年版，第124 页。

界的心理体验和心路历程。新时期作家运用这一叙述方位时，既透过"我"真诚坦荡的讲述，使主人公的行为、经历富有个性色彩，又利用自知视角深入、细腻地解剖人物的内心世界，让读者可以更自然地直接接触人物复杂的心理活动。张贤亮在《绿化树》《男人的一半是女人》中设计了一个中华人民共和国成立后在历次政治运动中受难的知识分子"我"的形象。第一人称叙述者讲述自己经历的磨难、体验和心灵复苏的过程，以自省自忏、理性思辨，坦露知识分子在非常岁月中的精神旅程。由于叙述者沉醉于"我"的体验，恪守着"我"的感觉和印象，故事的表述自由率直，细节具有极强的可感性。刘索拉的《蓝天绿海》、徐星的《无主题变奏》、余华的《十八岁出门远行》3篇发表于20世纪80年代中期的小说不约而同地选择了第一人称叙述者作为主人公，讲述一个少年的精神流浪。《蓝天绿海》中"我"满怀伤感的回忆独白，申诉着"我"莫名的忧伤、难言的孤独和在生存环境重压下的凄凉挣扎；《无主题变奏》中的"我"感叹生活的杂乱无章，宣告着"我"尊重自我、选择生活的勇气和尝试；《十八岁出门远行》中的"我"则带着刚成年的朝气和迷惘，讲述"我"第一次出门远行的热情和惶惑。3篇小说都确定"我"作为面对世界不知所措的少年抒情形象，透过未成年人的视角，运用独语的方式，把现代少男少女成长的烦恼演绎得如泣如诉。

第一人称叙述者兼参与者的叙述方位中，叙述者"我"既不是故事的主人公，也不单纯是故事的见证者，"我"参与了故事，有意识地把自己和他人都作为认知对象，既观察自我又观察他人。于是，在叙述过程中，自我得到表现，但不处于中心位置，在"我"的视线范围内，各色人等的表演也同时被讲述，叙事经主体情感和经验渗透。李存葆《高山下的花环》主要由故事的参与者赵蒙生讲述。赵蒙生是一个经过战争洗礼、心灵转化的人物，作者运用这一叙述方位，即巧妙地利用了人物的忏悔之心，抑制叙述者过多的自我表现，把叙述焦点从个人身上移开，把更大的故事空间让给那些"用热血净化了我的灵魂"的烈士们，编织一幅"位卑未敢忘忧国"的军人群体图。叙述者紧紧抓住使他心灵受到极大震撼的事件和人物作为讲述对象，使叙事渗透了主体的经验和情感，极易打动读者的心灵。刘震云《塔铺》中的叙述者回忆1978年上高考复习班的往事，讲述了"我"、"磨桌"、王全、李爱莲、"耗子"等一群农家子弟为改变命运、实现渺茫的希望，在贫困的煎熬中背水一战的种种艰辛。"我"虽然冲出了困境，但是作为亲历故事的人员，共同的出身背景、共同的磨难经历令"我"与其他人物之间有一种发自内心深处的情感交流和共鸣。"我"怀着真切的同情和深刻的理解去体验这些失败的小人物的痛苦，讲述"我们"的故事。第一人称叙述者兼参与者的叙述方位透过叙述者的感情投入，很自然地令读者与叙述者的眼光和评价变得一致，极大地拉近了读者与人物的距离，使故事更富感染力。

第一人称叙述者兼旁观者的叙述方位的特征是叙述者以"我"的口吻讲述故事，但"我"并不参与（或极少参与）故事，处于故事边缘，作为见证人，旁观他人的言行，讲述他人的故事。新时期作家运用这一叙述方位进行叙事时，既利用"我"的耳闻目睹，增强故事的真实感；又把"我"设计成一个普通的旁观者，尽量避免把个体对故事的主观阐释强加于读者，给读者留下更多的空白，调动他们的阅读参与。张洁的《爱，是不能忘记的》主角是母亲，视角却属于女儿，由女儿（"我"）作为旁观者，讲母亲（"她"）的故事。这样的叙述方位产生了别具一格的叙事效果。由于"我"与母亲的亲密关系，叙述成了一种证明，母亲的故事因可证而显得真实，增加了作品的可信度。同时，故事开始时母亲已去世，作为长辈的母亲不可能对女儿详述其爱情故事，"我"对母亲故事的叙述由此带着发现和猜谜的性质，这无疑能极大地调动读者的好奇心，刺激他们与一无所知的"我"共同找寻母亲的秘密，争取他们对故事的认同和参与。阿城的《棋王》讲述棋王王一生的故事，但王一生只管吃和下棋，对体现在自己身上的哲理一无所知，作者设置了"我"——王一生的朋友观察王一生。"我"是一个社会底层的普通知青，喜欢观察生活，善于体悟人生，有很强的文字表述能力。王一生看似平淡无奇的行为在"我"的眼中显得神秘和充满哲理色彩。"我"不禁为此感叹，"衣食为本，自有人类，就是每日在忙这个，可囿于其中，终于还不太像人"，体现在王一生身上的古代哲学意味难以用三言两语说清。于是，第一人称叙述者兼旁观者这一叙述方位的巧妙运用，使作为禅的体现者的王一生不说，作为见证人的"我"虽已参悟，但介于说与不说之间，自由从容地制造只可意会不可言传的叙事效果，叙述者与读者之间达成"我"与"你"心领神会的默契。

第一人称叙述是有限视角叙述，叙述者只能讲述自己的所见所闻所想，但新时期的一些小说却无视这一规范，把"我"当作一个无所不知、无所不晓的精灵，冲破第一人称有限视角的界限，运用全知视角叙事，形成第一人称叙述者兼全知者的"不合常规"的叙述方位。

莫言的《红高粱》和苏童的《飞越我的枫杨树故乡》《1934 年的逃亡》都有一个作为晚辈的"我"的叙述者存在，由"我"讲述家族故事，"我"大胆冲破第一人称有限视角，运用全知视角，讲述"我爷爷""我奶奶""我父亲""我叔叔"的传奇。"我"如同一个精灵，钻进逝去的人的经验世界，使"我爷爷""我奶奶""我父亲""我叔叔"的感觉、体验穿过长长的时间隧道为我们这些现代人所触摸，那些不可追寻的心灵世界透过感觉向今天洞开。同时，"我"虽然是故事的缺席者，但又不等同于一个客观的与故事毫不相干的第三人称叙述者，"我"是家族的成员，在文本出现，"我"的叙述带有强烈的主观色彩，"我"使历史具体化、想象化、个人化。这种"不合常理"的叙述方位给读者的阅读带来了极大的冲击力，提出了一个耐人寻味的见解：随着时间的流逝，历史一去不复返，存在于历史时空中的人心也已变得干枯，无从再追，与其运用第三人称不在场的叙述者以客观的口吻讲述"活生生"但实属虚构的历史故事，不如用一个在文本中露面的主观的叙述者"我"揭开虚构的面纱，大大方方地说出"我"（隐喻现代人）对历史的把握是以想象的方式介入的，"我"想象着历史人物的心灵世界。历史的诗意已永不可再追，历史故事的诗意实质上是讲述的诗意。

新时期小说在运用第一人称叙事时，总体而言是透过灵活设计叙述者在故事中的位置，形成不同的叙述方位，利用它的种种限制来讲述故事，获取第三人称叙述难以取得的文本效果。同时，作家们又对运用第一人称叙述进行了大胆的、有益的新尝试，新时期小说中出现的第一人称叙述者兼全知者的叙述方位的意义，在于说明叙述方位并非自然天成，而是在创作实践中产生的，是小说家与读者之间达成的默契，小说家既可以在约定俗成的惯例中进行创作，也可以不惜"违规"创作出令人耳目一新的作品，使内容与形式取得最佳的组合方式。

二、第三人称叙述

第三人称叙述者是一个置身于故事外的人物，可从任何角度叙事，任意透视人物的内心。新时期有大量小说是采用第三人称叙述的，叙述者拥有全知特权，其突出特点是作者为了尽量避免全知叙述对作品逼真性造成的损害，制造更好的文本效果，常常有意识地限制叙述者的所见所说，灵活运用第三人称叙述者兼旁观者、第三人称叙述者与人物视角相结合的叙述方位。

在第三人称叙述中，如果叙述者放弃其全知眼光，把自己"伪装"成一个旁观者，"采用全然不涉及人物内心活动的摄像式外视角"① 观察人物，仅讲述人物的言行，就形成了第三人称叙述者兼旁观者的叙述方位。这种叙述方位的运用会强化故事的真实感，但是也在一定程度上放弃了小说在揭示人物内心活动这一方面的优越性；同时，没有任何关于人物背景、事件来龙去脉的说明，也很可能使文本演变成一个无法进入的谜团。因此，完全采用第三人称叙述者兼旁观者的叙述方位的小说是极少的。新时期的一些作家则巧妙地把第三人称叙述者兼全知者的叙述方位和第三人称叙述者兼旁观者的叙述方位混合使用，有意识地限制叙述者的权力，有所说有所不说，在信息的透露与有意保留的平衡中获取良好的文本效果，让小说留下更多耐人寻味的余地。

以阿城的《会餐》和池莉的《冷也好热也好活着就好》为例。《会餐》把一个在"斗私批修"的年代集体会餐的场面讲述得有声有色，极尽铺陈，对人物心理的描述却极简约，只有寥寥的几个词：新奇、得意，"今日有酒有肉！无异于赛会，都决心有个样子"。虽简约，也足以看出叙述者是从全知的视角进行叙述的，然而这种全知的叙述没有贯彻下去，叙述者常常把自己"伪装"成一个旁观者，只摄录一些场面。他讲述在会餐过程中，"窗户上爬满了孩子们，不动眼珠儿地盯着看，女人们在后面拽不动，骂骂咧咧地走开，聚在门外唠嗑"。在会餐结束时，"女人和孩子们早已涌入屋里，并不吃，只是兜起衣襟收，桌上地下，竟一点儿不剩，只留下水迹"，"月亮照得一地青白。有人叹了，大家都仰起头看那月亮。那月亮竟被众人看得摇摇晃晃，模糊起来"。会餐时知青和农民的欣喜叙述者是晓得的，他把这种心情现于文字，而对他们内心的悲苦却不去"观察"，佯作不知，不着一笔讲述，女人和孩子们收剩菜的背后藏着怎样的辛酸？有人叹了，叹什么呢？月亮为何被看得摇摇晃晃，模糊起来？叙述者不作任何指点，没有丝毫透视人物心灵的笔墨，在露与不露之间把会餐欣喜背后的千般滋味交与读者慢慢品味。

《冷也好热也好活着就好》中的叙述者把武汉普通老百姓的生活场景——进行扫描：小市民猫子把一支温度计被晒爆当作新闻到处吹嘘；老人们津津有味而又不无伤感地回味往昔的光荣；燕华和她的女伴们百无聊赖地四处闲逛，说着粗俗的笑话……在"全知"的同时，叙述者又限制自己的眼光，基本不进

---

① 申丹：《叙述学与小说文体学研究》，北京大学出版社 1998 年版，第 280 页。

入人物的内心，小市民集体的精神贫乏只透过他们的言行形象演绎出来。例如：猫子和业余作家四之间有一段意蕴深长的对话：

> 四将大背头往天一甩，高深莫测仰望星空，说："你就叫猫子吗？"
> 猫子说："我有学名，郑志恒。"
> 四说："不，你的名字叫人！"
> 猫子说："当然。"
> 然后，四给猫子聊他的一个构思，四说准把猫子聊得痛哭流涕。四讲到一半的时候，猫子睡着了。四就放低了声音，坚持讲完。

这段对话隐喻着对世俗者的精神启蒙是多么不合时宜、没有意义，世俗百姓只承认没有理想、没有追求、"冷也好热也好活着就好"的生存观。第三人称叙述者兼旁观者的叙述方位，使文本既客观真实又富隐喻色彩、阐释空间。

在第三人称叙述中，全知叙述者如果转用故事内的人物眼光观察，即"谁看"中的"谁"是故事内的聚焦人物，那么观察位置即从故事外转入故事内，这种叙述视角称为"第三人称人物有限视角"①。在第三人称人物有限视角中，"谁看"和"谁说"并不统一，"看"的是故事内的聚焦人物，"说"的是故事外的叙述者。"叙述者一方面尽量转用聚焦人物的眼光来观察事物，一方面又保留了用第三人称指涉聚焦人物以及对其进行一定描写的自由"②，即叙述者采用故事内人物的眼光用自己的语言叙事，形成第三人称叙述者与人物视角相结合的叙述方位。

新时期小说大量运用这一叙述方位。在讲述故事的过程中，叙述者或短暂，或频繁，或基本放弃站在故事外的全知眼光，转用故事内的人物眼光叙事，讲述经人物眼光过滤的带主观色彩的人和事，故事在人物视点中演进，使读者直接受到人物情绪的感染，更贴近人物。

很多新时期小说运用这一叙述方位时，在文本中设计一个固定的聚焦人物，以此聚焦目光、贯彻始终。例如，王蒙在《布礼》《夜的眼》《风筝飘带》《蝴蝶》《春之声》《海的梦》等小说中都设置了一个善于思考社会、思考人生，勇

---

① 申丹：《叙述学与小说文体学研究》，北京大学出版社1998年版，第250页。
② 申丹：《叙述学与小说文体学研究》，北京大学出版社1998年版，第223页。

于自我审视的主人公作为聚焦人物。叙述者描绘他们眼中带有强烈主观色彩的客观事物,讲述他们由周围环境的音、色、味、形等刺激引起的种种心理反应,把读者带入小说主人公的感情世界,感受人物历尽磨难后的感悟、反思、自省……虽然作者把人物的心灵作为表现的中心,以人物的意绪流动带动故事的展开,但是他要表现的不是人物漫无边际的无中心的意识流,而是富有"社会意义""是生活的折光"的意识,"是一种叫人们既面向客观世界也面向主观世界,既爱生活也爱人的心灵的健康而又充实的自我感觉"。① 因此,作者不用第一人称叙述,而用第三人称叙述者与人物视角相结合的叙述方位,这样既可以自由地描述人物的内心独白和多向式联想,又能有效地抑制人物意识流动的自由散漫、故事情节的杂乱无章。因为第三人称叙述者始终站在故事外,掌握着人物意识流动的主航道,运用充满理性色彩的语言对人物进行内心分析,简要地讲述富时代色彩的人生片段和社情世相,使故事情节明晰可辨,人物意绪流向离不开理性意识的统摄,是"积极的、进取的、富于时代精神的"②。

有些作者在一篇小说中设置多个聚焦人物,故事在聚焦人物的互相观照中演进。这种第三人称叙述者与多个人物视角相结合的叙述方位的巧妙运用,标志着新时期小说叙述方位的精致和复杂化,标志着作家能更成熟地运用人物视角叙事。

以苏童的《妻妾成群》为例,在小说中四太太颂莲为主要聚焦人物,以她这个封建壁垒家庭外来者的眼光,去观察陈府不为人注意的种种罪恶。三太太梅珊的偷情,梅珊在黑夜中被推入井中残杀的秘密都是在颂莲的视点中被叙述出来的,因为只有颂莲才有偷窥的兴趣,只有颂莲才能领略这宗秘密的罪恶性和悲剧性。叙述者又常常跳离颂莲的视角,以佣人、老爷陈佐千、五太太文竹为聚焦人物,把颂莲放在被看的位置。佣人眼中的颂莲尖酸刻薄,陈佐千眼中的颂莲由单纯、富有性诱惑力变得阴损、不可理喻,文竹眼中的颂莲则是发疯般地说她不跳井。其实,除了文竹眼中的颂莲是真实的,陈佐千、佣人眼中的颂莲都是在争斗中涂上了保护色的颂莲,她以变幻的脾气深深掩饰着内心的恐惧与绝望。《妻妾成群》的聚焦由以颂莲为主的多个人物视角组成,叙述者不

---

① 王蒙:《关于"意识流"的通信》,载徐纪明、吴毅华编:《王蒙专集》,贵州人民出版社1984年版,第126 – 127。

② 王蒙:《对一些文学观念的探讨》,转引自邝邦洪:《新时期小说创作潮流研究》,广东人民出版社1997年版,第115页。

停地"转述"各个聚焦人物的所见所闻，揭示陈家花园的肮脏和罪恶。

《妻妾成群》运用第三人称叙述者与多个人物视角相结合的叙述方位展示故事的全貌，而格非的《风琴》却别具一格，作者并不关心以各个人物视角的互相补充来构造一个完整的故事。故事讲述了日军进村后冯金山、赵谣、王标几个普通老百姓的遭遇。小说每一节都设置一个或两个聚焦人物，叙述者紧跟人物眼光叙事，透过人物主体来体验残酷的战争带给人们的极度恐惧。冯金山和赵谣在强烈的恐惧中，都对真实的存在产生了分离的体验。冯金山目睹老婆被日本人侮辱，他感到"在强烈的阳光照射的偏差之中，他的老婆在顷刻之间仿佛成了另一个完全陌生的女人，她身体裸露的部分使他感到了一种压抑不住的激奋"。赵谣的家被日军当作宿营地凌辱妇女，他的压迫感、耻辱感却渐渐消失，"他看到日本人灰蒙蒙的身影朝他围拢过来，在昏沉的醉意之中，在微微颤抖的烛光椭圆细长的影子中间，他感到所有的东西都没有意义，就像一个钢琴家将一道单调的练习曲弹上多少遍对于他日后腐烂的躯体毫无意义一样……"人物的神经被无法躲避的灾难折磨得疲惫麻木，似乎与眼前血腥的一切深深地隔绝，对现实产生失真的体验。叙述者无意于用全知叙事的眼光来讲述一个关于汉奸的道德惩戒的故事，故事情节残缺不全，他以冷静的口吻讲述现实情景在聚焦人物眼中的扭曲变形，使客观的历史变成个人的感官印象，历史时空变成人性表演的舞台。

综观新时期的小说，运用第三人称叙述的作品呈现出一个趋势：叙述者放逐自己进行道德评论干预的权力，把自己单纯定位为信息的传达者，尽可能只保留提供故事信息的权力，流露出一种冷静的叙述态度。叙述者透过摄像式外视角和人物视角叙事就是这种客观的叙述态度的一种表现。在第三人称叙述者兼旁观者的叙述方位中，叙述者以一个人物外部言行的记录者自居，自然具有客观性。而在第三人称叙述者与人物视角相结合的叙述方位中，由于叙述者的眼光被人物的眼光替代，叙述者的评论干预失去立足之地，只能"转述"人物的所见所闻所想。叙述者的缄默使隐含的作者态度更隐蔽，文本便更富阐释空间。例如余华的《一九八六年》讲述的是一位中学教师"文革"中被摧残致疯，在"文革"结束10年后，出现在已完全"正常化"的街头，对自己施"五刑"的恐怖故事。叙述者一边透过摄像式外视角不动声色地描述1986年街道的欢乐景象，一边透过人物视角讲述在疯子眼中无处逃避的迫害，在妻女和旁人眼中疯子不可理喻的自残行为。第三人称叙述者兼旁观者和第三人称叙述者与人物视角相结合的叙述方位的混合使用，使叙述者的声音隐退了，没有对"文革"悲愤的控诉，只在疯子和正常人眼光的对峙中隐隐流露出作者对人们遗忘历史教训的担忧。叙述者客观冷静的讲述态度无疑造就了文本的反讽效果。

新时期小说的叙述方位变幻多姿，不仅是作家们具有自觉的文本意识，在叙事技巧上进行积极探索的表现，更重要的是，它表明我国当代的小说创作艺术终于翻过了相对苍白的一页。作家们不再单纯地利用叙述者贯穿故事，透过叙述者对故事的干预来灌输某一理念。不管是采用何种叙述方位的新时期小说，都表现出不约而同的追求：故事中人物的感觉、思想、经验的自由表达得到了尊重，叙述者不再在文本中追求直接流露"集体"承认的价值判断，而是把对故事意义的阐释隐藏起来，通过自由地选择叙述视角和读者平等地交流与沟通，把更多的解释权交给读者，小说的艺术魅力由此大大地增强了。

（作者简介：王少瑜，广东揭阳人，肇庆学院文学与传媒学院副教授）

现代汉诗物叙述的自觉探寻

——谈陈陟云诗歌创作特质

吴丹凤

    陈陟云 1984 年毕业于北京大学法律系，大学期间与诗人海子、骆一禾是同学兼诗友，大学期间曾出版诗集，并于 2004 年重返诗坛，曾在《诗刊》《十月》《上海文学》《人民文学》等权威文学期刊发表诗歌，曾获得第九届《十月》文学奖，出版的《梦呓：难以言达之岸》《月光下海浪的火焰》等诗集都具有相当高的质量。陈陟云的诗创作体现出一种传统言说、现代经验与中西哲思相互纠缠建构的倾向，具有一种现代汉诗①延续与实验的创作自觉。学者张清华认为陈陟云的诗"把一切化于无形之中"，譬如"博尔赫斯式的'交叉小径的花园'"，在"现代焦虑中释解出一种和传统密切连接的主题"。② 学者孟繁华认为陈陟云的诗歌"在某些方面回到古典意境或趣味"③，两位学者皆强调陈陟云诗中所具有的那种古典意趣。陈陟云诗中的这种古典意趣并不是一种陈陈相因，更不是一种语言上的故步自封，而是在古代汉诗语言的雅致与现代汉诗语言的流畅之间取得一个相对平衡的诗意言说空间。语言的诗意言说尽管是其一大特色，但其不拘于表达形式，将语言的雅与个体的现代存在体验相契，达到一种表述上的独有诗美和哲思深度。程光炜认为其诗歌具有"五四"新诗传统的某种血缘关系，而陈晓明则认为其现代体验的表述中带有 20 世纪 80 年代

---

    ① 学者王光明提出一个新的文类概念"现代汉语诗歌"。参见王光明：《现代汉诗的百年演变》，河北人民出版社 2003 年版，第 4 页。

    ② 孟繁华、张清华、陈晓明等：《"在这个点平衡世界"——陈陟云诗歌创作研讨会侧记》，《诗歌月刊》2016 年第 10 期。

    ③ 孟繁华、张清华、陈晓明等：《"在这个点平衡世界"——陈陟云诗歌创作研讨会侧记》，《诗歌月刊》2016 年第 10 期。

的思想源流。① 可以说，陈陟云的诗创作不仅具有"五四"新诗传统的某种血缘与 80 年代的思想源流，更具有一种现代汉诗的承继与重构的自觉，其创作风格可以溯源至古代汉诗的叙述传统。王光明曾指出，"包括'新诗'在内的新文学运动，实际上是一场寻求思想和言说方式的现代性运动"，认为新诗"只能是不断延伸的中国诗歌传统的一个历史阶段"，面向"美学和语言的现代重构，以现代美学、语言探索的代际特点，体现与中国诗歌传统的差异和延续的关系"。② 陈陟云的诗歌创造自觉与学者王光明对现代汉诗的期盼具有相当的一致性，而将这种古典意趣与现代思想及言说方式相结合有一个非常关键的联结点，那就是对"物"的言说。

一、物叙述的叙述特征

法国现代派诗人波德莱尔写出了《应和》一诗，将自然看作一座象征的森林，被西方象征诗派视为章程。象征派诗歌之所以让我们感到亲切，因为中国古代汉语诗歌常常将自然中的具体物象入诗，如"明月""柳""杏花""烟雨"等，汉语诗歌对物象的关注，不仅仅是内容上的叙述，还有比兴手法的运用。比兴是古代诗歌的常用技巧。郑玄言："比者，比方于物也。兴者，托事于物。"③ 宋代朱熹也有比较准确的解释，他认为，"比者，以彼物比此物也"，"兴者，先言他物以引起所咏之词也"。④ 中国古代诗创作非常重视"意象"，将情感凝聚于具体的象中，以意写象，物我相融。但从诗歌叙述的角度看，提炼意象始终属于前创作，不能完整地表达整个创作过程，而且意象中的"意"始终依附于具体的"象"周围，难以完整地反映整首诗歌的诗情及诗美。因此，在谈论诗人的创作中，需要将比兴的叙述手法与意象提炼合二为一，"物叙述"一词显然更符合本文的讨论范畴。诗人创作中的"物"往往具有以下两个特点：一是具有言说的倾向，二是具有多重的发散含义。

陈陟云的《今夜无雨，坐听雨》营造出一种深沉的意象，既有禅意，带着王维式的纯净，又具有现代哲思，让人联想到时间的有限与无限、空间的寥廓

---

① 孟繁华、张清华、陈晓明等：《"在这个点平衡世界"——陈陟云诗歌创作研讨会侧记》，《诗歌月刊》2016 年第 10 期。

② 王光明：《现代汉诗的百年演变》，河北人民出版社 2003 年版，第 7 - 8 页。

③ （清）阮元校刻：《十三经注疏：周礼注疏（卷二十三）》，中华书局 1980 年版，第 796 页。

④ （宋）朱熹集注：《诗集传：卷一》，上海古籍出版社 1980 年版，第 1 - 4 页。

与不稳定、个体生存的凝重与超脱："在夜的幽深之处，万籁律动，寂静起伏/缓缓，缓缓。盘腿而坐/如盘根错节的树，盘结冥想的触须/每一片叶子，都以倾覆的姿态，渴望雨/一场以光焰的上升，触击死亡的雨/辽远、开阔、酣畅，而冰凉/隐而不见的影像，只通过光的质感/释放生存的焦虑。坠下的光点/击穿大地的回响，进入爱与忧伤的叶脉和根茎/把生命的澄明，倾泻于水/水面如宣纸，溅满墨迹/撰写一再错过的预言：/'还有什么，能比一场斩钉截铁的雨/让世界碎为玻璃，使万物浑然一体？'/体内的声音，比雨夜更加准确/以试图言说的翅膀，退向黑暗中悬挂的凝重/和轻盈，拒绝一个暖冬的征候/遽然而止，冷冷燃烧。"① 陈晓明盛赞该诗："我觉得古今中外写雨的，如果说选五首诗，我认为陟云这首是可以入选的，写出这样的雨，要有非同一般的笔力。"② 在这首诗中，其意蕴的浮现离不开对比兴的运用。诗中境界非常空阔，"幽深""辽远""开阔""回响"，带来宇宙的无垠感，时空由诗人盘腿而坐之处延伸，无垠中带着澄明与黑暗交替的苍茫。诗人对语言有着纯粹的追逐，带来纯净与禅意。而诗中的物象，有"夜""树""雨""宣纸"，物即言说。"夜"本身具有"兴"之作用，同时又是一种隐喻，隐喻"我"盘腿而坐如生长的"树"所依赖的背景及"释放""击穿"的据点。"比"则体现在"我"之为"盘根错节的树"。诗作在运用比兴手法的基础上，隐喻无处不在，"我"之精神生长为"盘根错节的树"，具有光的质感，"我"的生命是"澄明"的，同时带着"隐而不见的影像"与生存的焦虑，尽管带着"爱与忧伤"的脆弱，却渴望一场"斩钉截铁"的雨，尽管渴望"万物浑然一体"，却又"拒绝一个暖冬的征候"，独自"冷冷燃烧"。诗人的叙述既具有古诗的纯净，又带有现代人的独有体验，尤其需要关注其叙述中通过一系列物象变幻，最终呈现为关于物象的视觉事件。

隐喻的视觉事件构成一个叙述序列，既模糊又清晰地展示出诗人的身影及痛苦的内在意识。诗人赋予自然物象以无垠变幻的特征，在关于"物"之叙述中到达物我两忘的意境。如陈陟云的《另一种雪景》，"深爱着我的人，伤害我最深/每当想到这些突如其来的句子/冬天便铺满我全身/雪景渐渐清晰/我看到她们在雪地上清理我的遗物/枫叶若干，色泽依旧/恍如谁人在夏夜里的羞晕/曾

---

① 陈陟云：《梦呓：难以言达之岸》，中国青年出版社 2011 年版，第 28 - 29 页。
② 孟繁华、张清华、陈晓明等：《"在这个点平衡世界"——陈陟云诗歌创作研讨会侧记》，《诗歌月刊》2016 年第 10 期。

经春水丰盈的铜镜/坐等其中的是谁/盒内一堆凌乱的手稿/书写了何人的过程/想象力无疑是一种障碍/只驾起了景色中的残骸/一只青鸟飞过/她们小巧的手伸入夜晚/将每一把白雪都抓出血痕/每当冬天来临/我便会想到这些突如其来的句子/深爱着我的人，伤害我最深"①。诗中呈现出动人的雪景：她们、遗物、青鸟，然而所有的视觉皆建立在一句话的基础之上，那就是"深爱着我的人，伤害我最深"，如何去诠释这句话带给"我"的感受？诗人有一个详细的描述，雪景"渐渐清晰"（视觉事件的序幕）。因为一种单一的物无法深刻地表达"我"的感受，叙述者通过所安排的雪景，将物与隐喻连接起来。文本逐渐陈列出一件件物体，遗物包括：色泽依旧的枫叶若干、曾经春水丰盈的铜镜、一堆凌乱的手稿。所有的描写都是建立在"我"的感知之上的，叙述打断读者的视觉，叙述者抱怨"想象力无疑是一种障碍"，因为这些物品只能间接表达"我"的惆怅，然而想象力真的是一种障碍吗？显然不是，因为读者可以通过视觉与想象进入"我"的感受之中。在静物的陈列中，叙述者的语言中突然飞出"一只青鸟"，"小巧的手伸入夜晚"，"将每一把白雪都抓出血痕"。在对青鸟的描写中，文本至少传递给我们一个隐喻，作为文化共同体的读者，我们都知道在中国神话传说中，青鸟是一种传达信息的鸟。早在《山海经》中就有记载。② 而引用这一意象的诗歌更是有无数，比如唐朝李商隐《无题》"蓬山此去无多路，青鸟殷勤为探看"③，南唐李璟词云"青鸟不传云外信，丁香空结雨中愁"④，等等。所以，在叙述中，这无疑形成了一种不需要解释的共同文化隐喻。而在隐喻之上，这传达信息的青鸟，它小巧的手伸入黑夜，有没有传达出信息呢？叙述者用一个视觉事件来传达疼痛，"将每一把白雪都抓出血痕"，"黑""白""血红"，"血痕"颜色的凸显传递出一种强调视觉的通感式疼痛。因而，物叙述通过特定环境展示，运用比兴及通过隐喻的叠加，经过视觉到达阅读的移情。

---

① 陈陟云：《梦呓：难以言达之岸》，中国青年出版社 2011 年版，第 44－45 页。
② 参见《山海经·西山经》："又西二百二十里，曰三危之山，三青鸟居之。"汉朝班固所注《汉武故事》："七月七日，上（汉武帝）于承华殿斋，正中，忽有一青鸟从西方来，集殿前。上问东方朔，朔曰：'此西王母欲来也。'有顷，王母至，有两青鸟如乌，侠侍王母傍。"后遂以"青鸟"为信使的代称。
③ 刘学锴、余恕诚：《李商隐诗歌集解》，中华书局 2004 年版，第 1625 页。
④ （南唐）李璟、李煜著，王仲闻校订，陈书良、刘娟笺注：《南唐二主词笺注》，中华书局 2013 年版，第 10 页。

二、物叙述与个体生存的现代体验

在陈陟云的诗作中，诗人试图通过比兴、隐喻等叙述手法，唤起我们的文化共同感受。诗人相当一部分诗作涉及古典意象，譬如《英雄项羽》（组诗）、《暗恋桃花源》、《桃花雨》、《桃花传说》组诗、《南橘北枳》、《新年献词：闭门造车》、《新十四行：前世今生》（长篇组诗节选），这些诗作具有一种创作的启发意义，里面涉及诸多文化意象。以《桃花传说》组诗中的《桃花源》一诗为例："此地。此地无桃三万亩/春风不来，桃花不开/你来了，以复述为舟/在陶氏的虚构里，缘溪而行/桃花盛开两岸/开在蝴蝶纷飞的翅膀上/是前世的青袍，沾满咳出的鲜血/前世的源头，匿影无踪/谁若南阳刘郎，寻而病终？"[1] 在这首诗中，诗人通过对古汉语诗歌中的重要物象的引用，重新叙述言说，使我们在阅读中重温古典，重新置身于古代诗美体验中。有研究者认为，微叙述（mini-narrative）作为隐喻的这一解释可以使人明白，进入其中的并非说话人的"意思"，而是一种文化共同体认为可以接受的解释，由于可以被接受，因此不再被看作隐喻性的。[2] 在陈陟云的诗作中，我们可以看到这种对现代汉语诗歌叙述的实验，以现代个体言说已然成为我们文化共同体的意象，进而给读者一种新旧交融的意象沉浸体验，此种言说将累积于此物象中，最终增加汉语诗歌中某些物象词语的文化厚重感。一如"明月"带给我们的文化感受，因为诗言说的不断累积，"明月"已经不仅是一种隐喻的存在，而且是一种文化的存在。无论是李白的"床前明月光"、苏轼的"明月几时有"，还是张继的"月落乌啼霜满天"，"明月"于我们都成为一种共同的情感寄托之"物"。而现代汉诗对古代物象言说，不能是纯粹的抛弃而应该是一种个体经验的承继及时代思潮的再创作。

当然，在诗人的诗作中更多隐藏着诗人个体的现代体验。在时空的苍茫中，通过物叙述，诗人讲述一种颇为悖谬的当下存在状态：既有对往事的追踪又有对未来之预测，同时往返于空间的此在与彼岸。思索中，带着隐喻的宣示与不断的转向；言说中，对万事万物的确定性存在一种解构企图。在《今夜无雨，

---

① 陈陟云：《月光下海浪的火焰》，长江文艺出版社 2014 年版，第 62 页。
② ［荷］米克·巴尔著，谭君强译：《叙述学：叙事理论导论》，北京师范大学出版社 2015 年版，第 32 页。

坐听雨》中诗人化为树，树盘根成长，进而渴望雨的洗礼，然而这种雨，又是"死亡"之雨。作为诗人精神象征之树，则以"光焰"的形态上升，当"光焰"与雨相"触击"，顿生"生存的焦虑"，"隐而不见"的影像却具有"光的质感"，"击穿大地"带来回响。作为浇灌"树"之"雨"为何是死亡之雨？叙述者"隐而不见"的影像又如何具有"光的质感"？诗歌无疑试图阐述个体之现代体验，"我"之精神既渴望接受"雨"之试炼，又有着必然"坠下"的心理准备，尽管坠下，那也是具有能"击穿大地"力量的光点。因为人有弱点，感性的人是带着"爱与忧伤的叶脉和根茎"之"树"。故而，在苍茫时空中，"我"既"澄明"又"黑暗"，既"凝重"又"轻盈"，丰富而悖谬。

可见，诗作中作者的叙述意图是多重的，诗作言说有所指又有所保留。在诗的分析中，既要对言说予以重视，又要对内容及含义的发散有清醒的认知。在诗歌的叙述中，叙述者对情感的再现通过对物的展示、对画面的动态演示，达到言词的重新排列。一言以蔽之，描写与叙述、比兴与隐喻都是多棱展示的一种。物讲述自身，又不断从自身中逃脱，如《另一种雪景》中，讲述她们、枫叶、铜镜、手稿，然而阅读时，读者必须从她们、枫叶、铜镜、手稿中逃脱。叙述者注视着物，然而言说着非物。物叙述如果仅仅着眼于物，可能引领我们倒向叙述的陷阱。多重的可能性、思想的悖谬与作者的意图都在这种言说中不断建构、不断解构、不断重建。物叙述的基础是物，过程是视觉事件，核心是意象，指向是意象空间及意蕴，时间和空间的构造是其关键。又如陈陟云诗歌《深夜醒来独观黑暗》，"最亮的光来自最黑的暗／我看见一种光，从体内最暗的夜晚透出／微微飘动，聚拢／向平滑如镜的水面升腾／我的指尖，在花绽之时败如枯禾／一束闪电／掠过长空／灿若生之开，死之合／这短暂的一瞬／照亮了我一生／我，安睡在黑夜的最低处／我的床沿／已高出苍穹"[1]。诗人在诗中谈论的是：最亮的光来自最黑的暗。诗作以"光"与"暗"两者的强烈对比传达形而上之思。诗人通过错位的视觉建构虚空之情思。这种建构只能是一种诱导，诱使阅读者在意象的森林中找到正确的路径。诗人讲述着"我看见一种光，从体内最暗的夜晚透出"，然而这道光不是普通的光，而是从体内透出的光，诗意的传递不会晦涩而是有韵味，因为物叙述的编排，使画面依然开阔明净，光"飘动""聚拢""升腾"。到底是"我"的内在变成了实体还是我们眼睛的潜能被释放

---

① 陈陟云：《梦呓：难以言达之岸》，中国青年出版社 2011 年版，第 51－52 页。

了？与其问读者看到了吗，不如问现实隐匿了吗？形而上之思被观看，让人印象深刻。所以，到底是图画拼凑成了叙述者描述的对象，还是描述的对象由图画来言说？读者接受叙述者所讲述出来的视觉、听觉、嗅觉，但是叙述者不断提醒我们，这一切都是非真实的。隐喻以及隐喻投射的物象、构成物象的色彩与色彩的对立面，一切混合在一篇文本中，传递给读者超越时空的意境。"光"与"暗"的对比、"花绽"与"枯禾"的对比、"生"与"死"的对比、"短暂的一瞬"与"照亮了我一生"的对比、"低"与"高"的对比，无不通过物的描写与逃逸而传递一种悖谬的哲思。

　　陈陟云诗歌中关于个体现代生存体验的传递往往带着一种强烈的时空意识。诗中试图营造一场图形透视的视觉盛宴，这种透视空间的营造是将观看的一切加以定位，不易察觉的全能叙述者将"我"与物象置于一个尺度空间。如陈陟云的《另一种雪景》，从"每当想到这些突如其来的句子"开始，诗进入某一虚构时空悬浮在读者面前，或者类似于赵毅衡所言之"区隔"概念，[1] 不管读者所处的真实时空是春天、夏天抑或是秋天、冬天，甚至叙述者本身所处的真实时空是哪一个季节，我们看到在这一虚构时空中，冬天降临，雪景出现。"她们""雪地""遗物"一一出现，我们可以跟随叙述者的视角缓缓观看一件件遗物，这些遗物包括：第一，色泽依旧的枫叶若干。作为遗物的枫叶，似乎诉说着往昔的情感经历。我们不禁进入思索，是谁将其摘下？摘下它的这个人是"我"还是他人？被珍藏得这么好，似乎是某人所赠，那么赠送者在哪？赠送者与"我"之间发生了什么事？第二，曾经春水丰盈的铜镜。而铜镜中曾经"春水丰盈"，唤起草长莺飞二月天的往昔。第三，一堆凌乱的手稿，肯定书写了这美好故事的过程。最后，叙述者用青鸟打破这一虚构时空的固定性，青鸟进入这一虚构时空前，用小巧的手抓出血痕，打破时空的静谧，给读者留下一种冲击感。诗人通过对物体的呈现，犹如电影中的蒙太奇画面一一闪现。叙述者让我们看的物象及画面并不是自然的，而是经过了精心编排的，通过变换"讲述"的物品与唤起该物品所象征的意蕴，使我们对叙述者所讲述的一切心领神会，从而沉浸在同理心之中。物叙述是一种言说，而时空意识的强化令诗

---

　　① 赵毅衡提出用"区隔"概念来区分虚构型与纪实型叙述，"虚构叙述的文本并不指向外部'经验事实'，但它们不是如塞尔说的'假做真实宣称'，而是用双层框架切出一个内层，在区隔边界内建立一个只具有'内部真实'的叙述世界，这就是笔者说的'双层区隔'原则"。参见赵毅衡：《广义叙述学》，四川大学出版社 2013 年版，第 73 页。

人的诗作具有一种时空丰富性。但时空的营造不是目的而是手段，句子"每当冬天来临/我便会想到这些突如其来的句子"一出现，读者随即从物营造的空间退出，凝固在叙述者"我"的时空中感受惆怅。因此，物叙述的时空意识有利于诗创作中的凝视以及凝视造成的停顿，而停顿与聚焦有利于诗情的唤起。

三、物叙述的功能与隐喻

物叙述是以一种聚焦的方式来建立主体与客体之间的感知连接的。物叙述，犹如画一幅画，在画完一幅画之后，将画擦去，留在读者脑海中的那种感受就是诗之思。一切都是跟随着诗人的视觉进行的，如《深夜醒来独观黑暗》，从叙述者"我"开始讲述，"我"看见一束光，"我"向前俯身，视觉变得更为集中并落在手指上，最后一段，视觉的聚焦从内聚焦变为外聚焦，"我，安睡在黑夜的最低处/我的床沿/已高出苍穹"。这里，叙述者已经不再与"我"合二为一，而是逃出体外，变为一个旁观者。这种叙述聚焦的改变，源于诗中物象的独特性质。那就是物之为叙述，呈现的是物，然而叙述的重点却是凝聚的情思，而凝聚情思的基础是天、地、人、神四者的聚合。正如海德格尔所言："这些被命名的物，也即被召唤的物，把天、地、人、神四方聚集于身。这四方是一种原始统一的并存。物能让四方之四重整体栖留于自身。这种聚集着的栖留就是物之物化。我们把在物之物化中栖留的天、地、人、神的统一的四重整体称为世界。"[1] 海德格尔与老子思想之间有一种联系，而老子思想中的"道"正是建立在天、地、人之间的和谐，"道可道，非常道；名可名，非常名"[2]，这种表述的指向与海德格尔的"天、地、人、神的统一"和"诗之独一性"的指向相似。或许可以说，诗中难以表述的对象，"这些被命名的物"与"被召唤的物"也是一种老子思想中"大音希声，大象无形"中的"希声""无形"召唤而来的物。而我们在当代抒情诗中看到的物，也往往是一种被召唤的物、一种被邀请的物。它们在诗歌中呈现，是为了将更高层次的"大象"及"大音"诸隐喻聚集于自身，从而促使这些隐喻被感知。而物叙述就是要将此种结构进行某种程度的呈现与有意识的铺陈。

物叙述因而具有功能性（functional），正如前文所述，物的时空往往是虚构

---

① ［德］海德格尔著，孙周兴译：《在通向语言的途中》，商务印书馆 2011 年版，第 13 页。

② （魏）王弼注，楼宇烈校释：《老子道德经注校释》，中华书局 2008 年版，第 1 页。

的，通过讲述与展示，将物与诗人的隐喻相连，将物转化为意象。而物作为意象的过程就是一种功能性的呈现，通过比兴的运用，进而被叙述者用以表达主题（theme）。当然物的出现伴随着隐喻，而且这个隐喻往往还是一种具有结构的隐喻群。诗歌中的物作为一种隐喻，物与物之间的关系是一种系统化的存在，互相平衡，甚至互相包含，在我们理解物的隐喻的时候，必须通过上下文来综合理解。而隐喻与隐喻的对象之间必然存在一些作为文化共同体能心领神会的间隙。因而，物的隐喻在诗歌中是作为一个整体被理解和被感知的。如《深夜醒来独观黑暗》，"光"究竟指什么？无疑指的是一种正面的思维、思想与品质。而诗中的"暗"又是指什么？无疑这个"暗"是指一种负面的现实、遭遇或思维。当这个"暗"与"我"的身体相连，是"体内最暗的夜晚"，那么这个"暗"无疑是指"我"身体所承受的负面遭遇。当"光"与"暗"连接在一起被感知，我们知道尽管"我"身体储存着伤害，尽管身处黑暗，甚至体内也存在黑暗，但是"我"依然会产生"光"，"我"本质的崇高与光明不受外界影响。即使"我"的"指尖"已败如"枯禾"，"花"会开，"闪电"会呈现，当一系列的物指向隐喻，那么诗歌最后一段就变得理所当然，"我，安睡在黑夜的最低处/我的床沿/已高出苍穹"。

因而对物叙述的掌握有利于诗人建构全新的象征体系，物叙述最终是作为系列隐喻的整体存在的。比如陈陟云诗中常常出现的物象：石头。《静默之时的一种想象》中有"石垒之壁，四面而立，那些长满声带的石头""以头撞墙，无异于以卵击石""我要把这些石头，搬上山顶/建造一所美丽的房子"的描述。《石子》中有"我沿河床行走。水里和水边的/那些美丽的石子""我和石子同是一种物质形态/石子代表着一种省略/一种终结""石子因终结而成为一种存在""我却因是一种存在而将被终结"的描述。比如"花"：陈陟云的诗《打点狼藉》《另一种雪景》《魅》《新年献词：闭门造车》等诗中都涉及花的表述。而我们也可以联想到诗人海子的物象"麦地"：《雨》中有"打一支火把走到船外去看山头被雨淋湿的麦地/又弱又小的麦子"，《答复》中有"麦地/神秘的质问者啊"等表述。海子也偏爱"花"这一物象：《死亡之诗（之三：采摘葵花）》《十四行：王冠》《月光》等诗中都有花的影子。石头、花、麦地等物象都是一种自然的存在，它们拥有比人类更长久的寓意。一切神秘的意指都通过物往返人间，甚至物成为人的化身。因此，物叙述进而成为神性的呈现。

诗"召唤物",它"邀请物,使物之为物与人相交涉"。① 因为物中有人的情感投射,物是人的情感之物。对于诗歌创作者而言,他既用视觉牵引我们去观看物,又用实际叙述的闯入,对物发表评论,引发关于物的隐喻及想象,进而通过物的投射,将"我"与自然连接起来。是故,观看物实则观看"我",通过"视角"物我同化,人类被降于一个有限的位置,指向人内在的自省进而清醒及谦卑。往往这种叙述中的上帝视角:将人与物归于同等位置的观看,更能在诗之言说中引发神性哲思。

值得我们注意的是,陈陟云的诗还擅长用理性思维来引领物的动态言说。美国汉学家费诺罗萨(Ernest Francisco Fenollosa,1853—1908)的论文《作为诗歌手段的中国文字》(The Chinese Written Character as a Medium for Poetry)②曾被意象派代表人物庞德引为至宝。费诺罗萨认为,中国文字有如下特点:第一,视觉性的象形文字,"既有绘画的生动性又有声音的运动性";第二,较少理性逻辑与时态的约束,"我们在中文中不仅看到句子生长,而且看到词类的生成,一个从另一个抽芽长出"。费诺罗萨从西方视角看中国文字充满了一种新奇感,而这种新奇感使其触碰到汉诗写作的某种真义,那就是动态视觉在诗创作中的重要性。中国古汉诗中不少广为流传的诗句,皆通过物的言说触发读者的全方位感官感受(包括视觉、听觉、嗅觉、触觉、味觉)。比如"春风得意马蹄疾","疾"字不仅仅是对马蹄的动态描写,更体现了人的轻快状态;又如"红杏枝头春意闹"的"闹"字,在对物的动态言说中凸显整个春天的热闹氛围。但费诺罗萨认为中国文字缺乏逻辑或许存在某种误读,只能说中国人从整体上淡化抽象的逻辑思维,③ 而就个体而言,我们在陈陟云诗作中不仅能看到其对物的视觉呈现,同时也能看到其理性节制之下的逻辑思考。如《深夜醒来独观黑暗》中对"光"的描述,"最亮的光来自最黑的暗/我看见一种光,从体内最暗的夜晚透出/微微飘动,聚拢/向平滑如镜的水面升腾",诗作通过对物的动态言说,打通人的视觉与触觉,连接现实世界与精神体验,这种动态描写还体现了汉语言使用的精准逻辑,"来自""透出""聚拢""升腾"无不透出诗人理性思维对诗作的干预。又如《今夜无雨,坐听雨》,"每一片叶子,都以倾

---

① [德]海德格尔著,孙周兴译:《在通向语言的途中》,商务印书馆2011年版,第13页。

② [美]厄内斯特·费诺罗萨著,[美]埃兹拉·庞德编,赵毅衡译:《作为诗歌手段的中国文字》,《诗探索》1994年第3期。

③ 黎保荣:《影响中国现代文学的三个关键词》,暨南大学出版社2017年版,第116页。

覆的姿态，渴望雨／一场以光焰的上升，触击死亡的雨"，"叶子""以倾覆的姿态"上升，"在夜的幽深之处，万籁律动，寂静起伏／缓缓，缓缓。盘腿而坐／如盘根错节的树"，"我"之内在长成了"盘根错节的树"。诗语言的使用既具有汉语诗的视觉优势，又展示了诗人对汉语诗句的理性节制，充满新鲜深邃的阅读感受。在具体的诗叙述中，诗人不仅擅长视觉、听觉、触觉的打通，更擅长对实（现实世界）与虚（精神世界）两种感受的理性连通，故而，其诗创作的物言说将古汉诗通感、西方逻辑理性的深刻与个体体验之奇崛熔为一炉。

总而言之，好诗是哲学与神性的言说体，而这种言说往往通过物叙述最终呈现出来。正如海德格尔在《诗歌中的语言——对特拉克尔诗歌的一个探讨》中对物的深刻认识，他认为"物实现世界。世界赐予物"，而那"命名着物的召唤"，"它把世界委诸物，同时把物庇护于世界之光辉中，世界赐予物以物之本质"。[①] 海德格尔从诗言说的角度来探讨天、地、人、神之间的关系，并最终落足于物。因此，对于诗创作而言，物叙述是一个无可逃避的命题。因为再也没有任何一种其他文体像诗歌一样与物的关系如此之亲密，诗人通过物同时沟通现实与自我精神，所有试图将诗美从物言说结构中孤立出来的研究将丧失诗之真义，诗创作中的物叙述值得我们正视。陈陟云诗歌创作中的物叙述特质，充分运用多种比兴、隐喻、象征的手法，投入个体生存的现代体验，呈现诗的意境与意蕴，其创作对现代汉诗"象征体系和文类秩序的重建"[②] 具有一定的启发意义。

（作者简介：吴丹凤，广东茂名人，南开大学文学博士在读，肇庆学院文学与传媒学院副教授）

---

① ［德］海德格尔著，孙周兴译：《在通向语言的途中》，商务印书馆 2011 年版，第 16 页。
② 王光明：《现代汉诗的百年演变》，河北人民出版社 2003 年版，第 3 页。

现当代文学史著作的史料错讹

黎保荣

众所周知，资料的信度（准确性、真实性）是文学史著作书写的基础，缺乏这一基础，所谓的宏大理论、深刻思想、恢宏体系都难以立足。但是我国的文学史书写过于强调体系性、理论性、思想性、规范性和资料丰富，对于信度问题即资料的准确性、真实性问题却无暇顾及。作为个人疏忽，可以谅解；但作为学术问题，理应修正。鉴于笔者的专业特征，在此以钱理群、温儒敏、吴福辉三位先生著的《中国现代文学三十年（修订本）》，杨义先生的《中国现代小说史》，夏志清先生的《中国现代小说史》，温儒敏先生的《中国现代文学批评史》以及其他一些中国现当代文学史著作为中心，对其中的史料错讹进行辨正，对文学史书写的信度问题与类型进行深入考察，并进而思考其启发意义。作为晚辈，本欲对这些错讹藏而掩之，但鉴于学生和教师未必能发现这些错讹，而且这些著作印量很大，影响不小，因此便在此献丑，希望贤者不吝赐教。

一、史料错讹

根据笔者多年的积少成多，探源溯流，发现中国现当代文学史著作的史料错讹或曰史料信度不足问题存在着如下十种类型。

第一种类型是史料辨析错讹。

（1）余英时的《现代危机与思想人物》（生活·读书·新知三联书店 2005年版）在《文艺复兴乎？启蒙运动乎？——一个史学家对五四运动的反思》一文中认为"'启蒙运动'这一词语直到 1936 年才用之于五四"（第 86 页）。

其实这犯了根据不足、缺乏辨析的错误。因为在 1936 年之前，"启蒙运动"

早就被中国现代知识分子多次运用于"五四"。例如郑振铎在 1921 年《戏剧》第 1 卷第 3 期发表文章《光明运动的开始》，联系法国文学界的光明运动（即启蒙运动），大声疾呼"开始我们的光明运动"。成仿吾写于 1923 年，发表于 1928 年 2 月《创造月刊》第 1 卷第 9 期的《从文学革命到革命文学》中认为五四运动是"启蒙的民主主义的思想运动"，是"智识阶级一心努力于启蒙思想的运动"。1930 年 3 月郑伯奇发表《关于文学大众化的问题》，指出五四新兴文学初期直译体西洋化的文体对"启蒙运动的本身，不用说，蒙着很大的不利"，呼吁"中国目下所要求的大众文学是真正的启蒙文学"。① 写于 1931 年 10 月、发表于 1932 年 4 月的瞿秋白的《普洛大众文艺的现实问题》，提到五四运动是"资产阶级的自由主义启蒙主义的文艺运动"②。鲁迅于 1933 年 9 月发表的《由聋而哑》强调中国文艺界"由聋而哑"这种现象"并不能全归罪于压迫者的压迫，五四运动时代的启蒙运动者和以后的反对者，都应该分负责任的。前者急于事功……后者则故意迁怒"。1935 年 8 月郑伯奇的《中国新文学大系·小说三集·导言》指出"绝望逃避"和"反抗斗争"这两种倾向都是五四"启蒙文学者所没有预想到的"，并且提醒说，"中国的启蒙文学运动以后，创造社的浪漫主义和文学研究会的写实主义的对立的发展是值得注意的有趣的现象"。③ 另外，1935 年陈咸森发表《新时代的启蒙运动》（载上海《青年生活》1935 年第 1 卷第 6 期），郑昕在 1935 年 8 月的《独立评论》第 163 号发表《开明运动与文化》。以上诸文，都以"启蒙运动"来指称"五四运动"，只不过也许是因为余英时先生史料缺乏，而做了错误判断罢了。④

（2）温儒敏的《中国现代文学批评史》（北京大学出版社 1993 年版第 206～207 页）认为"主观战斗精神"是胡风批评者对其理论的概括，在胡风的论著中并没有出现过"主观战斗精神"一词。

其实这大概是因为史料占有不够、辨析不足而导致的无意疏忽，因为仅在胡风的《文艺工作底发展及其努力方向》中就多次出现"主观战斗精神"这一

---

① 北京大学等主编：《文学运动史料选：第 2 册》，上海教育出版社 1979 年版，第 367－370 页。
② 北京大学等主编：《文学运动史料选：第 2 册》，上海教育出版社 1979 年版，第 384 页。
③ 北京大学等主编：《文学运动史料选：第 1 册》，上海教育出版社 1979 年版，第 232 页。
④ 关于"启蒙"在中国现代文学的出现与运用情况，黎保荣的《何为启蒙：中国现代文学启蒙内涵及其演变新论》（《文学评论》2013 年第 1 期）有更详细的探讨，此不赘言。

词语与提法，① 而在其他场合，他将"主观战斗精神"置换为"战斗精神""主观精神""主观力"，向现实艰苦地"搏战"等意思相近的说法。无论如何，学界或多或少都忽略了胡风"主观战斗精神"的"战斗"性格与"力感"品质，而这正是胡风关注的重点所在，故此直到 1984 年胡风依旧重申这一说法，如"我的文艺观点如'主观战斗精神'""我说的'主观战斗精神'""我的几个具体论点是：作家的'主观战斗精神'"等，② 这些都表明"主观战斗精神"是胡风本人提出而且重视的，并非单纯由别人概括而来。

（3）赵毅衡的《伦敦浪了起来》（人民文学出版社 2002 年版）中有一篇《制造剑桥神话的徐志摩》，这篇文章提道："当时中国钱也真值钱，一个破落地主之家——例如鲁迅周作人之家——有足够钱供兄弟俩在东京闲住多年。"

根据这种说法，鲁迅是自费留学日本的。但是根据鲁迅的亲朋同学的说法、鲁迅的自述、学者的相关研究、鲁迅留学当年的中国官费留日者名单与相关实证材料，以及鲁迅是否有经济能力自费留学这五个逻辑步骤严密考证辨析，可知鲁迅是官费留学日本。③

第二种类型是史料引用错讹。

（4）金介甫著：《沈从文传》，符家钦译，国际文化出版公司 2005 年版。

此书第 106 页提到《创造月刊》于 1922 年创刊。但经查《创造月刊》，该刊 1926 年 3 月 16 日创刊于上海，1929 年 1 月 10 日停刊，共出 2 卷 18 期，由郁达夫、成仿吾、王独清、冯乃超主编。

（5）周策纵著：《五四运动：现代中国的思想革命》，周子平等译，江苏人民出版社 1999 年版。

在该书的第 400 页提及"实藤秀惠《日本文化对中国的影响》，张铭三中译本（1944 年，上海）"，其中包含若干错讹。查实，该书作者是日本著名学者实藤惠秀，书名应是《日本文化给中国的影响》，中译本译者为张铭三，该书由上海申报馆发行，1944 年 5 月初版。

第三种类型是史料表述错讹。

（6）陈思和先生的《陈思和自选集》（广西师范大学出版社 1997 年版）有

---

① 胡风：《胡风评论集（下）》，人民文学出版社 1985 年版，第 10 页。
② 胡风：《胡风评论集（下）》，人民文学出版社 1985 年版，第 405 – 406 页。
③ 黎保荣：《鲁迅留学日本史料考问》，《广西社会科学》2011 年第 1 期。

一篇文章题目为《中国新文学发展中的两种启蒙传统》。

因为笔者曾拜读过此文，基于印象对题目有点疑问。根据该文章后面的附录"原载《中国现代文学研究丛刊》1990 年第 4 期"，笔者从中国期刊网和原刊物查找了原文，发现原文题目是《中国新文学发展中的两种传统》，没有"启蒙"二字，很可能是陈思和先生把该文编入此书时进行了修改，但是从严格意义上讲，后面标注出处时应该指明"略有修改"之类的言论，否则容易令读者产生误解。

（7）温儒敏等著的《中国现当代文学学科概要》（北京大学出版社 2005 年版）第十八章第五节"曹禺研究"中提到，"宋剑华就从基督教文化影响的角度切入，写了一系列论文，试图建立一个用基督教文化来解释曹禺戏剧的框架"，并从曹禺早期接受的基督教文化启蒙教育、曹禺话剧创作模式、曹禺剧作的人物类型三方面，结合曹禺的四大名剧来进行分析。

因为笔者要给学生讲曹禺戏剧，故参考了这一节内容。但笔者发现该节分析完上述内容后，著者标注的注释"38"令人费解。该注释是："宋剑华：《试论〈雷雨〉中的基督教色彩》，《中国现代文学研究丛刊》1988 年第 1 期。"笔者对此很纳闷，一篇单论《雷雨》的论文怎么可能对整个曹禺戏剧进行分析呢？为此笔者查阅了宋剑华的该文原文和相关曹禺研究著作，发现该文题目原为《试论〈雷雨〉的基督教色彩》，没有上题的"中"字；文章内容只研究《雷雨》，并未论述曹禺的其他剧作。所以如果为了呈现相关研究的最初成果，该注释可以表述为"见宋剑华《试论〈雷雨〉的基督教色彩》（《中国现代文学研究丛刊》1988 年第 1 期）等系列论文"，更严格的表述是结合包含上述分析内容的宋剑华的已出版专著如《困惑与求索：论曹禺早期的话剧创作》（文津出版社 1996 年版）、《基督精神与曹禺戏剧》（湖南师范大学出版社 2000 年版）来做注释。

（8）张光芒的《中国近现代启蒙文学思潮论》（山东文艺出版社 2002 年版）。

如果说该书第 74 页把《俱分进化论》的作者"章太炎"误写为"严复"属于史料引用错讹，那么该书多处出现"有人说"而不做任何注释的情况，理应属于史料表述错讹。例如该书开头的"导论"部分的前几页是这样来对中国现代启蒙概念和中国现代文学启蒙思潮类型进行综述的，"比如，有的把启蒙等同于现代性，有的则把启蒙作为现代性之一种。也有学者提出……文化的现代性与启蒙的现代性"，"如有不少学者把中国新文学的启蒙思潮分为'政治启蒙'与'感性启蒙'两种，……还有不少学者惯于从'启蒙的文学'与'文学的启蒙'二者相冲突的角度来分析中国新文学发展的动态规律或重构文学史"。但是该书在如此评述的时候，从不注释该观点出自何人何时的何书何文，行文随意，因为且不说其他，就拿"启蒙的文学"与"文学的启蒙"分论对举这种观点，较早出自本文前述的陈思和先生的《中国新文学发展中的两种传统》一文，而该书似乎见而不显，在史料表述上的确存在不足。

第四种类型是史料理解错讹。

(9) 李欧梵的《中国现代文学与现代性十讲》(复旦大学出版社 2002 年版)。

该书第 140~145 页认为鲁迅的《伪自由书》最喜欢攻击胡适，喜欢做私人恩怨的批评，"鲁迅花在这方面（个人恩怨）的笔墨也太重，……就《伪自由书》中的文章而言，……如果从负面的角度而论，这些杂文显得有些'小气'。我从文中所见到的鲁迅形象是一个心眼狭窄的老文人，……鲁迅的问题就在于他为了怕送掉性命而没有'说开去'！"①

其实这些说法都不符合鲁迅的实际。

第一，这不符合《伪自由书》的实际。就拿鲁迅喜欢攻击胡适这一点来说，整本《伪自由书》连着前记、后记共 45 篇（不算附录），只有《王道诗话》《出卖灵魂的秘诀》《"光明所到……"》3 篇是直接批评胡适的，其中前两篇还是归于瞿秋白名下的，鲁迅只有一篇而已；而鲁迅的《言论自由的界限》虽然提到新月社，但没有直接提及胡适，其用意是提醒或嘲讽新月社对国民党关于言论自由的表面政令，不要过于天真地轻信；该书长篇大论的后记，却对胡适只字不提。至于其他文章，所谓存在个人恩怨的，一是涉及吴稚晖的两篇文章，一篇是瞿秋白写的《大观园的人才》指责吴稚晖曾经充当蒋介石"清党"的帮凶，但这不能算在鲁迅头上；另一篇是鲁迅的《新药》，鲁迅虽然曾经相信其师章太炎的猜测，误认为吴稚晖曾经出卖过邹容、章太炎，但此文非但没有讽刺吴稚晖，反而同情他曾被国民党利用，但针对他 1933 年 4 月发表"拼死抵抗"日本的言论，与国民党奉行的不抵抗政策相悖而被嘲讽抛弃的惨况，"吴先生仿佛就如药渣一样，也许连狗子都要加以践踏了"②。至于其余的，也只有前记里提了一句陈源，以及《再谈保留》里评价陈西滢曾经污蔑进步人

---

① 李欧梵：《中国现代文学与现代性十讲》，复旦大学出版社 2002 年版，第 140 - 145 页。

② 鲁迅：《鲁迅全集：第五卷》，人民文学出版社 2005 年版，第 132 - 133 页。

士拿了苏俄的卢布，后来又靠俄款享福，"听到停付，就要力争"，以此说明"要稳当，还是不响的好"① 的道理，否则会遭遇现世报，但此文同时也指出鲁迅曾作《阿Q正传》，后来也被人称作阿Q的现世报，据此，他对陈西滢并无太大的讽刺。如果将附录的17篇文章纳入进来，那么《伪自由书》全部共有62篇文章，其中只有鲁迅自己写的《官话而已》《这叫作愈出愈奇》《两误一不同》《只要几句·案语》4篇涉及所谓的个人恩怨，但实际上，这4篇最多只能算作商榷文章，不能算个人恩怨，因为鲁迅与作者素不相识，只是就事论事。换言之，《伪自由书》的45篇文章中，所谓涉及私人恩怨的文章，鲁迅直接批评胡适的只有1篇，间接批评包括胡适在内的新月社君子的有1篇，直接评价陈西滢的有2篇，这4篇只占8.9%，即使加上瞿秋白写的3篇，共7篇，也只占15.6%（如果加上附录的4篇，共11篇，只占17.7%），以如此之小的比例来证明"鲁迅花在这方面（个人恩怨）的笔墨也太重，……这些杂文显得有些'小气'。我从文中所见到的鲁迅形象是一个心眼狭窄的老文人"②，是缺乏细致统计和充分证据的。何况，李欧梵的观点与鲁迅《伪自由书》的内涵也是相距甚远的。《伪自由书》这本书更多的并非私人恩怨，而是公仇，甚至连涉及个人恩怨的文章亦如此，它主要是针对文明批评与社会批评，既批评国民党的反共、清党、内战、对日不抵抗政策等诸多腐败政治，也批评当时社会的精神病态，鲁迅如此尖锐的时政批评，怎么能说"鲁迅的问题就在于他为了怕送掉性命而没有'说开去'"③ 呢？何况，这也不了解鲁迅对"做论"式的论说的态度，就像《新青年》时期，同人们"做论"的多（每每长篇大论地写论文或论说文章），但"作文"的少，于是鲁迅开始创作短小的随感录，尤其是创作小说《狂人日记》之后，从此一发不可收拾。

　　第二，没有深入了解鲁迅杂文运用曲笔和常取类型的写作手法。

　　就运用曲笔来说，鲁迅曾指出："说话弯曲不得，也是十足的官话。植物被压在石头底下，只好弯曲的生长，这时俨然自傲的是石头。"④ 何况，这也是鲁迅善于突破国民党图书杂志审查的方法，无形之中也导致了其隐约曲折含蓄的文风。国民党的审查官指出"盖此辈普罗作家，能本无产阶级之情绪，运用新

---

① 鲁迅：《鲁迅全集：第五卷》，人民文学出版社2005年版，第154页。
② 李欧梵：《中国现代文学与现代性十讲》，复旦大学出版社2002年版，第145页。
③ 李欧梵：《中国现代文学与现代性十讲》，复旦大学出版社2002年版，第145页。
④ 鲁迅：《鲁迅全集：第五卷》，人民文学出版社2005年版，第26页。

写实派之技术，虽煽动无产阶级斗争，非难现在经济制度，攻击本党主义，然含意深刻，笔致轻纤，绝不以露骨之名词，嵌入文句；且注重体裁的积极性，不仅描写阶级斗争，尤为渗入无产阶级胜利之暗示。故一方煽动力甚强，危险性甚大；而一方又是闪避政府之注意。苏俄十月革命之成功多得力于文字宣传，迄今苏俄共党且有决议，定文艺为革命手段之一种，其重要可知也"①。换言之，就连国民党的审查部门都能发现曲笔、隐喻、暗示等写作手法的"危险性"很大，这种曲笔其实与"说开去"的效果差不多，而对作者又起到了掩护的作用，可谓一举两得。

就后者而言，鲁迅"论时事不留面子，砭锢弊常取类型，而后者尤与时宜不合。盖写类型者，于坏处，恰如病理学上的图，假如是疮疽，则这图便是一切某疮某疽的标本，或和某甲的疮有些相像，或和某乙的疽有点相同。……例如我先前的论叭儿狗，原也泛无实指，都是自觉其有叭儿性的人们自来承认的"②。相反，鲁迅的论敌倒是显得心胸狭隘，人身攻击，"见者不察，以为所画的只是他某甲的疮，无端侮辱，于是就必欲制你画者的死命了。……这要制死命的方法，是不论文章的是非，而先问作者是那一个；也就是别的不管，只要向作者施行人身攻击了。……这种战术，是陈源教授的'鲁迅即教育部佥事周树人'开其端"③。这里说的是陈源在《致志摩》中诬蔑鲁迅的《中国小说史略》抄袭日本学者盐谷温的《支那文学概论讲话》。④ 鲁迅自己受了诬蔑和委屈，为什么不能借机评价陈源一两句？这桩公案，直至1935年日本学者增田涉翻译成日文的《中国小说史略》出版，鲁迅才洗清了抄袭的嫌疑："现在盐谷教授的书早有中译，我的也有了日译，两国的读者，有目共见，有谁指出我的'剽窃'来呢？呜呼，'男盗女娼'，是人间大可耻事，我负了十年'剽窃'的恶名，现在总算可以卸下，并且将'谎狗'的旗子，回敬自称'正人君子'的陈源教授，倘他无法洗刷，就只好插着生活，一直带进坟墓里去了。"⑤ 这些话虽然有些刻薄，但是鲁迅自己背了十年的骂名和黑锅，不跟陈源打官司，已经算理性了。

第三，没有深入了解鲁迅对政治的失望与怀疑。鲁迅在《自选集·自序》

① 北京大学等主编：《文学运动史料选：第二册》，上海教育出版社1979年版，第360页。
② 鲁迅：《鲁迅全集：第五卷》，人民文学出版社2005年版，第4-5页。
③ 鲁迅：《鲁迅全集：第五卷》，人民文学出版社2005年版，第4-5页。
④ 鲁迅：《鲁迅全集：第三卷》，人民文学出版社2005年版，第254页。
⑤ 鲁迅：《鲁迅全集：第六卷》，人民文学出版社2005年版，第465-466页。

中，把这种对政治的怀疑情绪表达得非常全面、深刻："我那时对于'文学革命'，其实并没有怎样的热情。见过辛亥革命，见过二次革命，见过袁世凯称帝，张勋复辟，看来看去，就看得怀疑起来，于是失望，颓唐得很了。"① 即使后来他做了左联的同路人，因为被左右两派批评，他为了防后方，只能保持横站的姿态，左右开弓。在此基础上，鲁迅对政治是怀疑的，例如对国民党当时表面上提倡的言论自由，他怀疑国民党是说一套做一套，表里不一，两面三刀，他感慨："要知道现在虽比先前光明，但也比先前利害，一说开去，是连性命都要送掉的。即使有了言论自由的明令，也千万大意不得。这是我亲眼见过好几回的，非'卖老'也，不自觉其做奴才之君子，幸想一想而垂鉴焉。"② 这是饱含了鲁迅惨痛的现实观察和历史总结，胡适他们还不是因为以为真的言论自由了而指责当局，被喂了一嘴"马粪"。如上所言，鲁迅也是针砭国民党当局的时弊，他是说了，也直言了，还在《伪自由书》后记里讽刺法鲁的"自由原不是什么稀罕的东西，给你一谈，倒谈得难能可贵起来了。你对于时局，本不该弯弯曲曲的讽刺"的荒谬观点，并以杨杏佛被暗杀来倒打法鲁一耙，③ 以证明当时并无自由。换言之，鲁迅在这个时期所写的游戏文章，也建立一个新的公共论政的模式，他只是没有"说开去"，就遭遇文章被禁的命运，这与胡适等人"说开去"而被教训的命运，其实同病相怜。国民党对亲近他们的胡适尚且压制，更何况对亲共的鲁迅呢？

第四，没有深入了解国民党的图书杂志审查制度，没有深入了解国民党基于鲁迅的时政批评文章影响巨大，以及其参加左联、中国民权保障同盟等事情，想暗杀他的史实。

足见鲁迅言论的力量及其开拓的言论空间，这并非"个人恩怨"可以概括的。我们不应一味苛求鲁迅对言论自由"说开去"，何况鲁迅在《伪自由书》中直言不讳的文章也并非罕见。当然，李欧梵之所以认为鲁迅的《伪自由书》花在个人恩怨的笔墨太重，显得小气狭隘，也有可能是因为他读书不够仔细、不够认真而导致的失误。

第五种类型是史料校订错讹。

① 鲁迅：《鲁迅全集：第四卷》，人民文学出版社 2005 年版，第 468 页。
② 鲁迅：《鲁迅全集：第五卷》，人民文学出版社 2005 年版，第 123 页。
③ 鲁迅：《鲁迅全集：第五卷》，人民文学出版社 2005 年版，第 171 – 172 页。

这种错讹类型比较常见，尤其是在相关的文学史教材中，由于篇幅浩繁、体例庞大、作者众多，很容易导致史料校订错讹，即同一史料在不同的章节面目悬殊、差异甚大，从而使得该文学史教材或著作的史料存在瑕疵或漏洞。

（10）钱理群等著《中国现代文学三十年》（修订本）（北京大学出版社1998年版，2012年第38次印刷）第九章"文学思潮与运动（二）"（正文第157页）写道："1932年，林语堂创办《论语》半月刊，1934年9月主持出版小品文半月刊《人间世》，次年9月又有《宇宙风》问世，依托三个刊物为阵地，形成了一个标榜'性灵文学'的文学流派。"但根据第169页该章年表记载，《论语》创办时间相同；1934年4月林语堂主持的《人间世》创刊；1935年7月，林语堂、陶亢德主编的《宇宙风》半月刊创刊。在后面第十八章"散文（二）"（正文第304页）却声称："1932年9月，林语堂创办了《论语》半月刊，1932年和1934年，又先后创办了《人间世》与《宇宙风》两刊。"只不过第316页该章年表内容却与正文不同：《论语》创办时间相同；"1934年4月林语堂等主办《人间世》半月刊在上海创刊。1939年12月终刊，共出42期"；"1935年9月，林语堂主编《宇宙风》半月刊在上海创刊，1947年8月出至152期终刊"。

查阅《人间世》与《宇宙风》原刊，得知《人间世》半月刊于1934年4月5日在上海创刊，1935年12月终刊，共出42期。而《宇宙风》半月刊于1935年9月16日在上海创刊，1947年8月出至152期终刊。①

第六种类型是史料版本运用错讹。

（11）陈军的《中国话剧的衰落与消亡是一个历史必然趋势吗？与宋剑华先生商榷》（《中国戏剧》2006年第1期）提到曹禺的戏剧："《北京人》中则写到瑞贞和愫方受到'革命朋友'的影响而出走的事实……可以看出曹禺对现实政治的关注越来越明显。"

查看文化生活出版社1941年12月出版的单行本《北京人》初版本，影响瑞贞和愫方出走的袁任敢和袁圆父女，一个是人类学者，另一个则是16岁的天真女孩，并没有什么"革命朋友"的身份和特征，那么陈军的这一论断是怎么得来的呢？我想他很有可能读的是1951年8月开明书店出版的《曹禺选集》，

① 关于《中国现代文学三十年》（修订本）的作品与史料错讹，详见黎保荣的《也说〈中国现代文学三十年〉（修订本）中作品与史料复述瑕疵》（《南京师范大学文学院学报》2013年第2期）。

该书由茅盾主编，属于"新文学选集"中的一种，收入曹禺民国时期的《雷雨》《日出》《北京人》三大名剧。曹禺为了迎合当时的政治风气和革命势头，1951年的"开明版"对《北京人》原著进行了大量修改，这是一次失败的修改，因此曹禺于1954年人民文学出版社出版的《曹禺剧本选》中，将《北京人》恢复成1941年本来的面目。那么，1951年"开明版"的《北京人》是如何把袁任敢等人物塑造为"革命朋友"的呢？例如把袁任敢从正直深沉、热心助人的学者，改变为热情歌颂劳动与劳动人民的历史唯物主义者、党在抗战时期的地下工作者；把不堪压制、离家出走的瑞贞改为投身革命、勇敢坚决的女战士；让农村孩子小柱儿变身大喊造反、懂得革命道理的革命苗子。这是不符合1941年《北京人》创作的作者实际和历史事实的，因为按照曹禺的自述：当时他"根本不懂得革命"①。用十年后的思想来代替十年前的思想，用共和国成立后的修改本的思想来说明民国初版本的思想，无论从人生阶段还是从历史阶段来说，抑或是从史料运用来说，都是不可取不可信的。鉴于陈军把《北京人》和其他三大名剧并举，如果他读的是1951年开明书店版的《曹禺选集》选入的《雷雨》《日出》和《北京人》，然后在其他书籍读了《原野》，把修改本错认为是初版本，这只是缺乏辨析；但是如果为了和其他三大名剧微不足道的阶级政治影子并举，而故意用含有"革命朋友"情节的《北京人》修改版和其他三大名剧的民国初版本并列，来证明其"曹禺对现实政治的关注越来越明显"的观点，则不仅张冠李戴、不合逻辑，也体现不了求真和客观的研究态度。

第七种类型是先入为主，过度阐释。

（12）杨义：《中国现代小说史》（第三卷），人民文学出版社1986年版，2001年第3次印刷。

该书第163页把丘东平的《我们在那里打了败战》误写为《我们在那里打了败仗》，这是史料引用上的瑕疵，因为根据1947年上海希望社出版的丘东平的《第七连》，1983年花城出版社出版的丘东平的《沉郁的梅冷城》，以及高远东编选、华夏出版社2008年出版的《丘东平代表作·第七连》，多重印证下，丘东平该作品题目应是《我们在那里打了败战》。

如果说以上弄错题目只是史料引用错讹，那么如下（该书第157页）的史料运用则是先入为主，过度阐释：

---

① 曹禺：《曹禺选集·后记》，见《论戏剧》，四川文艺出版社1985年版，第430页。

（丘东平时任鲁迅艺术学院华中分院教导主任）1941 年 6 月，日军"扫荡"苏北盐阜地区，东平率鲁艺二队的二百余人突围受挫，以庄严的道德感拔枪自杀，实现他的人生目标："我是一把剑，一有残缺便应该抛弃；我是一块玉，一有瑕疵便应该自毁。"

关于丘东平之死的史料，杨义没有说明其"以庄严的道德感拔枪自杀"源出何人何典，只是转引郭沫若《东平的眉目》一文中丘东平的那句话来印证其自杀的结局。但是我们读过郭沫若该文之后发现：第一，丘东平的那句话根本不是说对死亡的预想，而是表达了难以达到创作"伟大的目标"的"苦闷"，以及"不全则无"的置之死地而后生的创作反思。第二，郭沫若该文写于 1935 年 11 月 17 日，距离丘东平之死还有将近 6 年时间，并非对丘东平自杀的推断，更不是对其自杀的印证。故此，我们不能以创作的苦闷来猜测其自杀的结局，不能以先前别人的文章来推断其后来的死因；即使是一个人或一个作家，如我们苦闷时，也会说"想死的心都有了"，如鲁迅也不时写到想死想自杀，但是最终没有自杀。因为语言和行动未必是同一回事。

那么，丘东平之死真相如何？

经查中国期刊网和相关图书，1980—1987 年有几篇文章涉及丘东平之死，但是没有一篇说他是自杀的，目前只有两种说法：一种说法是丘东平在危难之中要求警卫员向他开枪，但是该文作者也认为这是近四十年后根据别人的追忆来写，"可能有误记之处"[1]，更何况当时跟随丘东平撤退的是"鲁艺"的人员，而不是老百姓即该文所言的"当地人"，难免有误。蒋天佐在 1980 年的《丘东平的卒年和牺牲情况》中反对这种说法，"我觉得这种说法表面看来似觉壮烈，其实是既不合情理，也是很不好的。试问，那个警卫员到哪去了？他是自杀的还是被敌人杀害的？……再则，当时鲁艺干部并没有警卫员，这是因为盒子枪很缺"。再进而指出丘东平牺牲的实情：丘东平其时已经在桥外，脱离危险区，但是他看到桥内很多同志受困，于是爬上桥头草垛指挥撤退，在大批同志因而脱险的情况下，他被日军发现后遭射击，"头部中弹，当场牺牲"，这是"历险的许多同志和地方党的同志当时所转述，我看是比较可靠的"。[2] 1983 年花城出

---

[1] 陈振国：《丘东平的卒年》，《新文学史料》1980 年第 2 期。
[2] 蒋天佐：《丘东平的卒年和牺牲情况》，《新文学史料》1980 年第 4 期。

版社出版的丘东平的《沉郁的梅冷城》中附录了陈子谷的《我所知道的丘东平同志》、丘健生的《少年时代的东平叔叔》、陈辛人的《丘东平小传》和于逢的《编后记》都采用了丘东平被敌人击中而牺牲的说法。杨淑贤发表于1985年的《丘东平生平年表》和1987年的《丘东平传略》也如此认为，只不过更为具体准确。例如1985年《丘东平生平年表》指出丘东平牺牲的时间是1941年7月24日凌晨，10月6日延安《解放日报》发表了《作家丘东平殉国消息》，10月31日重庆《新华日报》刊登《〈作家丘东平在苏北殉国〉同时被难者五十余人》，其后的11月和12月，奚如、胡风、西民、欧阳凡海、圣门、欧阳山等分别撰写了相关文章。①

故此，丘东平是被日军击中牺牲的，而非自杀殉国，杨义的说法可以说是先入为主，是对丘东平"我是一把剑，一有残缺便应该抛弃；我是一块玉，一有瑕疵便应该自毁"的过度阐释。其实杨义的《中国现代小说史》第一卷1986年9月出版，第二卷1988年10月出版，第三卷1991年5月出版，无论是哪一卷，出版的时间都要晚于上述文章的发表时间（尤其第三卷更是在蒋天佐文章发表的11年之后），如果杨义略为勤快或者细心一点，就能够获悉丘东平死因的真相。即使第三卷出版当时没有发现，时隔十年至2001年人民文学出版社再次印刷出版的时候也应该对此进行修改和还原。

杨义的这种先入为主、过度阐释、以论代史的研究方法曾经在1949年中华人民共和国成立后到"文革"结束这一段时间内较为流行。有学者指出20世纪50年代刘绶松的《中国新文学史初稿》使得新文学史更加政治化，以政治风向来判断作家思想，"如刘著《初稿》述及1936年'两个口号'论争时，认为是'蒋介石特务匪徒胡风'，挑拨鲁迅与周扬、夏衍、冯雪峰之间的关系，而'鲁迅当时对于胡风的阴险恶毒的反动面貌，已经开始有所觉察'（上卷第237页）。这不知根据什么说的，不能不说是犯了史学之大忌"②，这样一种"'以论带史'的方法，而且发展到'以论代史'，成了建国后占主导地位的学术研究方法，至今不衰"③。

第八种类型是史料编辑错讹。

---

① 杨淑贤：《丘东平生平年表（下）》，《西南民族大学学报》（人文社会科学版）1985年第3期。
② 黄修己：《中国新文学史编纂史（第二版）》，北京大学出版社2007年版，第108页。
③ 黄修己：《中国新文学史编纂史（第二版）》，北京大学出版社2007年版，第270页。

（13）饶芃子、黄仲文编著：《戴平万研究》，汕头大学出版社 2000 年版。

该书实为《戴平万研究资料》，该书除了编入戴平万生平与创作概述、年谱、著译目录、上海"孤岛"时期所编文艺刊物目录、别人对他的回忆录和创作评价等之外，还选录了他的"未结集文章"15 篇，以及编入了他的部分"文学作品"（18 篇小说和散文），全书 292 页，戴平万的作品就占了 191 页，史料扎实。编著者之一的饶芃子在该书"前言"中所言的"现在面对戴平万的这些作品，同样有一个历史性的问题，只有正确承认、对待这种历史性，把它们作为理解对象，我们才能在自己的视界里去同它们融合，理解它们的直接意义和字面之外的多层意义"，以及她提到的对文献史料的搜集、发掘、整理和鉴别，显示了其严谨的作风。

然而当笔者在看过了戴平万发表在《拓荒者》的一些作品及其小说集《陆阿六》之后，再读这本《戴平万研究》中的相关作品时，却发现该书收录的《陆阿六》与原稿差距甚大，这无论是编著者的疏忽也好，还是出版社编辑的错误也罢，都必须修正。因为既然是"研究"，理应实事求是地全文照录，而不应该随意删改，即使要删改，也要在该小说后面加以说明。

该书删改处如下：在该书的 216 页，被编入的小说《陆阿六》的将近结尾处如此写道："他把从前的牧牛的同伴组织起来了。在秋收的时候，他和农会的熟练的工作人员举行了一次抗租的××运动。"但原著这两句话之间的一千多字却被删去了。是否编著者看的是另外的版本？答案是否定的。因为第一，戴平万没有删改过《陆阿六》；第二，在《戴平万研究》出版之前，没有收入另一版本的《陆阿六》的作品集问世；第三，从《戴平万研究》第 83 页的《戴平万文学著译目录》可知，该书所选取的《陆阿六》应该是发表在 1930 年 1 月《拓荒者》第 1 卷第 1 期的同名小说，以及 1930 年 5 月上海现代书局出版的同名小说集，但据笔者从这两个材料源的阅读所得，在前述两句话之间的大量文字的确是被删掉了（按照 1930 年版的单行本《陆阿六》的规格，《戴平万研究》删去了此书的 84 行文字）。

那么，就只能从被删除的情节入手来思考其删改原因。被删除的内容情节是：陆阿六的同伴阿牛，开始不听阿六的话，不愿意加入农会。他有"每天晚上总是喝醉酒，满村里乱窜，粗着声音哼着小曲儿"的不良习惯。他有一个比他小十岁的年方八岁的童养媳大妹，有一晚，阿牛喝醉酒强奸大妹未遂，消息传遍全村后，阿六找他理论，双方发生争执而翻脸。另一晚，阿牛无钱喝酒便往夜学里去，听到甘先生给农友讲吐谷蕃阿才折箭的故事，领悟到"齐心合力"的道理，遂与阿六和好，加入农会。

也许编著者或出版社编辑觉得这种情节有损革命队伍（农会）的严肃性，或者有损结构的紧凑性。其实这是一种误解，因为这种情节对小说结构丝毫没有影响，因为被删除内容的前面有一句"他把从前的牧牛的同伴组织起来了"，后面有一句"在秋收的时候，他和农会的熟练的工作人员举行了一次抗租的××运动"。被删部分就是承上启下的，结构紧凑，并无枝蔓。另外，被删内容丝毫无损革命队伍的严肃，反而体现出革命队伍的吸引力、革命道理的征服力、革命同志的友谊以及革命知识分子（甘先生）启蒙的有效性（深入浅出、通俗易懂），而革命能够让一个每晚喝醉、试图强奸童养媳的粗野小子心悦诚服，反而显现出革命的巨大磁场和正能量。

简言之，无论这种删改是出于出版社编辑还是编著者之手，都应在小说后面加以注明。饶芃子老师在该书"后记"中声明："书稿最后的增删改动由我负责，疏漏在所难免，敬请同行专家和广大读者批评、指正。"似乎期待同行或读者的反应，因我曾阅读过《陆阿六》原著，为了提醒读者和还原真相，故指正于此。

（14）于润琦编选：《陈铨代表作》，华夏出版社1999年版。

该书第336页戏剧《野玫瑰》以夏艳华的"立民，你知道三年前我为什么嫁给你吗？"这一句话戛然而止，令人甚觉突兀。但是该书紧接着注明出处"《野玫瑰》，1946年初版，商务印书馆"，令人打消缺页的疑虑。只不过对于早已读过原著的我来说，该书这样的结尾和出处都是有问题的。首先是出处有问题，因为陈铨的话剧《野玫瑰》刊载于1941年的《文史杂志》第1卷第6期至第8期，1942年4月商务印书馆初版，并非1946年初版，而且陈铨也没有对该剧进行修改（抗战胜利后，该剧被改编为电影，剧名改成《天字第一号》）。其次是情节有出入。该书把陈铨的《野玫瑰》原文结尾部分"立民，你知道三年前我为什么嫁给你吗？"以下近40行文字整个删除。被删除的内容是妻子夏艳华在汉奸丈夫王立民临死前承认自己的间谍身份，使得王立民认为她是他生平遇见的最厉害的敌手，但是夏艳华指出"你最利害的敌手，就是中国四万万五千万人的民族意识"，导致王立民在充满失败感而又见不到女儿曼丽的情况下死去。最后，夏艳华与仆人王安用暗语互通间谍身份后，安排逃走事宜，并在"寂寞的野玫瑰！欣赏你的人已经走了！这儿你又不能呆了！你再要漂泊到那儿去呢？"的自言自语中结束全剧。如果出于编辑的无意疏忽或者印刷错误，是可以谅解的，但从另一方面说我们对于作品只能保留其原貌，不能根据主观好恶来进行编辑、删改。何况这样的结尾也有其作用：一方面亮明主题，汉奸、敌人"最利害的敌手，就是中国四万万五千万人的民族意识"；另一方面点题，这位女间谍就像野玫瑰，有才有貌，但是到处漂泊，而能够支撑其精神世界的依然是民族意识。

第九种类型是作品复述错讹。

(15) 杨义的《中国现代小说史（第三卷）》（人民文学出版社 1986 年版）。

该书第 278~279 页，杨义如此复述端木蕻良《遥远的风沙》的结尾情节：

（队员们前往收编土匪）"被派来联络的'煤黑子'浑身匪气"，作恶多端，"途中遇'正式军队'，'煤黑子用土匪黑话联络失效之后，匆促逃遁'"。

其实这里情节、意蕴都存在着漏洞，对原文有所误读。原文如下：

"你们滑吧，我'撇'着（一个人在后边死守）！"

双尾蝎（队长——引注）挥着他青瘦的手。命令我们："快！"

…………

煤黑子跳下来，跑到陈奎跟前，抚抚他的心口。把他手缚在马背上，又回过头去望望贾宜的尸首……他脸上剧烈的一阵子痉挛，好像他对一切都忍耐不住了。"我不能走！"他吼着。

…………

煤黑子把陈奎的"子母带"莽撞的围在自己腰上。向马狠死命的一鞭，马便带着一条血痕拖着挂彩的主人"放趴"的飞驰去了。

煤黑子转过脸来愉快的向我笑了一笑，不等我看清他的表情，就在我的马臀上猛刺了一下，我的卷毛芦花便立刻赶向前边的马去了。

…………

忽然一个尸身（指队长——引注）直立而起，向我摆摇两手，这真是惨痛的景象……

我想另一匹尸首（指煤黑子——引注）也会霍然的耸立起来，但是他站不起来了……[1]

---

[1]　端木蕻良：《端木蕻良文集：第 3 卷》，北京出版社 1999 年版，第 44-45 页。

比较得知在小说结尾，煤黑子在遭遇"奴才的狗子"（敌军）、朋友阵亡的情况下，并非如杨义所言的"煤黑子用土匪黑话联络失效之后，匆促逃遁"，临阵脱逃，与小说开始的恶劣形象保持一致。相反，"他脸上剧烈的一阵子痉挛，好像他对一切都忍耐不住了"，表现出其情深义重的特征。面对队长撤退的命令，他不愿贪生怕死，还在"我"的马臀上猛刺，好让"我"迅速撤离，他却心甘情愿拼命殿后、誓死复仇，最终马革裹尸还，表现出其英勇无畏的品格，故此作品最后为之悲痛惋惜。他由"私恶蛮勇"向"大善大勇"的转变，由"土匪"向"英雄"的转变，与被收编作革命军参加民族解放事业的目的紧密相连，如果缺失这一目的，他最后的临危不惧也不过是绿林豪气，绝不可能是民族英雄品格。周立波《一九三六年小说创作的回顾》中极力称赞煤黑子是"一个在中国文学里不常出现的土匪的典型的性格。……到末尾，有着土匪性格、无恶不作的黑煤子焕发着殉难者的圣洁的光辉，是怎样令人怀念呵"[1]。正因此，煤黑子走向最后"收编"的路正是一条使土匪向革命战士升华的路，是一条走向英雄的"心路"。正因如此，"他的那些路途中的恶德恶行既是客观的写实又是具有象征意义的'铺垫'和对比，它们的存在为煤黑子最后的行为作了生动的衬托，益发增添、强化着其神圣和英雄色彩。或者说，煤黑子的所作所为正如一个'罪徒'走向最后的神圣，他的那些'路途'中的'罪孽'使其最后的'圣化'和'成仁'具有更加轰轰烈烈、惊心动魄的效果"[2]。

（16）夏志清原著、刘绍铭等译的《中国现代小说史》（香港友联出版社有限公司1979年版）。

此书专论鲁迅的第二章第36页，夏志清提到《祝福》，指出"鲁迅刚回到故乡，……他和祥林嫂有一次怪异的谈话，谈的是魂灵之有无，这一席谈话反而使祥林嫂更坚定她自杀的意念"。短短一句话却存在着两点错误：一则，小说中的"我"与作者鲁迅未必一致，换言之第一人称叙述者未必甚至不能等同于作者本人，此乃叙事学的简单原理。二则，夏志清何以断定祥林嫂"自杀"？小说中并无明示或暗示。既然如此，祥林嫂死因为何？在小说中有暗示：天气是大雪的严寒天气，"雪花大的有梅花那么大，满天飞舞"；其境况则可从她

---

① 周立波：《周立波选集·第六卷》，湖南人民出版社1984年版，第142—143页。周立波把"煤黑子"误写为"黑煤子"。

② 逢增玉：《黑土地文化与东北作家群》，湖南教育出版社1995年版，第130页。

"一手拄着一支比她更长的竹竿，下端开了裂"判断她已行乞很长时间了，从"她一手提着竹篮，内中一个破碗，空的"可以判断她并未获得别人的怜悯和帮助；上述情况让她饥寒交迫，难以维持基本生存，而她头发全白，"脸上瘦削不堪，黄中带黑，而且消尽了先前的悲哀的神色，仿佛是木刻似的；只有那眼珠间或一轮，还可以表示她是一个活物"所彰显出的哀莫大于心死的精神境况，以及"我"对其灵魂有无的疑问含糊其词、模棱两可，更让她难以维持精神的生存，只是"增添末路的人的苦恼"。既然肉体和精神都难以生存，祥林嫂唯有死路一条，故此短工对她的死因"淡然"冷漠回答"怎么死的？——还不是穷死的"，实则体现出祥林嫂肉体和精神生存的双重"穷"途末路，她的确是"穷死的"，并非"自杀"。①

第十种类型是史料抄袭剽窃。

所谓抄袭，可以分为有意抄袭和无意抄袭。所谓有意抄袭，就是千方百计抄袭别人的观点、材料而不做注释或注释不充分，故意把别人的观点、材料占为己有。而所谓无意抄袭，就是在论文写作过程中，因为粗心大意，引用了别人的东西但是忘记注释，造成抄袭，只不过很难判断无意抄袭的"无意"程度到底如何，只能根据作者为人和抄袭的多寡来初步判断。

（17）汪晖：《反抗绝望——鲁迅及其文学世界》，河北教育出版社 2000 年版。

王彬彬在一篇文章中把抄袭分为搅拌式、组装式、掩耳盗铃式和老老实实式四种，笔者除了对其掩耳盗铃式的抄袭（"参见"式剽窃）保留自己的看法之外，对其他抄袭方式的概括都表示赞同。例如他指出《反抗绝望——鲁迅及其文学世界》一书中"鲁迅的著作是将一种文化中所包含的技术结构、价值和精神状态完全或部分地引入另一种文化的文献记载。这种文化引入包括四部分内容：变更需要、变更榜样、变更思想、变更理由"，抄袭了勒文森的《梁启超与中国近代思想》中的"梁启超的著作是将一种文化中所包含的技术、结构、价值和精神状态完全或部分地引入另一种文化的文献记载。这种文化引入包括四部分内容：变更需要、变更榜样、变更思想、变更理由"，只不过该书把勒文森著作中的"梁启超"换为"鲁迅"，把"技术、结构"改为"技术结构"罢了。②

---

① 黎保荣：《现当代文学作品复述的"信度"问题》，《中国现代文学研究丛刊》2010 年第 1 期。
② 王彬彬：《汪晖〈反抗绝望——鲁迅及其文学世界〉的学风问题》，《文艺研究》2010 年第 3 期。

（18）张光芒：《中国近现代启蒙文学思潮论》，山东文艺出版社 2002 年版。

俞兆平撰文指出：

> 《中国近现代启蒙文学思潮论》（山东文艺出版社 2002 年版）第五章第二部分"成仿吾与康德哲学中的'客观'"一节（第 244－251 页），百分之六十抄袭自我的《成仿吾的"客观"与创造社的"自我"》一文（《文艺报》1999 年 7 月 6 日"综合评论版"）。但他抄袭的手腕，颇为诡异，让你感到有点啼笑皆非。……他又不像魏红珊同志那么大胆无畏、干脆利落地窃走，而是有点心虚，所以在本节快结束部分，忽然插入这么一段话："有论者所指出，从郭沫若到郑伯奇再到成仿吾，他们对艺术创造的出发点——'内心''自我''客观'等的表述、追寻及界定，走过了一条从个体体验到理性概括，从概念的不确定性到概念的明晰定性的路程……"然后在该页的页下注明我就是这一论者："参见俞兆平：《成仿吾的'客观'与创造社的'自我'》，《文艺报》1999 年 7 月 6 日。该文对创造社'客观'理论的哲学内涵作了精辟的论述，不过该文作者认为这种审美认识符合辩证唯物论的原则，对此笔者持有异议。因为成仿吾这时尚未完全建立起自己的马克思主义世界观，其关于美学思想的探讨从哲学本体论上说更接近于客观唯心主义范畴。"（第 251 页）他玩的这么一手，的确有点高明。一方面，说明他有注出你的文章，像是在遵守学术规范；另一方面，又说明你的文章是有错误的，我以上所研究的是对你的更正，不是抄你的。这正像一名小偷，偷了你的东西之后，还要说你的东西是次品，不值得偷。……这样，不但我的有关的研究成果被他堂而皇之地窃取去了，而且还给人留下这种印象——张光芒纠正了俞兆平在研究中的错误。①

这是一种"先抄袭，再评价"的抄袭方式，它注出被引文献，但是对其抄袭的内容缺乏注释，而是一笔带过地对被引文献进行或否定或肯定的评价。

二、深入省思

毋庸置疑，上述中国现当代文学史论著是同类论著中的佼佼者，虽然或多或少、或轻或重存在一些史料错讹与瑕疵，但毕竟瑕不掩瑜。笔者亦非专门挖

---

① 俞兆平：《博士论文的抄袭现象应该引起重视》，《学术界》2008 年第 4 期。

墙脚，这些错讹是本人批阅数载，积累所得。本文之所以指出其错漏，是就事论事，希望这些优秀的论著日臻完善，不致继续给读者以负面的影响。

上述论著的史料信度不足，其给我们的启发意义大概如下：

其一是主张认真的精神和严肃的态度。

众所周知，在文学史、文学批评和文学理论之中，史料的地位都甚为重要，而史料的信度问题即真实准确问题也决定了对史料的发掘和理解是否真实准确。如果缺失这一前提，那么无论研究者的理论多高明、思想多深刻、观点多新颖，其结论都很可能是经不起推敲的。也就是说，首先要具备史料的"信度"，在此基础上，史料理解的"深度"和"新度"才具备了基本的可能性。此外，我们要思考三个有关史料信度的问题：你读了没有？你读准确、细致了没有？你读懂了没有？如果缺乏其一甚至全未做到，都将导致史料信度不足。

以上错讹类型，无论是由于研究者无意疏忽，并未读原文，或者是未细读、读懂原文，或者是先入为主、过度阐释，其根源都在于缺乏认真的精神和严肃的态度。因为文学研究同样是科学研究，它所需要的认真的精神、实验的耐心和高度的责任感，与自然科学并无二致，它的本质是"求真"，必须以真诚的态度、认真的精神、严谨的思维去对待。如果作为个人疏忽，理当谅解；但作为学术错误，必须修正。

其二是合理处理史料的"多"与"真"的关系。

很多研究者都期望对史料能够涸泽而渔，占有得越多越好。孙玉石先生有言："没有搜阅和发掘史料的艰苦功夫，不将理论思辨的抽绎置于大量史料的基础上，自己的研究结果，也就可能成为一种主要在臆想中运行的崇弘议论，往往会徒然挥霍自己的才华而失去历史研究者的宝贵品格。"[①] 受这种研究观念的影响，研究者对史料一味贪多，但是他们热衷于发掘史料的时候，往往容易忘记对史料进行必要的、科学的甄别、比较或还原。若言前者是越"多"越好，那么后者则是越"真"越好，"多"与"真"紧密结合才是硬道理。上述有的论著竟然出现如此之多的史料漏洞，很明显是忽视了甚为重要的史料的"真"（信度）问题。史料的真实意味着结论的真实，也意味着学术研究的发展性、深刻性之可能，如果史料缺乏信度不经甄别，即使研究者罗列的史料汗牛充栋，结论也是浮夸空虚，不具备充足的说服力。

---

① 解志熙：《和而不同——中国现代文学片论·代序》，清华大学出版社2002年版，第3页。

其三是正确处理"史"与"论"的关系。

从上可知，十大史料错讹类型，或者"乏史出论"，根据不足，导致辨析错讹，结论自然也不客观；或者"错史出论"，史料理解、引用、表述、校订、编辑都出错，这样的史料，或多或少会影响理论、观点的正确性；或者"改史出论"，先入为主，过度阐释，也要提防这样的可能性，即为了自己的论述方便，为了标新立异，删改史料，削足适履，偷梁换柱，为我所用，为我所改；或者"窃史出论"，剽窃抄袭他人观点、材料，据为己有。正因如此，有学者反思道："不去认真地占有资料，从事实出发去研究历史，从中引出其固有的规律，而只是凭着现有的、已被普遍使用的材料，从外部用某种一时被认为先锋的理论包装一下，以为这就提高了史著的质量，完全是一种误解。由于这种包装不是量体裁衣，所以尽管也颇为鲜艳夺目，却并不好看，甚至还要削足适履式地去修改、歪曲史实。其结果，反而是损害了历史，也降低了史学的威望。"反对"不顾历史事实，理论为先"，尤其是"政治理论为先"的文学史著作写作方式。① 鉴于此，黄修己先生对"史"与"论"的关系作了精辟的见解："我思故史在"和"史在促我思"这两条治学路线都很重要，因为同一个学者，有时可能从"史在"入手，他在收集、整理史料的过程中，思想上有所发现，并归纳、抽象出自己的观点，形成了理论；而另一时候，他可能从"我思"开始，先有了某一理论或观点，或是受到它的启发，把它放到大量的史实中去考察、检验，在得到了大量史实的验证，经过调整、充实、修订后，最后确立为自己的观点或理论；关键在于，我们带着"我思"进入史实之后，有没有自己的新发现，能不能根据客观的事实来修正、补充、提高乃至抛弃这种"我思"，并形成更准确地反映"史在"的新"我思"；他更期望"历史研究以及文学史研究，从史而出论，因而发生大的影响，这是我们应该追求的"，尤其是像斯宾格勒、亨廷顿、泰纳、勃兰兑斯等人一样善于"理论的抽象"，抽象出一种影响深远的重要的文学、文化理论。②

其四是恰当处理"史"与"注"的关系。

前述有几种史料错讹类型，很明显是由于缺乏注释或者注释不规范所致。

考虑到学术规范的作用和意义，务必注意注释的原则。第一，要有原典意识即第一手材料意识，尽量少用或不用间接的材料，以免出错。如果阅读作品最好读其最初发表时的刊物的原著或初版本，次之读全集，再次之读文集，再

---

① 黄修己：《中国新文学史编纂史（第二版）》，北京大学出版社 2007 年版，第 108 页。
② 黄修己：《中国新文学史编纂史（第二版）》，北京大学出版社 2007 年版，第 304－306 页。

次之读选集或权威出版社出版的单行本，但要密切关注学界对该书籍的史料纠错，如《老舍全集》初版就错漏百出，就连校订多年的《鲁迅全集》都难免错讹。而对于外国的资料最好读原文，或者读精通原文的专家的翻译，避免转译过程中意义的过多遗失。第二，要有认真意识，不仅要读原典，而且要细读原典，读懂原典，务求准确理解。第三，要有规范意识。引用一次，就注释一次；引用多少，就注释多少，边引边注，注释要及时，要实事求是，做到无一字无来历。注释要准确、规范、统一。所谓准确就是引用文献的观点、材料要原原本本，不增不减不歪曲；所谓规范，就是按照规范格式来做，出处要具体明确，不剽窃，对于非专业网站的资料一般少用或者不用，因为这些资料随意草率，错漏较多，如果要用，那么该资料必须是在纸质材料和专业网站都没有且并未发表的，而且要真实可靠、较有新意；所谓统一，就是引用同一文献，版本要统一，例如引用鲁迅的《狂人日记》，不能在文章中不同的地方既用了《鲁迅全集》，又用《鲁迅选集》，还用《呐喊》的单行本，只能统一用一种文献。另外，要有诚实意识：无论是直接引用还是间接引用都必须注释，但是不能用引用、注释代替研究者的论文写作和思考，连续引用几篇文章，拼凑起来，没有自己的观点，或者故意注明不重要的相关文献，有意略去实质性引用文献，这两种做法都会造成抄袭。而别人如研究者的同学、老师、朋友等曾经口头或者书面提过的但是并未发表刊登出来的，属于对方的有新意的观点，也应该注明何人于何时何地（如在讲座、学术会议、讲课、班级讨论会或者教研室讨论会等场合）提到的观点，做到无一字无来历，钱理群曾在他的《心灵的探寻》中引用学生试卷、作业中的观点就是明证。有学者指出已故北大著名学者季镇淮先生教导其关门弟子这样做学问："我们那时写了文章，总要在手里放几个月，先给朋友们看看，如果谁的观点对我有启发，我就要在文章中加个注释，说明这一观点最初来自人家。著书立说的第一件事是诚实，做学问不能掠人之美，这是规矩。"①

其五是让文学研究回到文本自身。

长期以来，学术界形成了若干研究模式，或重视史料，或重视思想，或重视理论，文本在其中都占有着重要地位。但是上述的文本或作品复述错讹，有个别已不是有没有读懂文本的问题（虽然有时是无意的疏忽），而有可能是为了理论而有意篡改文本的问题。这就亟须回到文本，亟须对文本与理论的关系进行重新思考。其关系一曰"从理论到理论"，按照有的前辈的说法是从"我

① 王建民：《就"80 年代学风"请教靳大成先生——汪晖事件评论之一》，http://www. aisixiang. com/data/34541. html?from = timeline&isappinstalled = 0，2010 年 6 月 28 日。

思"到"我思","有的人从西方搬来某个'先锋'理论，从这理论开始，却又不进入史实，只是挑选几条于己有用、有利的材料，作为那'先锋'理论的例证。……他的第一个'我思'并不是我的，是别处搬来的；到了第二个'我思'还不是我的，还是人家的"①。如陈晓明对北村小说《公民凯恩》情节复述大错特错，意蕴解读大错特错，正是"从理论到理论"的思维所致。② 二曰"从理论到文本"，即把理论作为一种视野，与活生生的文本紧密结合，有新意、够严谨又有历史感。陈平原的《中国小说叙事模式的转变》堪称这一类型的范例，该书借鉴了西方叙事学理论，却不生搬硬套，"任何研究方法都只是一种假设，能否落实到实际研究中并借以更准确地透视历史才是关键。不曾与研究对象结合的任何'新方法'都只是一句空话；而研究一旦深入，又很可能没有一种'新方法'足以涵盖整个文学现象。衷心感谢'新方法'的创造者和倡导者开拓了我的研究视野，但拒绝为任何一种即使是最新最科学的研究方法作即使是最精彩的例证。我关心的始终是活生生的文学历史"③。三曰"从文本到理论"，即从大量的文本阅读中抽象出一种重要的文学、文化理论，如巴赫金从陀思妥耶夫斯基的文本中提炼出"对话""复调"等理论，泰纳从古希腊艺术、文艺复兴时期意大利的文学艺术，发现文学与种族、环境、时代的关系，提出"精神气温带"理论，海德格尔从荷尔德林的作品中提炼出"人，诗意地栖居在大地之上"的存在主义理论。四曰"从文本到文本"，例如宋剑华的《生命阅读与神话解构——20 世纪中国文学经典文本的重新释义》便是显证，我们在里面看不到任何西方理论的框架，他认为："作品文本乃是作家生命意识的思想结晶，是作家精神世界的情感体验与深度思考；而评论家们却自以为是地用某种理论模式，轻而易举地就发现并解决了作家本人所倍感困惑的人生问题！如果问题真是如此简单，那么还要作家或文本干什么？"他提倡"一切批评过程都必须去遵循言说'文本'与'文本'言说，每一立论必须具有事实依据，每一结论必须具有情节支撑，批评只是对文本思想的概括与归纳，而不是超越文本故事的自我发挥"。④

---

① 黄修己：《中国新文学史编纂史（第二版）》，北京大学出版社 2007 年版，第 305 页。

② 黎保荣：《现当代文学作品复述的"信度"问题》，《中国现代文学研究丛刊》2010 年第 1 期。此文列举大量作品复述错讹的例子，可以参考。

③ 陈平原：《中国小说叙事模式的转变·自序》，北京大学出版社 2003 年版，第 1－2 页。

④ 宋剑华：《生命阅读与神话解构——20 世纪中国文学经典文本的重新释义》，广东人民出版社 2010 年版，第 304 页。

其六是倡导反权威的精神。

学者要勇于怀疑，勇于秉笔直书，勇于说真话，真理面前只有探索，没有禁区。不要由于对方是权威，就一味仰视不敢平视，这并非科学客观的态度，我们要尊重一切，也要怀疑一切。因为权威的论著质量甚高，如果研究者发现其中存在着错讹和瑕疵而不指出、不说明，这反而影响了权威论著的质量改良和提高。关键之处不在于出现错讹，而在于知错能改能进步。正如王世家老师2011年10月24日给笔者的信中指出："所谓'得罪人'，不应成为一个'问题'，否则学术上怎么能深入？"此外，不要害怕打击报复，一般而言，权威学者大多是有度量、有境界之人，否则，权威学者讳疾忌医，心胸狭隘，指错者疑神疑鬼、畏首畏尾，对学术的发展都将大为不利。当然，我们也要警惕那种唯我独尊、自以为占尽真理的指错者态度。所谓反权威，并不必然是反对，而是平视、面对、反思、学习甚至超越，而这对后学者的要求是：深厚的学术根基、深刻的学术思想、鲜明的学术个性。

其七是要具备读者意识，对读者负责。

研究者不只是面对研究者本身，也不只是面对学界，更要面对广大的读者，在读者中培养学术意识，拓展学术土壤。温儒敏先生于2012年11月28日致笔者的信中就充满了读者意识（同时也彰显出前辈学者的严谨、真诚和宽容），征引于此，深表谢意：

"黎保荣先生，贵文指出拙著许多错误，非常感谢！谢谢你的细致和认真，我们的工作确实有些马虎。当初修订此书（《中国现代文学三十年》），我们在香山突击一个月，分工去写，然后合成。我们对自己的写作，特别是史料出处之类问题也没有把握，就临时请了几位在史料方面比较有积累的老师专门'挑刺'，时间也还是很紧，最后就出版了。十多年来，我们自己发现一些问题，许多读者也指出一些问题，我这里收到的相关信件就好些，本想来一次大的修订，可是议论数年，未能做成。我们几位都有些岁数了，现在要聚会修订，也有困难。大概这本书也就不去大动了。但大家提出的史料细节方面的问题，不牵涉版面大动的，还是要想办法改一改。这样也才对得起读者信任。"

作者具备读者意识，指错者亦具备读者意识，对读者负责，为学术尽力，善莫大焉！

（作者简介：黎保荣，广东肇庆人，文学博士，肇庆学院文学与传媒学院教授）

中编

艺术评论

孤岛时期的上海粤剧

——以《申报》为考察对象

黄　伟

　　"孤岛"时期是上海历史的一个特殊阶段。1937年7月，日本发动全面侵华战争。8月13日，日军开始进攻上海，淞沪会战打响，经过3个月的鏖战，11月12日，上海沦陷。自此至1941年底太平洋战争爆发前的4年中，公共租界苏州河以南区域和法租界成为被日伪势力包围的"孤岛"，与沦陷区及交战前线相比，租界内的形势相对比较稳定，内外交通及贸易均未受到影响，娱乐业、工商业较之战前更为繁荣，史称"孤岛"时期。

　　但与其他剧种在上海的畸形繁荣不同，粤剧在孤岛时期的上海陷入了空前的沉寂。早在1932年"一·二八"淞沪抗战时，粤剧在上海已遭受过一次沉重的打击。专门上演粤剧的广舞台在这次战役中毁于日军炮火。直到三年之后，粤剧在上海的演出才得以恢复。此后由于男女班的兴起，粤剧演出市场十分兴旺。广东大戏院、明珠大戏院（后改为海珠大戏院）、香港大戏院先后开业，上海大戏院也一度上演粤剧，一时间粤剧在上海呈现全面繁荣之势。可惜好景不长，自1936年下半年起，驻扎在上海的日军不时在粤人集中居住的虹口、闸北一带"设哨巡逻，不时演习，以至一般喘息甫定之闸北市民，相惊怕有，纷纷迁避。故在去年十一月份内闸北居户，陡形减少。……户口统计，去年十一月份仅有九七八一户，男女五〇二七一丁口"[1]。居民大量外迁，人口锐减。受此影响，在沪演出的粤剧戏班营业一落千丈，为应付不测，戏班还得经常更换演出地点，饱尝颠沛流离之苦。

---

① 《闸北户口渐增》，《申报》，1937年6月5日第14版。

抗战爆发后，粤剧团纷纷买棹南归，尤其是在上海沦陷之后，时总部设在香港的"粤剧八和协进会"做出决定，禁止粤剧团到沦陷区演出。其间，只有上海本地的粤剧社永安乐社演过几场救难粤剧，此外便再也没有粤剧演出了，这在上海粤剧演出史上是极为罕见的。

一、泰山粤剧团

太平洋战争爆发之前的上海租界完全是另外一番景象，这里的粤籍人士对于家乡戏的渴望反而变得更加强烈。1939 年元旦刚过，上海粤籍人士终于盼来了渴望已久的家乡戏，《申报》对此进行了热情洋溢的报道：

一九三九年的序幕，已经揭开了。戏剧界的第一件大事，我想在这样短短的几天中，要算广东戏的角儿，在战后的上海，第一次与旅沪的粤人作初次的觌面，算是重要呢！说起广东戏到上海，战前是很平凡的，战后却相当的困难，假使没有特殊的表现，他们是不容易来的。在去年的秋间，香港的粤剧艺人，曾经有过决议，暂时不到外埠，因为绝对的拒绝与人合作，这次的来，我敢说机会值得宝贵，不比普通的戏剧。这一次到沪的角儿，除掉文武生的桂名扬以外，还有一位粤剧的彗星罗家权，这是四大丑生的领袖人物，在广东人的心目中，有不晓得薛觉先的，可没有不知罗家权的。其次是小武生梁荫棠和新珠，都是新兴而有艺术的角色。坤角方面，当然大家都知道谭玉兰、唐雪倩，可是这般人物，已经不轻易露演了。而且时代的巨轮，时时向前推动，继承她们而起的文华妹、紫兰女和华丽思，都是貌美而富有绝顶艺术的坤角，我想新时代的人们，对于新时代的角儿，当然应该有着好感。

这一批粤剧的伶人们，怀着满腔的热望，快到上海来了，昨天主持粤剧事务的翔升公司，已经接得电报，今天下午二时，乘着昌兴公司的海轮，乘风破浪而来，上海广东同乡方面，已经筹备盛大的欢迎，他们一行登台的日期，大概在本月七日的夜间。①

《申报》所预告的这个戏班名叫泰山粤剧团，由廖拾芥主持，战前只需 4 天

---

① 末臣：《一九三九年的序幕——粤剧伶人战后的觌面礼》，《申报》，1939 年 1 月 4 日第 15 版。

即可到达的旅程，在烽烟弥漫的战乱年代却足足走了近 20 天，历经艰险，直到 1939 年 1 月 20 日才抵达上海，其中的艰辛坎坷，《申报》也有详细报道：

> 更新舞台翔升公司邀聘之泰山粤剧团，已于昨日中午乘山东轮抵申。艺员分居新新旅社及更新后台两处，男女共计六十余人。记者即至新新访问，蒙该剧团廖拾芥君接见，据谈自广州陷落后，粤剧艺人大多投奔香港，即该剧团亦正在香港岛演出，此番应聘来沪，事先曾郑重考虑，因恐受愚，而在沪西沦陷区域出演，后悉系在公共租界，自无问题。到沪后，奈演员大多不胜风浪之苦，旅途极感劳顿，须稍事休息，且上演前必先度曲，始克有精彩之收获，如苟且从事，则剧团远道来此，似不宜自毁声誉。虽闻定座者甚多，亦只可展延一天，至演员居处，除老倌（即角儿）另寓一处，余则均宿后台，俾演员互相研究剧事，较散居为尤便利也。[①]

从上述两篇报道可以看出，虽然处在战乱年代，一切因陋就简，但该班"男女共计六十余人"的阵容还是十分强大的。有号称"影坛巨星万能泰斗"的小武（或称文武生）桂名扬、"四大丑生领袖人物"罗家权、小武梁荫棠、武生新珠，以及黎孟威、罗冠声等。坤角方面，有"时代艳旦"玉玫瑰、花旦文华妹、紫兰女、华丽思、白玉琼等，"都是貌美而富有绝顶艺术的坤角"。

班中以桂名扬、罗家权、梁荫棠、文华妹、华丽思诸角担纲演出，尤以"四大丑生"之一的罗家权最受观众欢迎。但泰山粤剧团所出演的更新舞台处在远离广东人居住区的浙江路牛庄路，粤籍人士相对较少，戏院营业未见好景，不久即宣布停演。后转入皇后剧院演出，《申报》栏目《游艺珍闻》对此进行了连续报道，如 1939 年 3 月 2 日："泰山粤剧团脱离更新舞台后，将出演皇后剧院，已在谈判条件中，颇有成局希望。"3 月 3 日："泰山粤剧团将于四号在皇后剧院出演，昨日签订合同，剧目尚未派出。"3 月 4 日："皇后剧院邀聘泰山粤剧团隶演，今日起开始。剧目派定为《龙虎渡姜公》（头本），夜戏则演三本。"但演出不到一周即出意外，文华妹手部不慎摔伤，不能演出，桂名扬、文华妹被迫离沪返港。《游艺珍闻》3 月 11 日报道："皇后剧院泰山粤剧团昨日停演一天，因该团向前台要求订立合同一月。下午二时开会讨论一切。至粤伶桂

---

① 《泰山粤剧团昨午抵申》，《申报》，1939 年 1 月 21 日第 16 版。

名扬、文华妹则决脱离返港，文华妹之手部摔伤，在休养中。"① 由于台柱离去，剧团的号召力大打折扣，营业平平。毕竟是处于战乱年代，人们衣不蔽体，食不果腹，加上因战争而导致的人口消耗，粤剧观众大为减少，因而远道而来的泰山粤剧团在坚持了两个多月之后，也只能无奈地散班告终。

据《申报》演出广告整理，该班在上海期间的演出剧目主要有：

（1）《神威震九州》、《冷面皇姑》（上下卷）、《甘违军令慰阿娇》、《捣乱温柔乡》、《赵子龙》（梁荫棠首本）、《梦不到辽西》、《古今一美人》、《十美绕宣王》（四本）（梁荫棠首本）、《情劫玉观音》、《碧玉气将军》（梁荫棠首本）、《三撞景阳钟》、《秘密冤仇》、《蟾光惹恨》（罗家权首本）、《古刹食人精》（罗家权首本）、《桃花女斗法》（三本）（梁荫棠首本）、《七虎渡金滩》、《大闹梅知府》、《金丝蝴蝶》、《太平天国女状元》、《血种情根》、《泣荆花》、《龙虎渡姜公》（二本）、《七贤眷》、《乞儿皇帝》、《五元哭坟》、《原来我误卿》、《相见恨晚》（华丽思首本）、《风流伯父》、《莽将军》、《皇姑嫁何人》、《金玉满堂》、《三取珍珠旗》、《背解红罗》（廖拾芥新编、桂名扬首本）、《赢得青楼薄幸名》、《孤寒孽种》、《楚霸王》、《冰山火线》、《傻仔洞房》、《两字假郎君》、《艳主动臣心》、《可怜女》、《双凤戏新郎》、《花心箭》、《醋淹蓝桥》、《姑缘嫂劫》。以上为更新舞台的演出剧目。

（2）《桃花女斗法》（四本）、《钟无艳》（六本）、《花心箭》、《苦凤莺怜》、《寡妇孤女》、《风流皇后》、《碧玉戏将军》、《牧牛王》、《凄凉妈姐》、《牛精将军》、《宝剑奇冤》、《洞房三怪变》、《两个御林军》、《相逢恨晚》、《大闹广昌隆》、《铁血情魔》、《夜渡芦花》、《木兰从军》、《夜送寒衣》、《老举仔封王》、《醉斩平西王》、《换刀杀妻》、《三合明珠宝剑》、《儿女风云》、《花田错》、《金叶菊》、《海底寻夫骨》、《小丈夫》、《男人心海底针》、《难偿两样债》、《燕归人未归》（二本）、《万劫红莲》、《教子逆君王》、《沙三少》、《唐宫恨》、《父慈子孝杀贤妻》、《双飞燕》、《武松潘金莲》、《魔殿阳光》、《金销释冤仇》、《廿载风流梦》、《山东响马》、《貂蝉》。以上为皇后剧院的演出剧目。

演出间隙，该班在经济十分困难的情况下，依然积极参与救助苦难同胞的播音及义演活动。《申报》1939年2月10日报道：

---

① 《游艺珍闻》，《申报》，1939年3月11日第16版。

泰山剧团为推广救济上海暨两广难民运动起见，假座新新公司广播电台，播送名曲，筹集捐款。定于本日（十日）下午七时至十时，全体艺员，合力演唱。闻特邀粤中名伶华丽思、罗家权、文华妹、桂名扬、梁荫棠等，播送特别节目。可谓群英大会，更属锦上添花。欢迎各界慈善人士，踊跃点唱。①

1939 年 2 月 11 日至 14 日，该班联合广东旅沪同乡会，假座更新舞台演剧筹款，救济上海暨两广难胞。息影艺坛已久的粤剧著名花旦李雪芳也应邀参加义演。参加这次义演的粤剧演员还有：罗家权、桂名扬、文华妹、梁荫棠、华丽思、白玉琼、罗子汉、梁金城、罗冠声、石燕子、邝少安、梁润棠、倩影云、玉玫瑰、罗家会、白锦兰、陈超明、李洪显、桂桃楣、张铁峰、郭云峰等。《申报》1939 年 2 月 10 日报道：

旅沪粤人，前为救济两广难民，曾组织两广救难委员会，并已着手劝募，成绩极为满意。闻该会鉴于两广桑梓，罹难众多，因特商请著名粤剧艺人李雪芳女士、桂名扬、罗家权等，会同泰山剧团，义务演剧助赈救难。日期为十一、十二、十三、十四，四天；地址假座更新舞台，券价分十元、五元、两元，及四角四种。所有收入，一部分捐助上海难民，而另一部分，则捐予两广难胞。据该会负责人新新公司总经理李泽云，艺员李雪芳，为粤剧之王，素有"北梅南李"，及"玉喉"之盛誉。且已息影多年，此次因事关救济难胞，乃毅然破例出演，实属难能可贵。②

四天义演的戏目及主演者分别是：《皇姑嫁何人》（桂名扬、文华妹、白玉琼、罗子汉）、《仕林祭塔》（李雪芳、罗家权）、《冰夜破铜关》（梁荫棠、华丽思、邝少安、梁润棠、倩影云）、《楚霸王》（罗家权、华丽思、罗冠声、石燕子、倩影云）、《打洞结拜》（文华妹、梁荫棠）、《夕阳红泪》（李雪芳、桂名扬）、《樊梨花罪子》（桂名扬、文华妹）、《扬州梦》（罗家权、华丽思、石燕子）、《曹大家》（李雪芳、梁荫棠）、《大破洪恩寺》（梁荫棠、华丽思、李洪显、郭云峰）、《泣荆花》（罗家权、石燕子、文华妹、倩影云）等。粤剧艺人这种热心公益、慈善为怀的义举，永远值得人们铭记。

---

① 《泰山剧团播音演剧筹款》，《申报》，1939 年 2 月 10 日第 10 版。
② 《泰山剧团播音演剧筹款》，《申报》，1939 年 2 月 10 日第 10 版。

二、粤港人寿年班

泰山粤剧团解散后，大部分艺员依然滞留在上海，与其他新来的粤剧艺人一道组成"粤港人寿年班"，继续在更新舞台演出。《申报》1939年4月9日更新舞台的演出广告称："更新舞台上演广东戏粤港人寿年班，定十一日夜场公演，先演《六国大封相》，后演出头《下南唐》。"并用大小不同的字体标出该班的主要演员，最大牌演员是罗家权，其次是余丽珍、张惠霞、胡迪醒、李觉声四人。其余角色还有：陈斌侠、石燕子、高飞凤、罗天柱、罗家会、邓少康、小月红、陈碧玉、梁金城、倩影云、倩影文、罗冠廉等。演出票价为：日戏：一角、二角、三角、四角、五角、六角、八角；夜戏：一角、二角、三角、四角、五角、七角、八角、一元。最低一角，最高一元，可谓物美价廉。

该班演出的剧目以连台本戏为主，有《龙虎渡姜公》（十五本）、《武潘安》（十三本）、《桃花女斗法》（五本）、《释迦牟尼佛》（四本）、《罗卜救母》（四本）、《陈世美》（三本）、《海底寻夫骨》（三本）、《燕归人未归》（二本）、《重台别》（二本）等。其他演出剧目还有：《刘金定》（下南唐、杀四门）（余丽珍首本）、《十三妹》（余丽珍扎脚打武）、《美人关》、《降伏美人心》（胡迪醒、余丽珍、罗家权首本）、《箭上胭脂弓上粉》、《黛玉葬花　宝玉哭灵》、《举狮观图》、《夜盗状元归》、《它城风雨夜》、《节妇潘金莲》、《十万童尸》、《夜渡芦花》、《粉蝶不怜香》、《粉碎姑苏台》、《错折隔墙花》、《花债何时了》、《杀子报》、《十夜屠城》、《独手难遮天上月》、《智女戏懵王》、《藁砧裙钗都是他》、《两字假郎君》、《棺材精出嫁》、《深锁情天》、《无价春宵》、《大侠云中燕》、《浪头伯父》、《三审玉堂春》、《雁门关》、《好媳妇》、《观音出世》、《梅开二度》、《再生缘》、《木兰从军》、《皇帝寻仔》、《风流老太爷》、《玉如意》、《鸳鸯桥》、《金殿争风》、《可怜闺里月》、《毒玫瑰》、《唐明皇》、《貂蝉》、《献美图》、《错怪好人》、《醉倒骑驴》、《一梦十四年》、《换刀杀妻》、《水冰心》、《尧天舜日》、《本地状元》、《偷盗香巢》、《暴雨折梨花》、《雌雄太极鞭》、《佳偶兵戎》、《有形无影》等。由罗家权主演的新剧《释迦牟尼佛》因其"情节玄奇，曲词新颖"而深受观众喜爱，《申报》栏目《粤剧新讯》早在1939年1月25日就对尚在排练阶段的该剧进行了专门报道：

最近更新舞台开演粤剧，搜罗人材颇多，该班名角罗家权，前以特种关系，息影歌坛，凡五易寒暑。此次翩然南下，红氍毹上，再显身手，极为海上人士所称赏。罗君能唱宫字音，板稳腔圆，清越动听，粤中四大丑生，以唱工论，罗君当居首席，做工举手投足，悉合绳法。殊非一般矫揉做作，率尔操觚者所可同日而语。微闻罗君藏有新编剧本甚富，尤以《释迦牟尼出世》一剧，情节玄奇，曲词新颖，为罗君精心结构，而经名家润饰者。开演日期，约为下周六晚，预定连演四天。粤剧习例，戏码逐日换新，一剧而能接连演唱者，非有名剧如上述，名角如罗君，决不敢谬然轻试，幸顾曲人士，拭目俟之。[1]

人寿年班假座更新舞台上演大约两个月之后，1939 年 6 月中旬，因组织不良、人才缺乏与房屋问题而散班解体。

三、大罗天男女粤剧团

人寿年班散班之后，1940 年旧历新春正月开始，号称"声震粤潮独一名班"的大罗天男女粤剧团莅沪演唱。自抗战爆发以来，地处华界的各大戏院都已摧毁殆尽，地处租界的戏院又没有专供粤剧演出的剧场，而且由于场地有限，班多院少，故此时所有来沪演唱的粤剧戏班只好四处流浪，见缝插针地演上一些时日。大罗天男女粤剧团虽然人数并不少，拥有男女艺员 50 余人，却找不到一间适合的演出场所，只好委曲求全，假座虞洽卿路四马路口（福州路口）大中华饭店的大中华剧场演出。但该剧场"戏台狭小，座位不适"，"故惨淡经营，延至今日，又重迁至逍遥舞厅中的小剧场中开演"。[2] 昔日名震港粤的粤剧名班，如今也只能屈居于名不见经传的小剧场开演了，比起繁荣时期粤剧在上海的风光来，真有天壤之别。

该班担纲演员有：花旦甘义连、小生伍元熹、武生新珠、武小生顾天吾、小丑刘少文等。其他名角还有飞彩玉、白龙珠、金翠莲、刘少文、筱灵芝、华丽思、刘芳玉、梁天宝、何非凡、伍觉舒等。《申报》1940 年 2 月 2 日载文介绍了该班的情况：

---

① 龙云：《罗家权主演〈释迦牟尼〉》，《申报》，1939 年 1 月 25 日第 16 版。
② 力士：《孤岛的粤剧》，《申报》，1940 年 8 月 1 日第 14 版。

　　港粤名班大罗天，不日来沪，准农历元旦（2月8日）假座虞洽卿路福州路口大中华剧场表演粤剧。艺员有武生新珠，此君擅演《三国志》关公剧，在南方素有活关公之称。文武生伍元熹，风流倜傥；小武顾天吾，于武剧方面堪称独步。此两名角前曾来沪献艺，颇为一般人所赞誉。花旦甘义连，色艺双超，唱做俱臻妙境。诙谐生刘少文，每演一剧，四座生风，其诙谐处真有令人捧腹。此数名角在港粤南洋一带，早负盛名，现更助以多位优等名角，当有一番热闹也。①

　　尽管条件简陋，但该班演出依然一丝不苟，处处按照正规化模式进行，开演时间为日戏一时半，夜戏七时。座价：优等一元五角、特等一元、头等五角。演出剧目有：

　　（1）连台本戏：《背解红罗》（八本）、《钟无艳》（七本）、《狄青三取珍珠旗》（四本）、《孟丽君》（三本）、《陈世美不认妻》（三本）、《梁山伯访友　祝英台祭奠》（三本）、《廿载风流梦》（二本）、《狸猫换太子》（二本）、《金叶菊》（上下集）、《宝鼎明珠》（上下卷）、《杀子报》（上下卷）、《大闹梅知府》（上下卷）、《拗碎灵芝》（上下卷）、《贼王子》（上下卷）、《凤娇投水》（上下卷）。

　　（2）其他剧目：《刘金定斩四门》、《月底西厢》、《慧剑续情丝》、《好梦化云烟》、《夜盗雁翎甲》、《花榜状元》、《月向那方圆》、《撚化大老爷》、《风流老太爷》、《明珠剑》、《婢女王》、《三箭定天山》、《花木兰》、《铜城劫后灰》、《驸马冰人》、《浪头伯父》、《半世皇子》、《血泪洒良心》、《无处不消魂》、《两个好乖孙》、《恐怖情场》、《女儿香》、《可怜女》、《三戏樊梨花》、《甘违军令慰阿娇》、《醋淹皇宫野征尘》、《女将军》、《偷盗香巢》、《双凤朝阳》、《危城鹣鲽》、《单凤气双龙》、《甜姐儿》、《紫霞杯》、《荷池映美》、《伍元熹卖绒线》、《辣手碎花心》、《倒运新郎》、《杨贵妃》、《萍叙莲溪》、《十三妹大闹能仁寺》、《戆姑爷》、《零落花无语》、《消魂妈姐》、《海角沉香》、《金生挑盒》、《十万九千七》、《可怜秋后扇》、《教子逆君皇》、《春恨秋愁》、《贼亚爸》、《心肝赠美人》、《风流皇后》、《夜送寒衣》、《捣乱温柔乡》、《爱情非罪》、《貂蝉》、《虎穴偷龙》、《兄妹做夫妻》、《扭纹夫妻》、《大闹广昌隆》、《张巡杀妾飨三军》、《神经老豆》、《赵子龙》、《花国总统》、《一双难夫妻》、《恨不相逢

---

① 《粤剧新讯》，《申报》，1940年2月2日第14版。

未嫁时》、《迷魂阵》、《小丈夫》、《舍子奉姑》、《轰天雷》、《还我头来》（伍元熹首本）、《红玫瑰》、《催花惊蝶梦》、《多情凶手》、《夜明星》、《佛祖寻母》、《半边金钱》、《皇姑嫁何人》、《龙潭虎穴困城》、《三娘教子》、《十夜屠城》、《惺惺有意惜惺惺》、《销魂宫里月》、《孝子乱经堂》、《一女嫁三夫》、《金粉惹征尘》、《银灯照玉人》、《七贤眷》、《灵魂恋爱》、《醋淹蓝桥》、《香车宝马渡玉关》、《甘戴绿头巾》、《摩登霸王》、《双娥弄蝶》、《六月飞霜》、《水晶帘下碰崩头》、《错斩贤妻》、《淝水杀苻坚》、《西河会》、《洞房之夜》、《姑缘嫂劫》、《十二点钟左右做人难》、《蛇头苗》、《斗气姑爷》、《大侠小天魔》、《三个未婚夫》、《怕听同房歌》等。

太平洋战争爆发后，苟延残喘的孤岛粤剧也不复存在，战争将粤剧从上海连根拔起，荡涤殆尽。及至抗战胜利后，人们所憧憬的和平安宁的美好生活也并没有到来，昔日盛极一时的上海粤剧也没有像人们所期待的那样复兴繁荣，而是延续着战时的衰竭之状。即使偶有粤剧团来沪演唱，也是乘兴而来，败兴而归。

四、上海粤剧的衰落

粤剧在上海走过了将近百年的历史，粤剧的衰落，有它自身发展的历史规律，但更多的还是天灾人祸尤其是战争的影响。战争直接导致旅居上海的广东人口大量流失。根据《中国戏曲志·上海卷》，清朝末年，随着上海城市经济的发展，旅居上海的广东人在光绪三十一年（1905）前后，已达三十多万。[1] 到了民国十年（1921）前后，仅广肇两府旅沪同乡就有十余万人。[2] 1932 年，日本帝国主义悍然发动"一·二八"事变，闸北焚毁，淞沪陷入敌手。成千上万旅居上海的广东人纷纷离沪，或回乡或进入租界躲避战火，"轮埠车站，扶老携幼，肩挑手提，拥挤不堪"[3]。这是上海粤籍人口第一次大量流失。事后，上海人口虽有所回升，但广东籍人口并未恢复到战前的水平，1935 年上海公共租界曾有过一次人口统计，结果显示，华籍居民总数为 1 120 860 人，广东籍人口仅为 53 338 人，占华籍总人口约 4.76%。[4] 人口数量及所占比例较之清末民初

---

① 中国戏曲志编辑委员会：《中国戏曲志·上海卷》，中国 ISBN 中心出版社 1996 年版，第 150 页。
② 《广肇公所之新年恳亲会》，《申报》，1921 年 2 月 21 日第 10 版。
③ 屠诗聘主编：《上海市大观》，中国图书杂志公司 1948 年版，第 62 页。
④ 《上海公共租界华籍居民省籍分析》，《申报》，1935 年 12 月 11 日第 10 版。

有大幅度下降。另据 1935 年《上海市年鉴》统计，1934 年华界人口总数为
1 894 693 人。[①] 若按相同比例折算，华界的广东籍人口约为 90 187 人。两者相
加，1935 年前后旅居上海的广东籍人口总数在 15 万左右。抗战爆发后，由于
上海华界先于广东沦陷，因此大批广东籍人口再一次大迁徙，有的逃往国外，
有的避往租界，大部分则返回故乡避难。抗战胜利后，城市物价飞涨，经济萧
条，社会动荡不安，返回上海定居的广东人较战前大为减少。《1949 年上海市
综合统计》显示，截至 1949 年底，上海市人口总数为 4 980 992 人，其中广东
籍人口仅为 119 178 人，约占总数 2.39%，较之战前的 1935 年不但没有上升，
反而下降了 2.4 个百分点。[②] 可见战争给旅沪广东人带来的创伤是多么巨大，这
种人口的损耗及生命财产的损失是永远也无法弥补的。

　　人口损耗的直接结果，便是粤剧观众群的大量减少。自民国初年以来，特
别是自 20 世纪 20 年代中期开始，粤剧急剧向方言化、地方化方向发展，观众
面越来越窄，不懂粤方言的观众根本无法欣赏粤剧。戏剧家齐如山在谈到广东
旧戏的时候，很有感慨地说："我在民国十九年以前，很看过几次，还完全保存
着梆子型式，话白亦系中州韵，自然夹杂了许多本地土音，但大体还未改，广
东人管此叫作舞台官话，我们还能懂六七成。自从摩登的戏出来，这种旧戏就
慢慢的不见了。"[③] 方言戏剧在非本方言区能否流行及流行范围的大小、流行时
间的长短，与该地操本方言观众人数的多少密切相关。而粤剧原本属外江戏，
在清末民初以前还一直固守着古腔粤剧的传统，故能在非粤方言区传播。1920
年，粤剧著名花旦李雪芳在上海广舞台演唱时，非粤方言区的观众也竞相往观，
"本帮人之前往顾曲者，已十居其四，政商学界每日有名人在座，伶界赵君玉、
麒麟童等，亦时往评观。可见粤剧已受人欢迎，犹今之昆曲矣"[④]。而到了 20 世
纪 30 年代末，粤剧在上海则成了外乡人丝毫看不懂的纯粹的地方剧。"粤剧
的在上海，只能给粤侨观看，外乡人看来简直丝毫不懂。故虽技艺高深，嗓喉
动听，亦只能给粤侨独赏，未能像平剧的能给大众领略。又因粤剧唱词特殊，
故若招徕外省人士观摩，惟一办法，须将唱词印就分发，令人对照观听，免使

　　① 胡焕庸主编：《中国人口（上海分册）》，中国财政经济出版社 1987 年版，第 58 页。
　　② 胡焕庸主编：《中国人口（上海分册）》，中国财政经济出版社 1987 年版，第 50 页。
　　③ 齐如山：《国剧艺术汇考》，辽宁教育出版社 1998 年版，第 30－31 页。
　　④ 梦华：《群芳艳影（九）》，《申报》，1920 年 11 月 4 日第 14 版。

戏剧文化，彼此隔膜。"① 粤剧的方言化、地方化，加剧了粤剧的自我封闭，使得原本拥有大量观众群的粤剧，变得只能由懂粤方言的观众来欣赏了。由于战争直接导致粤籍观众群大量减少，而这部分仅存的粤籍人士中的青年一代，大多已经本土化，融入客居地的文化，对家乡戏反倒产生了隔膜。早在民国初年，专演粤剧的鸣盛梨园就请来了著名苏滩艺人林步青"唱改良时事滩簧"，在粤戏园里唱起了苏滩，这可是亘古未有的事，这说明粤籍观众的本土化进程早在民国初年即已开始了。

这样一来，一方面是粤剧本土化不断加剧，非粤方言区观众不能欣赏；另一方面，旅沪粤籍人士中的新生一代又不断被客居地文化所同化，越来越不喜欢也不懂得欣赏粤剧。随着粤剧观众群老龄化、贫困化的不断加剧，从根本上制约了粤剧在上海的生存和发展，使得粤剧不断走向地方化的同时，也失去了在非粤方言区的大片阵地，退居粤港澳一隅，孤芳自赏去了。

（作者简介：黄伟，湖南麻阳人，文学博士，肇庆学院文学与传媒学院教授）

---

① 力士：《孤岛的粤剧》，《申报》，1940年8月1日第14版。

浅析王家卫影像的诗性特质

陈明华

王家卫是一个传奇，他以特立独行的影像风格确立了自身在国际影展中的特殊地位，以符号化的人物触摸了现代都市中生命个体的精神焦虑，与其说他的影像在建构一个乌托邦的故事，不如说它就是一首"自说自话"的诗，超离现实却又恰切人的内心，以戏谑和自嘲透析现世存在的悲凉。从《旺角卡门》《阿飞正传》《重庆森林》《东邪西毒》《堕落天使》《花样年华》《2046》《蓝莓之夜》到《一代宗师》，王家卫以超凡的影像对话内心沉默的激情，在出走与回归之间，建构了一个让人迷失又流连的世界。王家卫的电影的诗性特质向来都是挑战观众惯性消费心理的，其风格大多有别于传统意义的影视作品："村上春树味儿十足的台词、魔幻现实主义、解构主义、意识流加后现代文艺腔作风、MTV 似的恍惚镜头、街头流行的酷表情、古龙式的醒世格言、浓浓的怀旧情调。"① 脱离了线性叙事的天马行空常常被人贴上"晦涩"和"小资"的标签，但恰恰又是这种间离效应凸显了王家卫电影的特质，暗合了都市里候鸟般生活的人群对身份的吁求与迷失。

一、边缘人——诗性的人物

诗性似乎与孤独、流浪是永远的近邻，是人类与上帝充满神性的对话，近乎呓语的符码承载着孤独旅人的白日梦，解码的过程是异常艰难的，共鸣者似乎更在意两个灵魂撞击瞬间的片刻感悟。王家卫镜头中的人物，大多似乎都具有这种诗性特质，是抽象的、个体的、边缘化的符号，在出走与回归之间自说自话，寻求解脱与陷入迷失。

---

① 粟米：《花样年华王家卫·隐藏在雷鹏墨镜后面的世界（代序）》，中国文学出版社 2001 年版，第 2 页。

（一）符号化的存在

王家卫电影里的人物大多无名无姓，有的只是绰号或者代码。男性大多是"阿飞""杀手"和"警察"，如《旺角卡门》中的华仔，《阿飞正传》里的旭仔，《重庆森林》中的警员 223 和 663，《东邪西毒》和《堕落天使》中的杀手；女性角色以舞女、店员、杀手或空中小姐为主，大多属于较底层和社会边缘化的无归属感的女性。如《阿飞正传》里的女售货员和舞女，《重庆森林》中的女毒枭和空中小姐，《堕落天使》中的杀手经理人和太妹。很显然，王家卫镜头下的边缘人共同的特质就是"根性"的缺失，没有来路，不知归途，"流浪"就是他们的生活方式，"堕落"又常常成为他们无奈的选择，没有宏大的理想和惊天的抱负，只有最为琐碎的真实和迷失的自我。但是这种对个体淡化的表象恰恰又指称了现代都市中个体的虚无实质，漂泊的是无所归依的灵魂，符号化的存在方式也恰恰指向了生存的荒诞。

（二）自说自话式的"呓语"

王家卫影像中的人物无疑是偏执的，完全以自我为中心，他们不需要与外界交流自己的感受。他们要么自言自语，要么与根本无法交流的物品交流，独白是他们最为擅长的表达方式。如《旺角卡门》中偏执得有点幼稚、以勇气一再挑战恶势力的阿华，《阿飞正传》中对感情随意和放荡的阿飞，《重庆森林》中买 5 月 1 日凤梨罐头的警察 223、一天一杯黑咖啡的警察 663，《堕落天使》中深夜潜入别人店铺、强迫顾客买东西的哑巴。如"不知道什么时候开始，在每一个东西上都有一个日子，秋刀鱼会过期，肉酱也会过期，连保鲜纸都会过期。我开始怀疑在这个世界上还会有什么东西是不会过期的"，"失恋的时候去跑步，把身体里的水分蒸发掉就不会流泪"，"每天你都会有机会与每一个人擦肩而过，你也许对他们一无所知，但他们将来有可能成为你的知己或朋友"，"当一个人哭的时候，你可以给他一卷纸，而一间屋哭的时候，你就不知道怎么办了"。这些梦呓般的言语，看似疯癫和语无伦次，却又如此深沉和冷静，他们以孤独抗拒浮华和伪善，以诗性的自语洞悉人生的禅机。自语是对沟通的吁求与抗拒，是面对世态炎凉的观望与无奈，更是对冷漠戏谑式的拯救。

二、非常规电影语言——诗性的修辞

王家卫影像给观者制造的最大障碍可能就是其散漫奇绝的电影修辞，正如其本人所说，其影像不是在建设，而是在破坏。王家卫镜头下的色彩、影像、音乐、摄影机运动等要素在其电影叙事中均得到了诗性的调度，天马行空而乱中有序，一骑绝尘却柳暗花明，其跳跃性的声画修辞表达使影像的表意传情获得更大的张力。

（一）色彩

电影大师安东尼奥尼说道："对色彩片必须有所作为，要去掉通常的现实性，代之以瞬间的现实性。"王家卫的影像显然承袭了这一并不讨好观众的风格，视觉表达极具表现主义意味，他常常创造性地对色彩进行主观化的处理，赋予影片丰富的内涵。如在《2046》中用浓烈的红色和蓝色制造出一列通向2046的列车，使观众坠入了一个另类的科幻时空，也丰富了剧中人物纷杂迷乱的情感世界；在《东邪西毒》中是一种迷幻般的影像风格，运用倾斜的视角、失衡的布局与快慢迥异的节奏，糅合成一股唯美却富有张力的视觉冲击波；在《花样年华》中更是通过浓艳的旗袍，张扬了旧上海特有的怀旧感伤。在王家卫的影像中，色调的运用无不彰显着诗意的怀旧、孤寂、感伤、颓废、迷惘，与片中人物迷离的情绪奏出和谐的交响。很显然，凡是杰出的导演，都是色彩的调度大师，如安东尼奥尼、基耶斯洛夫斯基等，他们习惯将色彩既融于情节，赋予影像特有的情感基调，同时又超离影像，获得超验的主题表达。

（二）音乐

王家卫的电影音乐是多元的，充满着率性与诗意，一部影片中往往杂糅着拉丁乐、爵士乐、电子乐、流行歌曲甚至是京剧。音乐几乎成为王家卫电影的灵魂，影片通过音乐这一强大的表现手法，使得人物形象塑造和情感表达获得不可比拟的力量。如《阿飞正传》中，第一次响起拉丁乐，主人公伴着乐曲起舞，洒脱不羁，表现其对生活束缚的反叛；第二次起舞时，他决定放弃生命，成为一只真正的无脚鸟，凸显其精神的颓废与迷惘。《2046》中更是将爵士乐、拉丁歌谣和意大利歌剧混杂起来，将人物的情感置身于纠结的音乐复调中，凸显人物的意乱情迷。《花样年华》中插入周璇的经典曲目，赋予了影像深沉的时代感，旧上海的气息霎时在歌声中弥漫开来。王家卫电影的感伤情调，也大多是依托音乐获得更为恰切的表达。

（三）镜头

镜头是电影最重要的修辞手段，是电影构筑情节、传情达意的重要叙事手段。在拍摄手法上，王家卫始终是极其开放、标新立异的，俯拍、跟拍等非常规的镜头运动方式和不规则构图赋予了影像特殊的表达意蕴，将急促而动荡的现代都市和浮躁、焦虑的精神状态以这种独特的视觉效果呈现出来，极富创新意义。晃动的镜头与特写、嘈杂的声音与背景，更像是一首现代派诗歌，以放荡不羁的生命表象书写泪痕与忧伤。如《重庆森林》中肩扛式摄像手法的运用，既体现了镜头的主观性表意功能，又兼具纪录片的特质，无形中拉近了观者与人物的心理距离。《重庆森林》里的一组停格加印更是将镜头组接彻底诗化，将镜头的运动与人的心理运动叠化，前景是来来往往的行人，后景是人物喝咖啡；前景模糊，后景清晰；前景动，后景静。强烈的镜头运动对比凸显了行色匆匆人群背后个体的孤独，不由得让人想起意象派诗人庞德的名篇《地铁车站》："人群中这些面庞的隐现，湿漉漉、黑黝黝树枝上的花瓣。"将人在闹市中的疏离感刻画得淋漓尽致。

三、吁求与逃避——诗性的母题

王家卫儿时即从上海来到香港，陌生与熟悉，出走与回归，寻求与逃避，显然能在其创作见到他在两种文化根性传承中碰撞的挣扎，用王家卫自己的话说："事实上，我的作品一直有连续性及彼此相连，如一个作品的不同面或不同元素，我所有的作品都围绕着一个主题：人与人之间的沟通。"① 王家卫创作初期是 20 世纪 90 年代，此时香港基本完成工业转型，进入后工业阶段，更要面对回归祖国所带来的社会、政治、经济等各方面未知的憧憬与迷惘，自然使香港人萌生一种莫名的忧郁和感伤。王家卫在拍完《堕落天使》后有过这样的感慨："连续五部戏下来，发现自己一直要说的，无非就是里面的一种拒绝：害怕

---

① 潘国灵、李照兴主编：《王家卫的映画世界》，百花文艺出版社 2005 年版，第 5 页。

被拒绝，以及被拒绝之后的反应，在选择记忆与逃避之间的反应。"很显然，王家卫的影像中同样传达这样一个充满诗性的母题，那就是客居"他乡"者寻求归属却又害怕拒绝，从而导致"寤寐思服"与"辗转反侧"的纠结与迷惘。

在王家卫的电影叙事中，有很多颇富诗意的隐喻故事。如《阿飞正传》以时间的隐喻、无脚鸟的故事、生母的秘密等暗示 20 世纪 90 年代香港人焦虑、无根的复杂心境；《重庆森林》呈现喧嚣都市中的爱情故事，每个人都有很多细微可触的感情，但又不能寻找到相对应的抒发对象而只能够逃避爱情；《花样年华》则是一个关于背叛与等待的故事，放纵与怯懦，渴望与回避，一对男女复杂微妙的心路交织着爱的炽热与辛酸。但直到最后，这一层纸也没有被捅破，男女双方的"寻求"都以内心的"逃避"而告终，只能把情感留在记忆深处，就像影片结尾所说：一个时代结束了，属于那个时代的一切都不存在了。为了爱，为了承诺，人是需要目标生存的，并愿意为了这个目标付出不懈的努力，但是都市的虚无感常常无情地粉碎理想，无悔的等待中，"戈多"先生却始终没有出现。

四、爱与存在——超验的主题表达

王家卫镜头下的人物彰显了现代都市人力量的有限性，似乎根本无法摆脱荒诞的命运，生存没有根基，没有来路，归途杳渺。他们是在街上逛来逛去的警察、无所事事的阿飞、永远心不在焉的店员、夜里跟陌生男子勾肩搭背的舞女。他们没有名字、没有家人、没有同事，他们似乎是蜉蝣一般地生存。他们憧憬爱情，却恰恰被爱埋葬，他们无惧死，却难以把握生。

王家卫电影中的人物几乎都是符号和碎片化的存在，沉浸在自己的世界里，拒绝了解别人，也拒绝被别人所了解。"因为我很了解我自己，我不能对你承诺什么。"（《旺角卡门》）"要想不被别人拒绝，就要先拒绝别人。"（《东邪西毒》）"1960 年 4 月 16 日下午 3 点之前的一分钟，你跟我在一起，因为你我会记得那一分钟。由现在开始我们就是一分钟的朋友，这是一个事实，你不容否认的，因为已经过去了。"（《阿飞正传》）又如《花样年华》中的周慕云在吴哥窟对着石柱上的洞口絮语。这些对话、独白和絮语看似荒诞不经，甚至颇有些"无厘头"的韵味，但正是这些"呓语"表征了都市生活中沟通的艰难，个体被欲望所肢解，根性被阉割，从而凸显了生存的荒诞性，致使由边缘人物所编织的故事的碎片获得更富张力的主题传达。

从精神实质上说，存在主义主张人要勇敢地做出选择，是一种自由人对一切威胁自由主体势力反抗的学说。但王家卫赋予这种反抗以灰黑色调，悲剧化的结局常常氤氲着无尽的清冷和感伤。《旺角卡门》中的华仔本该与相爱的女子厮守，却为兄弟情义横死街头，人潮汹涌的码头只留下一个空落落的背影；《阿飞正传》中的旭仔为了"寻根"则离开了养母，踏上找寻生母之途，最后中枪死在了不知开往何方的火车上，魂无所依；《重庆森林》中的警员223、663无助的自语瞬间消散在风中，他们如此坚守、偏执，守望爱情，却空留期待。

王家卫作为"后新电影"的代表，一直高擎新浪潮的大旗，以影像为笔，书写诗性的童年记忆，书写港人"寄居"心态下的情感观照。"从影像形态到叙事构架都对香港主流商业电影进行了全方位的突破和创新，充分体现出他对商业和艺术平衡关系的清醒把握。"① 很显然，王家卫熟谙这种诗性商业的表达手段，表象的散漫无序和诡异的节奏并未将其作品引向晦涩和混乱，反而使其作品获得更为诗性的表达，跨国界的阐释与接受更让其作品完成跨文化的传播与共鸣。

（作者简介：陈明华，内蒙古通辽人，文学博士，肇庆学院文学与传媒学院副教授）

---

① 郭越：《两岸三地"新电影"影响下的"新电影"浪潮——以导演为中心的审美嬗变描述》，《文艺研究》2009 年第 12 期。

怀集"采茶"艺术

范晓君

一、怀集"采茶"源流考[1]

（一）从"采茶歌"到"采茶戏"

"采茶"作为一种民间艺术品种，有采茶戏、采茶灯、采茶舞、采茶歌，流行于我国南方的江、浙、闽、赣、湘、鄂、粤、桂、云、贵等省（区）。它的源流可溯至唐宋，盛行于明代嘉靖以后。最早有明确记载的资料见于明王骥德《曲律》（1624 年初版）："至北之滥，流而为《粉红莲》《银纽丝》《打枣杆》；南之滥，流而为吴之《山歌》，越之《采茶》诸小曲，不啻郑声，然各有其致。"明末清初粤籍人士屈大均的《广东新语》、清康熙时吴震方的《岭南杂记》对"采茶"均有记载。屈大均的《广东新语》："粤俗，岁之正月，饰儿童为彩女，每队十二人，人持花篮，篮中燃一宝灯，罩以绛纱，以缯为大圈，缘之踏歌，歌十二月采茶。"[2] 这是说在正月（元宵节前后）演采茶，有采茶女（十二人）手提花篮，边歌边舞，唱"十二月采茶"。在同一文献中，屈大均概括描述了粤歌的特点，并认为最典型和最完美的歌就是采茶歌："粤俗好歌，凡有吉庆，必唱歌以为欢乐。……其歌也，辞不必全雅，平仄不必全叶，以俚言土音衬贴之。唱一句或延半刻，曼节长声，自回自复，不肯一往而尽。辞必极其艳，情必极其至，使人喜悦悲酸而不能已已。此其为善之大端也。……如此类不可枚举，皆以比兴为工，辞纤艳而情深，颇有风人之遗，而采茶歌尤善。……有曰：'二月采茶茶发芽，姐妹双双去采茶。

---

[1] 部分内容来自范晓君：《广东怀集"采茶"述略》，原文发表于《四川戏剧》2009 年第 2 期。

[2] （清）屈大均著，李育中等注：《广东新语注》，广东人民出版社 1991 年版，第 319 页。

大姐采多妹采少，不论多少早还家。'有曰：'三月采茶是清明，娘在房中绣手巾。两头绣出茶花朵，中间秀出采茶人。'有曰：'四月采茶茶叶黄，三角田中使牛忙。使得牛来茶已老，采得茶来秧又黄。'……大抵粤音柔而直，颇近吴越，出于唇舌间，不清以浊，当为羽音，歌则清婉溜亮，纡徐有情，听者亦多感动。而风俗好歌，儿女子天机所触，虽未尝目接诗书，亦解白口唱和，自然合韵。"① 其中采茶歌虽然只有三段，但明白无误地表明这是当时流行于广东的《十二月采茶》。对照怀集县等地如今仍在流行的《十二月采茶歌》中对应的月份，其相似之处一目了然。如怀集采茶歌："二月采茶茶爆芽，茶根脚下采西茶，大姐茶多妹茶少，不论多少早回家。三月采茶茶叶新，妹在房中绣手巾。两头绣出茶花朵，中央绣出采茶人。四月采茶水忙忙，田中有个驶牛郎，驶得牛来茶又老，执得茶来秧又黄。"② 比较以上采茶歌，除少数字句略有不同以外，大多数歌词保留了原样。如此看来，四百多年前屈大均时代所唱的采茶歌，如今仍然在怀集县流行。同时，笔者假设，既然歌词变化非常之少，那么，曲调也可能在很大程度上保留了原貌。因无任何曲谱记录，笔者对此无从考证。但有一点是毫无疑问的，那就是"采茶"艺术一直在广东民间延续着。

"采茶"历经了由采茶歌—采茶灯—采茶舞—采茶戏几个发展阶段，现代"采茶"的核心依然是采茶歌。而且，其"前状态"并未消失，采茶歌、采茶灯、采茶舞、采茶戏分别保持独立发展。它们相互独立、相互影响，又按照各自的表演特点同步发展。考察"采茶"的发展历史，是先有采茶歌，后发展为采茶灯，再加入表演性的动作成为采茶舞，最后设计故事情节和不同的人物而成为采茶戏。采茶歌是最原始的形态，茶农在劳动（采茶）的过程中，随口哼唱一些生活音调、小曲，长期的固定重复哼唱便产生了采茶歌。采茶歌非常古老，在元曲中就曾有曲牌"采茶歌"。如果说是采茶劳动孕育了采茶歌，那么，也可以说是正月"闹元宵"活动培育了采茶灯、采茶舞。为了适应元宵灯会的表演活动，采茶歌表演中增加了纸扎茶篮、扇子、手帕等道具，进行游行表演，为了紧扣"采茶"这个主题，在行进的过程中，时而做一些采茶动作，时而做一些制茶动作。随后，表演性的劳动动作越来越丰富，便演变成了采茶舞。有

---

① （清）屈大均著，李育中等注：《广东新语注》，广东人民出版社1991年版，第318－320页。
② 周如坤：《怀集县曲艺音乐集成（内部资料）》，1993年版。

了采茶歌、采茶舞，采茶戏也就呼之欲出了。只要在此基础上设计一个故事情节、几个不同的人物，就"有戏"了。

（二）怀集"采茶"的传入

历代史志记载中有说粤北山区喜唱"采茶""花鼓"，盛行杂剧。从地理位置上说，怀集与粤北山区相连。"牧童樵夫所唱皆谓山歌或称'采茶歌'"①，怀集不存在大范围的产茶区，从艺术产生的规律看，似乎不应有"采茶"。文献中也未见到"采茶"产生于本地的记载。据《怀集县民间舞蹈（初稿）》等资料记载，怀集县冷坑刘三洞的老艺人郭庆璇曾说："采茶这一曲种，是在一百多年前，从湖南来的石工传授的。当时湖南有很多人来怀集采石头，在空闲或有什么集会时，他们都演唱这种曲调，久而久之当地的石工也跟着他们学唱，并流传了下来。"②《肇庆曲艺志》也曾记载，到了同治年间，县内冷坑东部刘三洞出现了唱采茶的"三脚班"（该班演出的节目通常是一丑二旦三个角色表演，故称为三脚班），后来有人称作"采茶戏"。③

根据以上史料，认为"采茶"由外地传入，清中晚期以来，"采茶歌"已在怀集一带盛行是没有问题的。在怀集，"采茶"越过自身整个发展过程，直接接纳了采茶歌、采茶灯、采茶舞、采茶戏这些形式。但作为一种外来的事物，要为当地人接受，本土化是必然的。而怀集乡间丰富的民间艺术很快就融进了怀集"采茶"，成为内在结构成分。

已故老艺人郭庆璇亲身见证了"采茶"在怀集的传播。《怀集县民间舞蹈（初稿）》记载：郭庆璇，男，生于 1898 年（1962 年采访时 64 岁），出生于本地，住址时为怀集观塘公社刘福大队（现为怀集冷坑刘三洞村）人，16 岁至 40 多岁时一直是采石（烧石灰）工人，15 岁时学习本地流行的采茶戏（跟湖南来的石工学），演采茶妹（男旦）。到 1962 年当时的省、地、县采录人员找到他时，他仍然能唱 32 个采茶曲调、37 个采茶剧目。当时，采录人员均做了记录。他还授徒传艺，带有 25 名当地青年（男 17 人、女 8 人）。后来约有 20 首曲调收录到肇庆地区民歌集、曲艺志，怀集县民歌集成、舞蹈集成、曲艺集成中。

① 《肇庆曲艺志》编辑组：《肇庆曲艺志（内部资料）》，1996 年版，第 7 页。
② 周如坤：《怀集县曲艺音乐集成（内部资料）》，1993 年版。
③ 《肇庆曲艺志》编辑组：《肇庆曲艺志（内部资料）》，1996 年版，第 7、46 – 47 页。

二、怀集采茶舞

采茶舞原本是与元宵节上的采茶灯相伴随的。"舞灯"的过程也即"舞蹈"的过程。

2007年1月，笔者在粤西怀集县搜集民间艺术资料时，怀集县文化广播新闻出版局给笔者提供了一些当时搜集的较珍贵的原始民间舞蹈资料。20世纪60年代初，有一次全国性的民间艺术普查和资料搜集工作。当时广东省群众艺术馆的音乐、舞蹈干部会同各县文化局、文化馆干部分别对本地的音乐、舞蹈、戏剧等民间艺术都进行了广泛的调查和资料的搜集。就民间舞蹈来说，工作主要有两个方面：一个是情况调查，包括该舞蹈产生的背景、舞蹈表演的时间、表演者的情况等；资料搜集工作包括记录音乐（当时没有录音设备，是笔录后整理）、舞蹈场记、服装、道具使用等。笔者也曾查阅和复印其中的相关资料，下面以怀集县观塘公社刘福大队流行的采茶舞蹈进行说明。

资料介绍：怀集采茶戏由于多年停演，目前仅有观塘公社刘福大队业余老艺人郭庆璇保留了该戏的传统剧目37种、曲调32种，这个大队里向他学习这种采茶戏的男女青年社员有25人（男17人、女8人）。现存传统剧目手抄本（内容相同）共有4本。我们根据郭庆璇的演唱，共记录了采茶戏的曲调32种。下面是记录的原始资料：

表1　民间舞蹈搜集记录

舞名	采茶（《十二月采茶》《里来了》《十转》）		类别	民间歌舞		民族		汉	
表演者及原有人数	2~3人，伴奏人数不限		单位	怀集县观塘公社刘福大队					
传授者姓名	郭庆璇	职业	解放前为采石工人解放后年老休息	性别	男	年龄	64	民族	汉
传授者详细地址			怀集县观塘公社刘福大队						
收集或整理者	李明李伟雄	职业	干部	性别	女男	年龄		民族	汉
收集或整理人地址			广东省群众艺术馆　台山县文化馆						

（续上表）

舞蹈流行地区及当地群众反应	流传于观塘公社刘福、西黄大队一带，以刘福大队为主，西黄大队已很久没见活动，可能失传了。这种民间歌舞的内容，多是描写一些与群众生活有关的小故事、小片段或劳动的情绪、愿望和一些民间故事、传说之类，表演的形式灵活、朴素、通俗，因此深受群众欢迎，容易为群众所接受。解放前，附近各地的群众常派人到刘福大队来请他们去演出
舞蹈历史源流及活动情况	起源不详，据老艺人郭庆璇说，这是一百多年前，由湖南籍的采石工人流传下来的，当时湖南有很多人来怀集采石头，空闲集会时，他们常演这种歌舞，久而久之当地的采石工也就学会了，并流传下来。郭庆璇就是那时学会的，但当时由于他父母相继亡故，家庭负担重，故只演了一两年，以后四十多年在当地也就再没演过。直至1957年他才开始在本大队培养了一些年轻人，并先后到过龙翔大队、光大大队、西黄大队、幸福公社的三斗大队、梁村公社的栏马大队等地演出，解放前则到过岗坪、梁村、下帅、太来等地
舞蹈主题及情况	根据每个节目的唱词不同，主题、内容、情节也就不同。现流传下来的节目共有30多个，其中一部分是以民间故事传说为内容的，如《孟姜女寻夫》《姜太公钓鱼》等，有些是反映生活的小片段的，如《卖鸡郎》《卖花》等，也有些是表达劳动的情绪、愿望或单纯的欢乐情绪的，如《里来了》《十二月采茶》《十转》等
舞蹈结构及表演形式	这是一种歌舞剧的表演形式，还不是很成熟，有些单纯是表达某种情绪的，如：《里来了》《十转》等，不能称之为剧，歌词和动作也没有什么具体的关系，但大部分节目的歌词是有情节、人物的，主要是通过歌词来表达内容，演员边唱边根据歌词进行戏剧性的表演（如歌词说"捉鸡"，便做捉鸡的动作），唱完一段，又插入锣鼓过门舞一段，边舞边变动位置，这样唱一段、舞一段交替进行，直至把歌词唱完便结束
舞蹈服装及道具头饰	男女各穿普通汉族短衣、裤，腰扎绸腰布。女的右手拿一纸扇，左手抓住腰布末端。男的右手拿一蒲扇，左手则按节目需要有时拿一根竹竿，有时拿一钓竿，如《姜太公钓鱼》《卖鸡郎》等，但一般大部分节目都不用拿，只随着身体自然摆动
舞蹈音乐及伴奏乐器种类	各个节目内容不同，所用的曲调也就不同，现记录下来当地的这种采茶曲调共有30多种 伴奏乐器，本应用全套民间弦乐、锣鼓，即二胡、小笛（小唢呐）、大胡、横箫、木鱼、的鼓、沙鼓、文锣、武锣等，但以前因没钱买乐器，且当地会乐器的人很少，故只能用一沙鼓、一武锣和一小笛伴奏

该舞蹈使用的音乐就是《十二月采茶》。

十二月采茶

《十二月采茶》每个月1段,共12段,其余11段歌词如下:

二月里来好春光,艳阳天气大不同,桃红柳绿皆鲜艳,二月时称花月中。
三月里来是晚春,梧桐花发朵朵新,更有清明大忙节,先插早秧后祭坟。
四月里来春水回,江南四月熟黄梅,当地田间差管理,海南早稻已收回。
五月里来夏至中,一树榴花满树红,禾稻花开榴结果,瓜菜收获叹年丰。
六月里来月圆圆,荷花出水几时鲜,是当小暑大暑节,早稻收获叹年丰。
七月里来天气清,梧桐早已报秋声,火云归于赤帝管,秋风扫退热炎蒸。
八月里来月光游,谁知此月是中秋,今宵愈觉月光好,唯愿人月两清流。
九月里来秋风起,黄叶纷纷落地中,秋云不雨常阴月,天边鸿雁又相逢。
十月里来小阳春,橙黄橘绿景时新,晚稻收获早已毕,丰收景象喜欣欣。
十一月里来雪花飞,犁冬晒白正当时,犁冬强似如放鞭,为农辛勤个个知。
十二月里来又是年,壬寅癸卯紧相连,拜辞旧发迎新发,幸福和平万万年。

《十二月采茶》的场记说明(略)。

这是半个世纪前搜集的当地流行的采茶舞资料,不管它的准确程度如何,但其音乐、舞蹈资料是较完整的。

据《怀集县民间舞蹈（初稿）》记载，"采茶"表演时男女各穿汉族短衣、裤，腰扎绸腰带。女旦右手拿一把纸扇，左手抓住腰带末端。男丑右手拿一蒲扇，左手则按节目需要有时拿一根竹竿（或钓鱼竿，如出演姜太公时），多数时候是空手，只随身体自然摆动。表演的程式性不强，动作主要是与采茶相关的劳动动作、与日常生活相关的动作和对应歌词内容表演的动作。通常出场、中间过场都用锣鼓伴奏，所用音乐曲牌多来自粤剧，如出场时用粤剧"出场锣鼓""煞鼓"，而过场则用粤剧"过场锣鼓""扑灯蛾""煞鼓"等。当地八音班也都演奏这些曲牌。

传统的怀集"采茶"表演活动是有季节性的。基本上只在新年正月初一至十五，元宵灯节以后便停止，个别演至正月二十。唱班一行约20人，人员不固定，场所也不拘。"采茶"是一种在春节期间跑村过寨，向乡亲拜年的民俗，演员收取红包，以作酬劳。

《怀集县民间舞蹈（初稿）》说，采茶是一种由歌、舞、剧三种艺术形式综合起来的艺术表演活动。三者以歌为主，以舞为辅，剧的成分实在不多。角色一般只有一丑一旦或一丑二旦。演出的形式是边唱边舞，配以锣、鼓、小钹等三四种民间打击乐器伴奏，间用唢呐吹奏主调（主要旋律），歌唱形式多为独唱、对唱，间用三五个男女帮唱。[1]

三、怀集采茶歌[2]

1983年内部编印的《肇庆地区民歌集》第一集收录了31首采茶歌，其中怀集县23首，封开县4首，郁南县（原属肇庆市辖，今属云浮市辖）4首。下面就以该31首采茶歌为样本，对其调式类属及调式特性、音乐曲体结构（包括歌词结构、腔式结构和句式结构）进行分析。

该曲集全部曲目如下：

（1）《莫使三春误过春》（看花调）。

（2）《梁山伯与祝英台》（古采茶）。

（3）《送花鞋》（采茶送郎调之二）。

（4）《情歌》（客家采茶调，唱腔出自采茶剧《扭纹柴》）。

---

① 肇庆专区民间音乐·舞蹈普查工作组、怀集县文化馆：《怀集县民间舞蹈（初稿）》，1962年版。
② 部分内容来自本课题组成员陈国庆的研究成果。原文发表在《艺苑》2011年第7期。

（5）《今朝见郎心开花》（采茶调）。

（6）《红罗帐上望郎来》（出自采茶戏《老少配》）。

（7）《请三哥到》（客家采茶调，唱腔出自采茶剧《扭纹柴》）。

（8）《采花蝴蝶爱成双》（采茶妹，是采茶戏女角常用的曲调）。

（9）《青山迳坐望郎来》（采茶舞《里来了》）。

（10）《采茶录》（出处不详）。

（11）《大开门》（采茶小调）。

（12）《七月里来秋风起》（《十二月古人》，出自采茶戏《孟姜女》）。

（13）《叹五更》（之一）。

（14）《叹五更》（之二）。

（15）《一文铜钱四个字》（《十二月采茶》之一）。

（16）《正月采茶贺新年》（《十二月采茶》之二）。

（17）《何曾舍得祝英台》（米粮调）。

（18）《送郎送到大门楼》（送郎调之一，出自采茶戏《送郎》）。

（19）《高高的山上》（采茶调）。

（20）《今早出门发财市》（补缸调，出自采茶戏《补瓷缸》）。

（21）《哈哈笑》（采茶公之二，疑出自采茶戏《老少配》）。

（22）《春牛歌》（出自当地采茶戏《春牛》）。

（23）《阿哥爱妹妹爱哥》（出自采茶戏《十转》）。

（24）《父母为我定下来》（疑出自采茶戏《老少配》）。

（25）《伴郎到天光》（采茶五更里，出自采茶戏《唱花灯》）。

（26）《采茶歌》（采茶调）。

（27）《和平共赏中秋月》（河口采茶歌，新填词）。

（28）《棉丰收并谷丰收》（连滩采茶歌，新填词）。

（29）《丰产人心乐》（连滩采茶歌，新填词）。

（30）《送肥》（采茶调，新填词）。

（31）《晚婚好处多》（平台采茶歌，新填词）。

以上曲目中，注明100多年前，由湖南来怀集的石工传唱的有15首，明确注明为采茶戏剧目的有13首，根据歌词判断为填词新歌的有5首。

（一）调式

肇庆采茶歌从调式种类来看，可分为单一调式和复合调式。单一调式仅有商、徵、羽调式，而没有宫、角调式。复合调式有十种调式，由宫、商、角、徵、羽调式复合构成。其中，单一调式又仅有五声调式和六声调式。肇庆采茶歌具有歌舞音乐的性质，其歌词多为七字句的规整结构。音乐多单腔式，具有较多的腔式变化。曲体结构多为一段体，其乐段构成从一句体到五句体都有，以二、四句体居多。在创腔上较自由，其特点主要表现为：句式结构对称与非对称并存；重复性结构与展开性结构并存。

1. 调式类属

（1）单一调式。如《今早出门发财市》（补缸调）。

今早出门发财市[①]

（补缸调）

上例为上、下二句结构，各句加衬词共 4 小节。上句落音 re，下句落音 sol。为单一性徵调式。

上述 31 首样本中，单一调式共 17 首。其中，五声调式 10 首：商调式 1 首，徵调式 7 首，羽调式 2 首；六声调式 7 首：加清角的徵调式 4 首，加变宫的徵调式 2 首，加变宫的羽调式 1 首。其他各类调式无。

单一调式见表 2：

---

① 本节谱例选自 1981 年内部编印的《肇庆地区民歌集》，在此谨向当年的演唱者、搜集者表示崇高的敬意！

表2　单一调式

	五声	六声	所占比例/%	
			五声	六声
商调式	1 首（30）		3.2	0
徵调式	7 首［3、5、17、20、21、23（下五度转调）、27］	加清角 4 首（6、14、22、24）；加变宫 2 首（28、29）	22.6	19.4
羽调式	2 首（10、31）	加变宫 1 首（2）	6.4	3.2

①五声调式。

单一调式中的五声调式有三种：第一种，商调式 1 首；第二种，徵调式 7 首；第三种：羽调式 2 首。

②六声调式。

单一调式中的六声调式有两种：第一种，徵调式；一是加清角的徵调式 4 首，二是加变宫的徵调式 2 首。第二种，羽调式 1 首。

（2）复合调式。如《伴郎到天光》。

伴郎到天光

上例是一个变化重复的乐段加一个结束句。上句落音 do，下句落音 la。变化重复一次（下句末 2 小节 4 拍，压缩成 1 小节 3 拍），各句的落音不变。结束句落音 sol，在徵调上终止。上句具有宫调式的特征，下句明显是羽调式，而结束句却转到了徵调式。因而全曲便不是单一调式，而是构成了复合调式。

对该类调式本书以复合调式相称，如"宫徵调式""宫羽调式"。但因为多数情况下，前一调式并未真正建立，故也可看作"宫音支持的徵调式""宫音支持的羽调式"。在 31 首样本中共有复合调式 14 首。其中，五声调式 11 首：宫徵调式 2 首、宫羽调式 2 首、宫羽徵调式 1 首、商徵调式 2 首，徵宫调式 1 首，徵羽商调式 2 首，羽角调式 1 首；六声调式 3 首：宫徵调式 1 首、商羽调式 1 首、徵商调式 1 首。其他各类调式无。

复合调式见表 3。

表 3　复合调式

	五声	六声	所占比例/%	
			五声	六声
宫徵调式	2 首（9，11）	1 首（加变宫）（26）	6.4	3.2
宫羽调式	2 首（15，16）		6.4	0
宫羽徵调式	1 首［25（主音转移）］		3.2	0
商徵调式	2 首（1，18）		6.4	0
商羽调式		1 首（加变宫）（13）	0	3.2
徵宫调式	1 首（19）		3.2	0
徵商调式		1 首（加变宫）（7）	0	3.2
徵羽商调式	2 首［4，12（主音转移）］		6.4	0
羽角调式	1 首（8）		3.2	0

①五声调式。

复合调式中的五声调式有七种：

第一种，宫徵调式 2 首；第二种，宫羽调式 2 首；第三种，宫羽徵调式 1 首；第四种，商徵调式 2 首；第五种，徵宫调式 1 首；第六种，徵羽商调式 2 首；第七种，羽角调式 1 首。

②六声调式。

混合调式中的六声调式有三种：第一种，宫徵调式 1 首；第二种，商羽调式 1 首；第三种，徵商调式 1 首。

2. 调式特征

虽然上文列举的调式有二类数种，但仅以徵、羽调式居多，且代表了肇庆"采茶"音乐调式的特征。故这里以徵、羽两种调式（包括单一调式和复合调式）为例进行分析。

（1）调式主干音及旋法。

调式主干音即构成该种调式的骨干音（下文主干音将以上行或下行音列形式排列）。一般来说旋法应包括两层含义：一是旋律形态，如上行、下行、级进、跳进、缠绕进行、弧线形（上弧、下弧）等；二是旋律发展手法，如重复、模进、对比、展开等。因这里所分析的曲目样本少有专业的旋律发展手法，故以下的旋法分析主要针对旋律形态进行。

①徵调式。

徵调式包括单一型的徵调式和复合型的宫徵调式、商徵调式等。如《青山迭坐望郎来》。

青山迭坐望郎来

上例为 3 句结构：A + B + C。

A 句主干音：sol – do – re，旋法以上行级进为主，旋律呈上升趋势，落音 do；B 句主干音：do – la – sol，旋法仍以级进为主，旋律呈弧线形，高音点为 mi，落音 sol；C 句主干音：re – la – sol，旋法以下行级进为主，旋律呈下降趋势，落音 sol。

又如《红罗帐上望郎来》。

红罗帐上望郎来

正月里 梅花开，旧年 呀去了 新年 来，

风吹鹅 毛 正雪 天，红罗 帐 上

望郎 来，红罗帐上 望郎 来。

上例也是 3 句结构：A + B + C。

A 句为两小句（a + b），A 句主干音：re － do － la － sol，a、b 两小句的旋法均以下行级进为主，落音均为 sol；B 句为两小句（c + b1），主干音：sol － la － do － re，B 句的旋法仍以级进为主，旋律呈弧线形，高音点为 mi，落音 sol；C 句只有 2 小节，为补充性质的乐句，旋法为以 sol 为中心的缠绕进行。

通过考察样本得知，徵调式的主干音上行多为 sol － do － re，而下行多为 do － la － sol。上下行的主干音略有不同，角音相对来说运用较少。

②羽调式。

如《十二月采茶》。

十二月采茶

正月采 茶来贺新 年哩，

姐妹双 双哩地耍新年 哩， 大姐拜杯

妹拜盏哩，三杯三 盏哩地贺新年 哩。

重复上下句结构：A＋B。

A 句主干音：la－do－mi，旋法是以 do 为中心的缠绕进行，落音为 do；B
句主干音：mi－do－la，旋法以级进为主，呈下行趋势，落音为 la。

又如《梁山伯与祝英台》（古采茶）。

梁山伯与祝英台

（古采茶）

♩=100

山伯

与 共祝英 台 呀，同 到 杭 州 读 读书

文， 同窗 三 年共床睡 呀， 不识

英台是 女 身呀

上例为四句结构：a + b + a1 + b1。

A 句、B 句、A1 三句主干音：la – do – re – mi，旋法级进、跳进交替进行，B1 句的后半句旋律加入变宫，主干音为 mi – sol – la，落音为 la。

通过考察样本得知，上行的主干音多为 la – do – mi，而下行则为 mi – do – la，上下行主干音较一致。徵音相对少用。

（2）终止式。

①徵调式。

第一种，上行终止。如《大开门》。

大开门

这 里 有 仙 姑。

旋律进行：mi – sol。

其他谱例如《青山迭坐望郎来》。

第二种，下行终止。如《送花鞋》。

送花鞋

妹 送 花 鞋 妹 送 花 鞋 手 上 哎

来 哎 啰。

旋律进行：re – do – la – sol。

其他谱例如《莫使三春误过春》《今朝见郎心开花》《何曾舍得祝英台》《送郎送到大门楼》《哈哈笑》。

第三种，缠绕进行终止。如《叹五更》（之二）。

叹五更
（之二）

十 指 尖 尖 绣 绣 鸳 鸯， 我 是 心 想 妹。

旋律进行：fa – sol – la – sol。

其他谱例如《今早出门发财市》《春牛歌》《父母为我定下来》《红罗帐上望郎来》等。

通过考察样本得知，上行终止多为 mi – sol 的简短进行，下行终止则为 re – do – la – sol 的进行，缠绕进行终止主要是 fa – sol – la – sol，围绕 sol 的上下进行，该类终止偏音清角必用，这应是该类终止的一个旋法特点。

②羽调式。

羽调式终止式主要有两种：

第一种，上行终止。如《梁山伯与祝英台》。

同 到 杭 州 读 读 书 文，

旋律进行：mi – sol – la。

第二种，下行终止。如《晚婚好处多》。

晚婚好处多

犹 如 绿 水 呀 伴 鸳 鸯。

旋律进行：re - do - la。

通过考察样本得知，上行终止多为 mi - sol - la，而下行终止则为 re - do - la，仅两种。

（二）曲体结构

1. 歌词结构

本书的 31 首曲目样本中，除 2 首五字句、4 首混合结构、2 首自由散结构外，其他均为七字句结构。故本书着重分析七字句结构。

七字句歌词句逗划分，主要分为头、腰、尾三个句逗，二二三结构，如：

正月/逢春/来看花，后园/竹仔/齐爆芽，一来/叫得/阳春早，二来/叫开/牡丹花。

送郎/送到/大门阶，郎送/包头/妹送鞋，郎送/包头/要银买，妹送/花鞋/手上来。

词句与音乐节律同步与错位，是词曲对应的两种形式。词句与音乐节律同步是指句逗的强弱节奏与音乐的强弱节奏吻合，即节律同步。否则，即错位。如《哈哈笑》。

哈哈笑

哈哈笑呀笑哈哈，富贵荣华人人夸，

绫罗绸缎一大柜，看呀件件花又花，

花又花呀花又花。

上例即为词句与音乐节律同步。肇庆采茶歌的词曲对应多数如此。

肇庆采茶歌的衬词、衬句运用较普遍。如《七月里来秋风起》。

七月里来秋风起

(选自《十二月古人》孟姜女唱段)

采茶

上例基本上每句歌词之后增加一句衬词:哎、嘿、哟。

另外,句中加衬词也较普遍。如《采花蝴蝶爱成双》。

采花蝴蝶爱成双

上例是头逗之后和尾逗中间加衬词。

2. 腔式结构

（1）基本腔式。

肇庆采茶歌的腔式类别实际上没有那么多，基本上都是单腔式。以相同节律一贯到底的腔式，即单腔式。

上例《哈哈笑》也即单腔式。

（2）腔式变化。

虽然肇庆采茶歌的腔式较单一，但其变化仍然较丰富，主要有以下几种：

①重复。

重复有原样重复，有变化重复。在这两种重复形式里，又可任意重复乐段的某一乐句。而在一句中的重复形式里，又可任意重复头逗、腰逗和尾逗。如谱例《伴郎到天光》。该例为四句结构：a4 + b4 + 补充2 + a14 + b13 + 结束3，主体结构为四句，第三、第四句为变化重复第一、第二句。

其他重复的谱例如：《送花鞋》、《情歌》、《请三哥到》（句头重复）、《青山迭坐望郎来》、《采茶录》、《阿哥爱妹妹爱哥》、《父母为我定下来》、《棉丰收并谷丰收》、《丰产人心乐》、《叹五更》（句尾重复）、《高高的山上》（头、腰、尾重复）等。

②浓缩、扩充。

将句逗缩短一拍或一小节，使其短于原句逗的长度即浓缩；将句逗增加一拍或一小节，使其长于原句逗的长度即扩充。如《送花鞋》。

送花鞋

妹　送　花　鞋　妹　送　花　鞋　手　上　哎

来　　哎　　　　　　啰。

上例"妹送花鞋"即浓缩重复一次。

又如《叹五更》（之二）。

叹五更

（之二）

一　更　了，编　绣　房，手　拿　杨　柳　脚　踏　床，

二　八　佳　人　灯　下　坐　呀，十　指　尖　尖　绣　呀　绣　鸳　鸯，

十　指　尖　尖　绣　　绣　鸳　鸯，我　是　心　想　妹。

上例"二八佳人灯下坐呀"即由 4 拍浓缩为 3 拍。

其他谱例如《阿哥爱妹妹爱哥》（句尾浓缩）等。

③扩充。

如前例《采花蝴蝶爱成双》，因句尾扩充形成了不对称的上下句结构，上句 5 小节，下句 6 小节。

其他谱例如：《春牛歌》（句尾扩充 1 小节）。

④拖腔。

因音乐表现的需要，在任意句逗之后，增加若干小节的无词或衬词唱腔，即拖腔。如《请三哥到》。

请三哥到

双手哟 打开哟
数那个嘟当哐哟 依呀依嘟哟 哟呵哟,
双手打开妹子门呀, 请我三哥进呀哎
哟。

其他谱例如《梁山伯与祝英台》《采茶歌》等。

⑤垛句。

各句逗后插入实词的扩充句即垛句。如《叹五更》（之一）。

叹五更

（之一）

一更已到了, 正好已到时,
又听得（那个）蚊仔叫, 嘎嘎嘎嘎叫到 一更天。

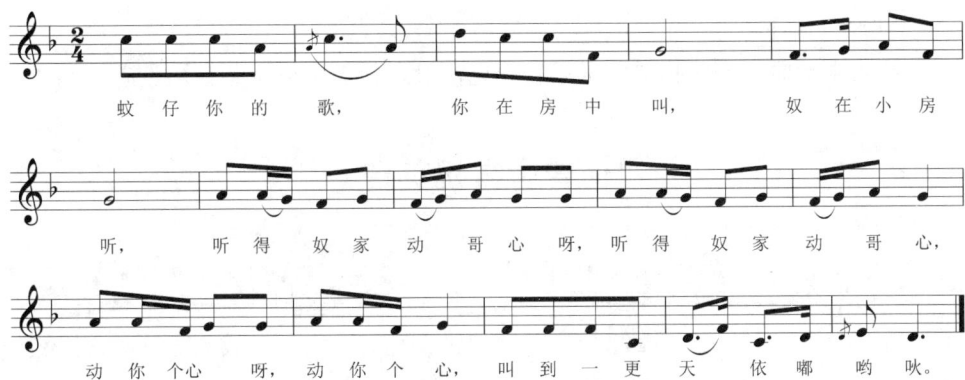

上例中的"听得奴家动哥心呀，听得奴家动哥心，动你个心呀，动你个心"即是垛句。

⑥衬腔。

各句逗后插入虚词的扩充句即衬句（词），演唱衬句（词）的唱腔可称为衬腔。如《今早出门发财市》（补缸调）。

今早出门发财市

（补缸调）

上例句末的"哎嘿哟，哎嘿哟"即衬句。

带衬句（词）的其他谱例如《七月里来秋风起》《送花鞋》《情歌》《请三哥到》《正月采茶贺新年》《何曾舍得祝英台》《送郎送到大门楼》等。

3. 句式结构

本书分析的肇庆采茶歌样本除一首为单二段式结构以外，其他均为单乐段结构，从一句体到五句体都有。

（1）一句体。

样本中全曲仅一句构成的乐段较少见，仅《何曾舍得祝英台》一首。

何曾舍得祝英台

上例仅6小节，歌词虽为两句＋衬词，但音乐可视为一句（加衬腔）。

（2）二句体。

样本中由二句构成的乐段较多，共9首，为上、下句结构。其中，乐句长度上，有对称的（上下句小节相等），也有非对称的（上下句小节不相等）。

如前例《今早出门发财市》，即为对称性的二句体结构。

（3）三句体。

样本中由三句构成的乐段较少，共3首。如《春牛歌》。

春牛歌

其他谱例如《哈哈笑》、《叹五更》（之二）等。

（4）四句体。

四句体是样本中最多的句式结构形式，共14首，可分为重复性的和非重复性的两种结构形式。样本中部分非重复的四句体结构也有"起承转合"式四句体结构的特点。如《梁山伯与祝英台》，该例为重复性的四句结构，三、四句是一、二句的变化重复。

（5）五句体。

样本中的五句体，多为重复性（变化重复第四句）的五句体结构。如《红罗帐上望郎来》，即为五句体结构。

其他谱例如《父母为我定下来》《阿哥爱妹妹爱哥》均为变化重复第四句而构成五句体结构。

另外，为二段结构的仅《高高的山上》1首。

高高的山上

上例为四句歌词，因重复而构成了二段结构：$a4 + b3 + c3 + a14 + b14 +$ 插句$2 + c14$。第一乐段由三个乐句构成，第一乐句4小节，后两乐句各3小节。一、二句歌词重复。第二乐段基本结构仍然是三个乐句，各句均为4小节。在三、四乐句之间插入一句2小节的搭腔。

其他结构无。

4. 结构特点

（1）歌词结构规整，歌词与音乐节律同步。七字句为基本结构，为了使结构稳中有变，常在句中或句尾加上衬词或衬句。

（2）腔式单一，多为单腔式。虽然如此，腔式变化仍较丰富。肇庆采茶歌由于其带有歌舞音乐的性质，不以腔式的多样性为特点，因此，它必然在腔式上寻求变化，以满足表现的需要。这既是自然选择，也是必然结果。

（3）句式结构自由、多样。由于在创腔上没有太多的限制，形成了句式结构上的丰富多彩。其特点主要表现为：

第一，句式结构对称与非对称并存。对称结构有二句体、四句体，非对称结构有一句体、三句体、五句体。对称结构有上下句结构、对比结构、起承转合结构；非对称结构多为自由展开式结构。如《莫使三春误过青》，对称的四句结构：a4 + b4 + c4 + d4，变化重复 1 次，每句又是对称的四小节；而《叹五更》（之二）3 句结构：a4 + b3 + c4，乐句数不对称，乐句长度也不对称。

第二，重复性结构与展开性结构并存。乐段的任何乐句均可重复，也可不重复。在四句体中，可构成规整的重复性乐段结构和非规整的重复性乐段结构，如《正月采茶贺新年》，4 句结构：a3 + b3 + a13 + b13，为规整的重复性乐段结构；又如《伴郎到天光》，4 句结构：a4 + b4 + 补充2 + a14 + b13 + 结束3，为非规整的重复性乐段结构。展开性结构主要在三句体和五句体中存在，如《春牛歌》，3 句结构：a2 + b2 + c3；又如《叹五更》（之一），5 句结构：a4 + b5 + a14 + c2 垛6 + d3。上两例均无重复，音乐材料的展开性明显。

虽然抽样的只是 31 首采茶歌样本，但可窥见一斑。从调式种类来看，可分为单一调式和复合调式。单一调式仅有商、徵、羽三种调式，而没有宫、角调式。复合调式有十种调式，由宫、商、角、徵、羽调式复合构成。其中，单一调式又仅有五声调式和六声调式，不见七声调式，个别谱例有转调现象（仅 1 首，因缺少代表性，本书未予分析）。通过对 31 首采茶歌样本进行分析，笔者认为采茶歌主要为两种调式——徵调式、羽调式，从其主干音和旋法进行分析，其调式特征是：徵调式的主干音上行多为 sol - do - re，而下行多为 do - la - sol。上下行的主干音略有不同，角音相对来说运用较少。羽调式上行的主干音多为 la - do - mi，而下行则为 mi - do - la，上下行主干音较一致。徵音相对少用。终止式徵调式、羽调式各不相同，徵调式的终止式有三种：上行终止 mi - sol，下行终止 re－do－la－sol，缠绕进行终止 fa－sol－la－sol。羽调式的终止式仅两种：上行终止 mi－sol－la，下行终止 re－do－la。

肇庆采茶歌多数是采茶戏中的唱段，少部分是填词的传统民歌，歌词结构规整，以七字句居多，有文人创作的特点。旋律构成较单一，以单腔式为主。但腔式变化较多，有重复、扩充、浓缩、拖腔、垛句、衬腔等。句式结构较多样，从一句体到五句体都有。旋律发展较自由，没有严格限定，可根据歌词和表现的需要自由处理乐句的长短，不太讲究对称关系，这也带来了句式结构的丰富性。

以上抽样分析的 31 首作品，多数在怀集县的下帅、冷坑等地传唱。而其中又有 15 首为湖南石工传授给怀集艺人的。从音乐传播的规律来看，甲地的音乐流传到乙地，要么是甲地艺人直接来乙地传授，要么是乙地艺人从甲地习得带回乙地。怀集地区流传下来的 15 首采茶曲调，显然属于前一种情况。由于种种原因，暂时还不能考证该采茶曲调确切的出处，而在当地的考察中，当地人也只说是湖南石工传唱，究竟是湖南何地的石工也还有待进一步考证。事实上，如今，当年的老艺人多已谢世，当地还能完整地演唱采茶歌的人已很少。在100 多年的传唱过程中，本土化是必然的。因此，完全与原地原貌相同的采茶歌可能已少有。

怀集"采茶"音乐既有外来的曲调，亦有本地的民间音调，使用的打击乐与本地的"八音班"音乐极其相似。在外来曲调中，有湖南花鼓戏，也有广西彩调。本地民间音调中有广场道具舞音调，也有山歌、小调。各种音调融合在一起，形成了怀集"采茶"的地方特色。

四、怀集采茶戏

关于怀集采茶戏，基本上没有多少文献资料保留下来。据《怀集县民间舞蹈（初稿）》等资料记载，怀集县冷坑刘三洞的老艺人郭庆璇曾说："采茶这一曲种，是在一百多年前，从湖南来的石工传授的。当时湖南有很多人来怀集采石头，在空闲或有什么集会时，他们都演唱这种曲调，久而久之当地的石工也跟着他们学唱，并流传了下来。"《肇庆曲艺志》也曾记载，到了同治年间，县内冷坑东部刘三洞出现了唱采茶的"三脚班"。

据此我们可认为怀集采茶戏由外地传入，清中晚期以来，"采茶"已在怀集一带盛行。而怀集乡间丰富的民间艺术，很快就融进了"采茶"，从而形成了具有当地特点的怀集"采茶"。

怀集"采茶"的基本曲调是《十二月采茶》。怀集"采茶"中，外来曲调的来源，据考证，部分来自湖南花鼓戏，部分来自广西彩调，还有部分来自粤北采茶戏。采用本地曲调，是"采茶"引入怀集后因生存需要而做的必然选择，自然也是其本土化的体现。本地曲调主要来自当地的民间小调。

由于没有专业采茶戏剧团，"采茶"的"戏剧性"程度较低，没有形成特有的戏剧程式。其表演多为一男一女的对子戏或者一男二女的"三脚戏"，男女演员分别扮演丑角和旦角，俗称"茶公"和"茶娘（婆）"。

表演时分演、唱、舞、逗等，可载歌载舞，亦有作势逗笑。演唱有独唱、对唱、轮唱、一领众和等形式。句末采用衬词帮唱，并配以锣鼓伴奏。

怀集淳朴的民风和怀集人酷爱歌舞的天性，给"采茶"创造了良好的生存环境。特别是春节拜年和元宵灯会，给"采茶"创造了极佳的表演时机，也使得怀集"采茶"得以流传，并形成一定的地方特色。虽然因种种原因，今天怀集"采茶"已不如从前普遍，但它并未消失，在传统节日和文艺创作中，仍然可频频听到悠悠"采茶"声。

（作者简介：范晓君，湖北荆州人，广东工商职业技术大学音乐舞蹈学院教授）

砚铭妙痕

——砚铭上的书法艺术

李　刚

　　砚，又称研，汉代刘熙《释名》曰："砚，研也，研墨使和濡也。"[①] 可见，砚就是研磨墨的器具。近年考古发掘证明，早在仰韶文化初期，就已经出现了研磨的石研了。史书记载："书契既造，砚墨乃陈，则是兹二物者，与文字同兴于黄帝之代也。"[②] "砚"发端于先秦，成长于汉晋，盛行于唐宋，鼎盛于明清。在先秦时期，砚的形制单一简约。汉时，砚的种类制式增多，出现了石砚、陶砚、铜砚、漆砚等品种。魏晋后，出现了瓷砚。进入隋唐，出现了端砚、歙砚、红丝砚、澄泥砚等名砚。其间由于在科举考试中携带方便，箕形砚成为唐砚一大典型。宋代，仕人重砚，爱砚有加，喜爱在砚台刻上姓名、斋号等。

　　"铭"，又称铭文，是古代镂刻于碑碣或器物上，称述功德或以申鉴戒的一种文体。相传四千多年以前，黄帝曾刻铭于车以警示自身，匡正过失；商汤刻铭于盘勉励自己励精图治；西周以后天子诸侯铸鼎刻铭，歌功颂德；秦始皇统一天下后登山封禅，勒石立碑，以扬其功。

　　砚铭，顾名思义，即刻在砚台上的文字，也称"砚铭文"，一种可长可短、亦诗亦文、亦庄亦谐、不拘一格的自由文体。砚铭作为艺术品出现得较晚，始于宋元，盛于明清。

　　元初，我国篆刻艺术空前兴盛，在文人赵孟頫、吾丘衍、王冕、柯九思、杨瑀等的影响下，砚铭由单纯的年号、姓名、记事向艺术创作方向发展。在砚铭刊刻技法上，广泛地吸收了篆刻艺术的刀法技巧，在构图、章法上吸收了书

---

① （东汉）刘熙撰，（清）毕沅疏证，王先谦补：《释名疏证补》，中华书局 2008 年版，第 201 页。
② （东汉）李尤：《墨研铭》，转引自吴梓林：《石砚溯源》，《寻根》1996 年第 6 期。

法绘画等诸多门类的艺术，出现了铭下加钤图章的新举措，更增添了砚铭的艺术性和可读性。

明清时期，蓄砚赏砚之风盛行。这时期金石书法名家辈出，以文人治印为主体，文彭、何震、程邃、丁敬、邓石如、赵之谦、吴昌硕、纪晓岚等名家中不少人自撰、自书、自刻。真、草、隶、篆、行，应有尽有，百花齐放，把砚铭艺术推向鼎盛。

一、考古所见砚铭渊源

目前考古所见的最早带铭文的砚石，是 1978 年在河南省南乐县东汉墓中发现的盘龙石砚，现藏河南省博物院。据铭文题记，其主人是汉桓帝时期因平乱有功而被封为东武阳侯的中常侍具瑗。此砚由砚座、砚盖两部分组成，砚盖以高浮雕六龙盘绕，仿佛恣肆畅游于波浪汹涌的江海之中，六龙之首向心共戏一珠于砚盖正中，珠上阴刻隶书一"君"字，砚面与砚盖扣合处又有阴刻隶书 42 字铭文，"延熹三年七月壬辰朔七日丁酉君高迁刺史二千石三公九卿君寿如金石寿考为期永典启之研直二千"，说明制砚时间［东汉延熹三年（160）］及砚主人身份，而据考古报告所称，砚面内有明显使用过的墨痕，使得此砚尤为珍贵。

此后，考古发掘和市肆流传的一些带铭刻的古砚时有披露，如：王青路编《古砚品录》中所收的一枚石龟砚，下刻款识"永嘉六年壬申陈忠恕制"一行，时为西晋怀帝永嘉六年（312），是最早的匠人名款。同书所收宋倪宗道抄手砚，背刻二行八字："倪宗道墓，内彦（砚）一只。"下有花押，是典型的殉葬砚。另宋人物澄泥砚，背有戳记"虢州砚人张得法制"，由于在唐宋时期虢州的澄泥砚已经闻名天下，所以张得法其人，可能是当时的制砚名家。萧高洪著《新见唐宋砚图说》收录一方南宋瓶形平板端砚，背刻铭文"淳熙拾叁年贰月贰拾陆日晚置此砚。（画押）"是一方具有宋代经济史料价值的端砚，真实反映了南宋时期的夜市生活，以实物印证了宋人吴自牧《梦粱录》中关于"（夜市）及文具物什，如砚子、笔墨、书架"① 等一应俱全的记述。1992 年内蒙古赤峰地区辽代皇族显贵耶律羽家族墓出土大量日用器，其中有一方金匣万岁台砚，石砚呈风字形，造型洗练，砚匣精美，砚匣盖上题名楷书"万岁台"三字，书

---

① （宋）吴自牧：《梦粱录：第 13 卷》，古典文学出版社 1958 年版。

作谨严的欧体，世所罕见。又如商承祚先生在中华人民共和国成立前曾于长沙购得一当地出土的小端砚，上刻五代"天福伍年"款识，说明当时购买此砚花去制钱"三十千"（即三万文），可见当时的端砚还是很昂贵的。

这些早期的铭刻一般比较粗糙，线条草率，记事简略，只起到基本的纪年和署记作用。有的砚铭如唐宋澄泥砚上的铭记，从痕迹上看可能是翻模的结果。

二、传世名家铭文砚

目前汇集历代名家使用过的砚台最多的地方，仍是台北故宫博物院莫属，这主要是基于清宫的旧藏。以近年来台北故宫博物院印行的"西清砚谱古砚特展"图录所见，仅就品题为宋元以来名人砚石的就有数十种。如张栻、米芾、苏轼、郑思肖、虞允文、文天祥等历史名人的用砚，其中不排除附庸风雅的味道。不过，结合今天的考古发现，以及这些名人砚石的形制和铭刻来看，这些清宫旧藏的名人砚石中很多是伪托的。比如，清宫旧藏的几种"铜雀台瓦砚"，砚背往往有"建安十五年"铭记，现在看来，皆非当时的产物。利用古砚石加刻伪款冒充名人用砚是一种常用的方法，古今皆然。不过，清宫旧藏中也有可信的宋元明清以来的名人用砚，如：张栻写经澄泥砚，款题"南轩老人写经砚"隶书一行，背刻清乾隆帝四十三年（1778）诗刻七绝一首。此砚为风字形抄手砚，色淡而黄，质地细润，有明显的使用痕迹，实为宋代澄泥砚中的上品。

《西清砚谱》中收集的传为苏轼的用砚二种，即"从星砚"和"东井砚"，二砚形制为典型的宋砚，造型古朴凝重，皆为端石中的上品，"从星砚"背部有数十处蕉叶白等晕眼，砚侧壁刻行书铭文"月之从星，时则风雨。汪洋翰墨，将此是似。黑云浮空，漫不见天。风起云移，星月凛然。轼"，后钤篆印"子瞻"。另一侧刻乾隆帝五言律诗一首："天池一月印，空宇众星攒。爝火宁相比，陶泓永得完。依然北朝宋，真出老坑端。清伴文房暇，撷辞惬染翰。"款题"乾隆丁酉新春御题"，钤印二："比德""朗润"。此砚以紫檀木作匣，嵌和田白玉透雕镂空兽、叶、花纹饰，砚匣四周分别由乾隆皇帝和于敏中、董诰、刘墉、金士松、陈孝冰、梁国治、沈初、彭元瑞八位大臣题诗钤印，可见此砚弥足珍贵。尽管品题风雅，然而我们检索苏轼文集及从苏轼的书法分析入手来看，"从星砚"款署苏轼的铭文很可能是后人伪托。

按《苏轼全集》中载其生平所撰砚铭28首，为好友命名的人名砚18方，其中著名的《王定国砚铭二首》（见《苏轼集·铭五十七首》之二六）又铭曰："月之从星，时则风雨。汪洋翰墨，将此是似。黑云浮空，漫不见天。风起云移，星月凛然。"此与"从星砚"大同小异，而"从星砚"的"轼"款书法与可信的苏轼墨迹相比，也显得稚嫩轻佻，相去甚远。

1967 年，在浙江安平寺出土的一方底部刻有"雪堂"两篆字的石砚，现藏余杭博物馆。此砚经故宫博物院的专家朱家缙先生鉴定，确认为北宋文坛巨匠苏东坡的遗物，定为国家一级文物。

东坡雪堂砚为抄手端石砚，长 17cm，高 4cm，宽 10cm，质地细腻。砚面有浅凹的墨池，除砚底刻有"雪堂"二字外，砚之左右两侧分别刻有："元祐六年十月二十日，余自金陵归蜀，道中见渔者携一砚售人，余异而询之，□□得于海滨。余以五百缗置之。石质温润可爱，付迈以为书室之助。"

据《苏东坡全集》《苏东坡传》等记载，元祐六年（1091）苏东坡任吏部尚书，同年八月以龙图阁学士的身份出知颍州，十月十四日起告病。"迈"指苏轼长子苏迈。"雪堂"是苏轼的室名，是苏轼谪居颍州时所建，因雪天落成，故名。此砚题记记述了苏轼自金陵返四川途中购得此砚交给长子苏迈使用。不过，近年来也有学者对东坡雪堂砚的真实性提出了疑问。比如有人认为，砚铭文中的五百缗，相当于当时的制钱五十万文（缗是宋代的一种货币单位，一千文称缗，同贯）。苏轼生平嗜好收藏古人名砚，据说曾购得王羲之的古砚，事见米芾的《书史》："有右军古凤池紫石砚，苏子瞻以四十千置往矣。"[①] 从米芾的记述可知，即使是王羲之的用砚，也就只花了四万文而已。而经济上经常捉襟见肘的苏轼，元祐初是否有经济实力掏五十万文去为儿子购买这么一块端砚，值得疑问。

尽管如此，流传至今的名人用砚，不仅展现了历代砚石的精粹和文化蕴涵，折射出文人的佳玩情趣，更是珍贵的实物遗存。

三、明清时期砚谱的纂集和砚铭雅玩的盛行

从宋代开始，就有文人为砚石编纂砚谱，所以历代撰述的砚史书籍不下数十种，著名的如欧阳修撰写的《砚谱》，其内容虽短短七百余字，却记载了端

---

① （宋）米芾：《书史》，见卢辅圣主编：《中国书画全书：第 1 册》，上海书画出版社 1993 年版。

石、歙石、青州紫金石、红丝石。又如唐询的《砚录》、米芾的《砚史》、李之彦的《砚谱》等。至明代文人对砚石的论述，更是繁多。最著名者是明洪武时期曹昭《格古要论》中的《论古砚》，以及明万历时期高濂所撰的《遵生八笺》中的"论研"部分，作者将其当时所见各式砚石加以描绘，使后世更能了解古代砚石的形制，也开创了图绘砚石的先河。到了清代，由于清初康、雍、乾三朝帝王皆勤学好书，对书法、艺术颇为专精，致使当时文人上行下效，蔚为风气，因而对砚石质材及制作更是精究，致使砚石尤其是端石、澄泥的制作，更加发扬光大；而砚史的著录，益见蓬勃发展，如清初高凤翰所著的《砚史》、纪昀所著的《阅微草堂砚谱》、唐秉钧的《文房肆考图说》等，皆文图并茂、叙述极为详尽，而论其内容，亦各有特色。然总以私人收藏论著，不若官家之精，是以就砚史的著录而言，仍当以《西清砚谱》为冠。

《西清砚谱》编纂缘起，据清高宗乾隆在自序中叙述："内府砚颇伙，或传自胜朝，或弄自国初，如晋玉兰堂砚、璧水暖砚，久陈之乾清宫东西暖阁，因思物繁地博，散置多年，不有以荟综粹记，或致遗佚失传，为可惜也。"[①] 于是在清乾隆四十三年（1778），命大学士于敏中及梁国治、王杰、董诰、钱汝诚、曹文埴、金士松、陈孝泳八人负责纂修，并由门应兆等人负责绘图，作成图谱，厘为二十四卷，并订名为《西清砚谱》。"西清"者，宫禁燕闲之地也。清代南书房，亦称西清，向来是朝臣翰林学士值勤之所。乾隆朝时，这里是编纂类书工作的处所。（据《西清砚谱古砚特展》前言）

此砚谱卷一至卷六所载皆属陶砚，上起汉未央宫东阁瓦砚，下至明旧澄泥四直砚，卷七至卷二十一所载皆属石砚，上起晋王廞璧水暖砚，下至清朱彝尊井田砚。以上砚台共计 200 枚，图 464 幅。卷二十二至卷二十四为附录，所载诸砚 41 枚，图 108 幅，皆系松花、紫金、驼基、红丝诸品及仿制澄泥各砚等。全书以图系说，详记砚之尺度、材质、形制、出处及收藏鉴赏者的姓名，核其纪年、署款、公私印记，历朝史传所记载亦细加考证。前人铭跋附于宸章之后，臣工奉敕题名。各砚之正、背、侧面由宫廷画师门应兆奉敕描绘，凡有御题、御铭、御玺及前人款识、印记等，也由宫中专事篆、隶书法之人摹写。图文并茂，勾摹具精。书成之后，乾隆帝赐名《西清砚谱》，并冠序于卷首。该书为

---

① （清）于敏中等编：《西清砚谱·序》，文渊阁四库全书本。又见乾隆：《御制西清砚谱序》，载国学典籍网，http://ab.newdu.com/book/ms203431.html。

研究我国古砚史提供了极为形象与翔实的宝贵资料，是了解清宫所藏历代名砚概况及其流传经过的重要参考书。遗憾的是，此书纂修告成后仅奉旨缮录正本数部，陈设于大内和盛京等处，传世者仅有四部足本和一部残本。

《西清砚谱》和高凤翰等书画名家的砚谱，不仅记载了古代的很多名砚款式，还将品题、歌咏、考辨、鉴赏等与砚石本身融为一体，使得中国砚石的鉴赏成为一项专门的艺术门类，其积极作用是值得肯定的。

民国以来西方自来水笔日渐普及，书写工具改变，文人爱砚之情怀日减，砚铭由盛向衰，日渐没落，当今会题刻砚铭者更是稀少。

当代砚的实用功能退化，砚由器具嬗变为工艺美术品，反之更彰显其砚铭的重要性。"砚贵有铭"，一方好砚，集自然、文学、书法、篆刻于一体，身价倍增。当前，工艺美术之风盛行，各地制砚工艺日新月异，出现了前所未有的繁荣局面。对于砚石文化的内涵，特别是砚铭文化的研究和艺术实践的探索，更有深入的余地。笔者尝试制端石宋坑鼓形砚一方，除墨池外，周环满刻仿钟鼎饰纹，池上方刻双龙纹，中刻"西周遗韵"四字篆书，底刻篆书砚铭："石择端溪畔，铭饰古流芳。西周紫云祥，千秋翰墨香。"此砚铭取法汉篆，以篆刻技法结合传统砚铭作法，用刀作笔，以单刀冲刀法刊刻，力求书刻一体，古朴端庄，兼并"见刀、见笔、见性"，是对古代砚铭书刻的一种尝试。

（作者简介：李刚，广东吴川人，肇庆学院美术学院教授，肇庆市书法家协会主席）

"写"在石涛画学中的意义

吴 勇

中国画历汉末魏晋的初期发展，至唐宋已经蔚为大观。人物画自晋朝进入高峰，于唐朝趋于鼎盛，山水画与花鸟画在宋朝达到最高峰。而此时中国画已逐渐由"外师造化，中得心源"的绘画思想走向"画写物外形""功夫在画外"。而画论中"写"的大量运用，更快地推动了此种变化，特别是"自元代始，文人画家开始不拘于物象的形似，开始讲求笔墨相对独立的作用，开始讲求区别于描头画脚的画法，而主张一个直抒胸臆的'写'字，画风于是大变"①。可见，"写"在中国画发展过程中，所起到的作用何等重要。而在对"写"的历史考察过程中我们发现，石涛有太多的理由作为一个重要对象来进行研究。

一、"写"的本意阐释

要深刻透彻地理解"写"在石涛画学中的意义，我们首先要明白两个方面：其一，"写"的本义；其二，石涛画学的基本含义。要弄明白这个字的本义，只好求助于古籍训诂之学。"写"即倾注，"写"为本字，加水字旁为"泻"，其实是一个意思。既然是倾注，那么就有"尽"义，有由此器移彼器"传移"之义；涉及内心与言词，即有"表达""表现"之义。到此，可知"写"乃一个"关系词"，其所要表达的是"双方""两重""表里""彼此"之间的微妙联络、交流、融会、贯通的意思。而《十三经注疏》本《礼记正义》，此文下之《疏》云"写"，谓倒传之意也。也就是今天所说的"倒"，是由此器

---

① 薛永年：《蓦然回首——薛永年美术论评》，广西美术出版社2000年版，第18页。

倒在彼器，即为"传"之意。《辞源》注为"以此注彼"，简洁明了。正如诗圣杜少陵咏樱桃"数回细写愁仍破"就是很好的例子。写，古又有"倾也""尽也""除也"等义，则都是"移置"的衍变义、引申义。既然是倾注，必然把它倒干净了，所以为"尽"为"除"。转而涉及情绪感思，则"写"即为"抒发"义，如《诗经》里的"以写我忧""我心写兮"，都是佳例。这就可以悟出：立言作文，抒发内心，亦曰"写"者，正因为那也是一种由此内心倾入彼言彼文之中，也是一种"移置"明矣①，画论中"写"的基本含义即是指此。

由以上的解释可知，"写"大致有："倾注、尽除""表达、表现""传移、由此注彼""抒发"之意，根据这些词意我们可以把它们分为主观与客观两个层面。也就是说，"倾注、尽除""传移、由此注彼"是对物本身而言，"表达、表现""抒发"是对个人主观心理的描述。而对于中国画而言，"写"又经历了怎样的发展过程？它是否随着历史的演进越发强调它的主观性呢？宋元之前即有"传神写照""传移模写"等中国画中之精髓词汇出现，并且成为当时和后世品评绘画的重要标准。但此时"写"的主观心理作用没有被凸显出来。并不是说此时期的画家在创作时就没有主观心理的作用，而是当时画家的主观心理是服从于社会需求的，所谓"任何个人都是社会关系总和的一分子"，也就是画家的主观心理服从于社会需求而没有被凸显。而宋元之后，"画家的主观心理则是逸出了社会需求之外的，他们的意识是要摆脱社会关系的总和而以自我为中心"②。徐建融先生明确指出前后之差异就在个人意识的凸显上。而"当生宣纸成为水墨写意画的载体之后，过程性的讲求更变成了随机性的发挥。笔随情转而聚墨成形，因势利导而偶然天成。于是，水墨写意画中笔墨的抽象表现功用，进一步主导了造型的夸张与变形，在'不求形似求生韵''借笔墨写天地万物而陶泳乎我'的认识下，'应物象形'的造型观也以'不似似之'的造型观所取代"③。石涛是这些伟大理论的建立者与实践者，并把"我"的自觉意识放在高于一切表现方式与借助形式的位置，"我之为我，自有我在""我用我法"皆是强调"我"，是自我意识的觉醒。而"我"的体现始终是要通过载体来显现和表达，"借笔墨写天地万物而陶泳乎我"。在这里，"写"在为达到

---

① 周汝昌著，周伦玲编：《神州自有连城璧——中华美学特色论丛八目》，山东画报出版社2005年版，第150页。

② 徐建融：《中国画的传统与二十一世纪——长风论坛演讲集》，天津人民美术出版社2007年版，第32页。

③ 薛永年：《蓦然回首——薛永年美术论评》，广西美术出版社2000年版，第18页。

"我"的愉悦过程中起到了至关重要的作用。"笔墨"是表现形式,"天地万物"是表现的载体,都是通过"写"的方式而陶泳于"我"。

二、石涛画学中"写"的意义及运用

在石涛《话语录》中,他 11 次提到"写",如此多次用"写"来对画论进行阐述,可见"写"在画论中的重要性,而其意义是否与历代描述相符呢?他在运用当中是不是客观与主观互用或者发展了它的意义呢?要解决这些问题,我们首先应该明确石涛的画学思想主要为何。因为只有认清了他的画学思想,我们才能更准确地把握"写"在其画学中的意义。

"一画"是石涛画学思想中最重要的概念,它被放在第一章以达到统摄全文的作用,而"一法"的提出,可以看成对"写"的一种特殊框定和规范。朱良志先生在阐释"一画"的意义时,开篇即说:"石涛所谓'一画'乃是画之一,是绘画创作的最高法则。"[1] 这里很明确地告诉我们,"一画"乃是一种法则。接下来他进一步解释:"石涛所谓'一画'是一个不为任何先行法则所羁束的艺术创作原则。世人说的是'有'或'无',他说的'一',不是数量上的'一',不是一笔一画,是超越有和无、主观和客观、现象与本体等的纯粹体验境界。他的一画之法,就是为了建立一种无所羁束、从容自由,即悟即真的绘画大法。"[2] 朱良志先生对"一画"的解释仍是一种"绘画大法",那么,既然"一画"是一种大法,便是有法则可依的,而石涛是不是要建立一种可依可寻的路径准则呢?答案当然是否定的。"他立一画之法,即立我法,但我法非定法。在石涛这里,没有定:法无定,定无法。一成定法,即为法拘。石涛要立我法,其所立乃玲珑活络之悟心也。创造如源泉活水,每一次创造都是内心的灵溪中涌出的一泓新泉,永不重复。他立一画之法,即立我法。这并不意味树立一个不同于他法之法。我法即非法,我说法,即非法,是为法。故石涛在强调法无定法的同时,又有另一层意,即法则非法。石涛树立一画之法,即破所有之法,而并不是破他法而树立自己的法。法就是无法,无法即是他的大法。此大法即一画之法。"[3] 这里明确指出石涛之法就是无法,无法就是他的大法,

---

① 朱良志:《石涛研究》,北京大学出版社 2005 年版,第 7 页。
② 朱良志:《石涛研究》,北京大学出版社 2005 年版,第 7 页。
③ 朱良志:《石涛研究》,北京大学出版社 2005 年版,第 12 页。

就是一画之法，既然石涛辛辛苦苦建立的一画之法就是无法，那么对于绘画创作则没有什么限制，是纯然自由、随心所欲的。石涛是不是仅就建立这样一种法则呢？这样的观念和艺术创作所要遵循的基本准则是否相符呢？我们知道，艺术创作必须遵循一定的准则，艺术传统的力量和艺术家的创造并非决然对立，每一次创造都可以说是一种创新，但一无例外的是，每一次创新都必须在原有的基础上创新。法无定法本身必然有法，法无定相也不是绝去法相，如果石涛只为骋一己之快，掀翻天地，无古无今，无物无我，行其所行，纵其所纵，这样的画论与小儿狂语无异。

我们再来看石涛的说法："古之人未尝不以法为也。无法则于世无限焉。是一画者，非无限而限之也，非有法而限之也。法无障，障无法。法自画生，障自画退。法障不参，而乾旋坤转之义得矣，画道彰矣，一画了矣。"① 他的意思是说，古往今来的画家没有不遵守一定的创作规则的，如果没有具体的法式，其绘画也就不可能有具体的形制。所以石涛提倡无法并非强调"无限"——毫无法则可循，也不是强调有法——完全依据法度去作画。"创作是优游于法与无法之间，石涛概括的'不似之似似之'颇能反映他在这方面的斟酌，不为古法所拘，不为外形所限，不为先入的理性所控制，我手写下当下之我，用他的话说就是'只在临时间定'，将一切交给瞬间的感悟，在当下之悟中。凝定意象，这样虽无法而有法，虽有法而无法。"②

朱良志明确指出，石涛并非强调作画毫无限制，也并非强调完全依据法度作画。他是要优游于法与无法之间，"只在临时间定"，所以才有"信手一挥"这种对当下作画状态的描述，"他是要使画家进入到一片纯粹自由的境界，而不是局限于法的束缚。自此大致已明石涛的主要画学中心意旨，即：强调创造，强调绘画的个性化表达，强调妙悟"③。

既然已明石涛画学的主要思想，那么"写"在画学思想中起到何等作用，意义如何呢？下面我们将从石涛画论、题画诗跋及其画作三方面，对石涛"写"的运用进行具体分析。

《一画章》是石涛统摄全文的重要表述。他在这一章中有："信手一挥，山

---

① （清）石涛著，周远斌点校、纂注：《苦瓜和尚话语录》，山东画报出版社 2007 年版，第 9 页。
② 朱良志：《石涛研究》，北京大学出版社 2005 年版，第 41 页。
③ 朱良志：《石涛研究》，北京大学出版社 2005 年版，第 41 页。

川人物，鸟兽草木，池榭楼台，取形用势，写生揣意，运情摹景，显露隐含。"① 朱先生对"信手一挥"的解释为"对当下作画状态的一种描述"，而这"一挥"是要挥何等物象，乃"山川人物，鸟兽草木，池榭楼台"，这些东西皆是要描述的对象。而这些物象要怎样"挥"就于画面？他说："取形用势，写生揣意，运情摹景，显露隐含。"前四字意思大致为：选取造型，用其态势。其后之"揣意、运情"则是一组连续性情感表达。石涛有云："夫茫茫大盖之中，只有一法，得一法，则无往而非法，而必拘拘然名之曰我法，又何法耶？总之，意动则情生，情生则力举，力举则发而为制度文章。"② 这里明确指出"我法"乃是意动、情生、力举发而为制度文章。也就可以得出意动情生是通过"摹景"来展现，从而体现"我法的"。而这里的"摹景"实际就是"写景"，通过写景来展现深蕴内涵，石涛所要表达的深蕴内涵就是"一法"，中心就是强调创造，而"写"是体现"一法"的过程，这个过程其实就是创新的过程，所以石涛的"写"应是"创造"的过程。

试看《变化章》中"写"的运用："夫画，天下变通之大法也，山川形势之精英也，古今造物之陶冶也，阴阳气度之流行也，借笔墨以写天地万物而陶泳乎我也。"③ 在此句话中，如果省去中间四句描述则为："夫画，借笔墨以写天地万物而陶泳乎我也。"其意思大致可理解为：画乃是借笔与墨创造出我心中的天地万物而愉悦于我。这里我们也用"创造"来解释"写"，到底合乎其意吗？我们先来看此章的开篇是如何说的："古者识之具也，化者识其具而弗为也。具古以化，未见夫人也。尝憾其泥古不化者，是识拘也。"④ 他首先就指出因循守旧、一味崇古的弊端，这种只在古人的圈子里讨生活的做法，不但没有自己，对绘画也将不会有任何帮助。所以他举例说道："识拘于似则不广，故君子惟借古以开今也。"⑤ 也就是说，学习和继承古代的知识和文化，目的是开拓和创造出今天的知识和文化。而具体的施行方法又该是怎样的呢？"又曰'至人无法'。非无法也，无法而法，乃为至法。凡事有经必有权，有法必有化。一

① （清）石涛著，周远斌点校、纂注：《苦瓜和尚话语录》，山东画报出版社 2007 年版，第 3 页。
② （清）石涛著，周远斌点校、纂注：《苦瓜和尚话语录》，山东画报出版社 2007 年版，第 3 页。
③ （清）石涛著，周远斌点校、纂注：《苦瓜和尚话语录》，山东画报出版社 2007 年版，第 13 页。
④ （清）石涛著，周远斌点校、纂注：《苦瓜和尚话语录》，山东画报出版社 2007 年版，第 13 页。
⑤ （清）石涛著，周远斌点校、纂注：《苦瓜和尚话语录》，山东画报出版社 2007 年版，第 13 页。

知其经，即变其权；一知其法，即功于化。"① 石涛在这里提到的"法"正如前文所说，它并不是一种固定具体的方法，它是一种创造之法。"无法而法，乃为至法。"不为古法所拘，不为先入的理性所控制。即使"凡事有经必有权"，也"一知其经，即变其权；一知其法，即功于化"。所以他的"法"不是一成不变的，而是随物而得，随性而起，这就是石涛所要倡导的"方法"，它不是单靠学就能得到的。杨成寅先生在解释"经"与"权"、"法"与"化"的问题时也说道："石涛关于'经'与'权'、'法'与'化'的关系的论述，包含着客观事物认识过程中的普遍性与个性（特殊性）、稳定性与流动性的辩证关系的深刻思想。他要求人们（包括画家）既要注意普遍性，又要注意特殊性，既要注意稳定性，又要注意流动性。他更强调的是特殊性和流动性，因为当时许多画家只注意到绘画法则的普遍性和稳定性，忽视了艺术上的创新、发展和个性。"② 也申述了他所强调的是一种"创造"。接下来石涛就道出了这句名言："借笔墨以写天地万物而陶泳乎我也。"前文在解释"写"的本义时说到，"写"是一个过程。既然是过程，那么在这个过程当中，石涛就肯定加进了他的创作思想，天地万物都是我心中的天地万物，通过笔墨的个性化表达展现于画面的是一种当下的妙悟、一种当下的创造精神。

《皴法章》也运用到"写"来描述："笔之于皴也，开生面也。山之为形万状，则其开生面非一端。世人知其皴，失却生面，纵使皴也，于山乎何有？或石或土，徒写其石与土，此方隅之皴也，非山川自具之皴也。如山川自具之皴，则有峰名各异，体奇面生，具状不等，故皴法自别。"③ 在这里运用的"写"是就具体的皴法而言，而皴并不是山本身所具有，它是人们为了表现山川的面貌赋予的。人们在写石写土的时候，只能得到这一隅的皴而已，并非山川自身的状态。接下来他举了很多皴法与峰名来说明它们自身的局限性，正是因为有了这么多皴法，所以限制了人们在这个过程当中的创造性，他们都依赖于既有的经验。其后又云："然于运墨操笔之时，又何待有峰皴之见？一画落纸，众画随之；一理才具，众理附之。审一画之来去，达众理之范围，山川之形势得定。"④ 他是很反对依据既有皴法与当下"写画"的套用的，明确指出应以当下

① （清）石涛著，周远斌点校、纂注：《苦瓜和尚话语录》，山东画报出版社 2007 年版，第 13 页。
② 杨成寅：《石涛画学》，陕西师范大学出版社 2004 年版，第 166 页。
③ （清）石涛著，周远斌点校、纂注：《苦瓜和尚话语录》，山东画报出版社 2007 年版，第 37 页。
④ （清）石涛著，周远斌点校、纂注：《苦瓜和尚话语录》，山东画报出版社 2007 年版，第 37 页。

的自我感悟去创造，只要画家熟练地掌握"一画"论，在创作时就会自由自在。这句话当中提到一个"理"字，其实"理"的本义就是指对象的本质。而在"写画"过程中，对象的本质与画家的理解、感受是融在一起的，所以"理"就包括对对象本质的揭示，也是画家本人的心理表现。而每位画家的心理感受是不一致的，这种不一致就不应该产生程式化的陈陈相因。所以，在这一章中所用的"写"字，其实是一种反证，仅就"画石画土"，也就是说，这里的"写"是一种客观表述，是反对一些人只知道因袭前人，没有创见性，是对他们的嘲笑。

再来看第十章中的描述。这一章两次运用到"写"，其一为："分疆三叠两段，似乎山水之失，然有不失之者，如自然分疆者，'到江吴地尽，隔岸越山多'是也。每每写山水，如开辟分破，毫无生活，见之即知。"① 这里主要说明经营位置的程式化，表现为三叠两段式，这种程式化直接导致绘画没有生活，毫无生气。接下来即说明程式化的具体表现形式："分疆三叠者：一层地，二层树，三层山，望之何分远近？写此三叠奚啻印刻？两段者：景在上，山在下，俗以云在中，分明隔做两段。为此三者，先要贯通一气，不可拘泥。分疆三叠两段，偏要突手作用，才见笔力，即入千峰万壑，具无俗迹。为此三者入神，则于细碎有失，亦不碍矣。"② 他明确指出"分疆三叠"已经程式化到没有远近感，写的画已经似"印刻"一般，古板乏味，丝毫体现不出生活的气息。既然连生活都无法体现，那还谈什么画家自己的心理感受？画家的心理感受本是创作绘画的最好媒介，连这一点都没有，不知从何谈创造。因此，以上两处运用到的"写"与《皴法章》相类，皆是对没有创造性的批评。

在《蹊径章》中，首句即以"写"开头，"写画有蹊径六则"，接下来都是具体介绍"写画"的蹊径。既然是蹊径，那么就有路子可寻，而这些路子是不是一成不变呢？他在描述"对景不对山"时写道："山之古貌如冬，景界如春，此对景不对山也。"其大致可理解为：山像冬季一样，却配以春景。这样的作画蹊径本就是一种创造。因为他把不同季节的自然，通过想象与加工，组合到一个画面当中，这难道不是一种创造过程？这仅仅是他所举的一个例子，它还可以扩大到夏与秋、秋与冬等的结合，只要符合艺术的基本规律。上面的创造还

① （清）石涛著，周远斌点校、纂注：《苦瓜和尚话语录》，山东画报出版社2007年版，第41页。
② （清）石涛著，周远斌点校、纂注：《苦瓜和尚话语录》，山东画报出版社2007年版，第41页。

具有一定的先验经验，因为他对每个季节都有过感受，而他在论述"险峻"的时候，干脆说："人迹不能到处，无路可入也。"既然是人不能到，无路可进，那么你怎么描述这种险峻之势？其实就是想象与创造，因为他没有依据。从他对"写画"蹊径的描述来看，对于"写"的解释仍不离"创造"之意，因为每个例子所强调的就是创造，如果没有创造，那么只能是为"古"而非为"我"也。再者，如果"蹊径"是一成不变的，那么这种"写画"蹊径仍是拘于法，石涛所要追求的不在于此，即使他举例说明，他所强调的仍是当下的一种创造，是对"一画"精神的具体表达。

《林木章》是用"写"最多的章节，在首句他就举古人写树之法："古人写树，或三株、五株、九株、十株，令其反正阴阳，各自面目，参差高下，生动有致。"① 这句话其实赞扬了古人在画树过程中所用的方法，他们的方法虽"各自面目"，却非我的面目。所以石涛不满足于此，接下来便是对自己写树之法的描述。他说："吾写松柏古槐古桧之法，如三五株，其势如英雄起舞，俯仰蹲立，踽踽排宕。或软或硬，运笔运腕，大都多以写石之法写之。"② 这里强调的是"我写"，既然是"我写"，那么强调的就是我独特的面貌。独特面貌从何而来，乃是我通过当下进入对象后所感受和体会到的，只有属于我自己的才是独特的。接下来是具体的方法。那么"写石之法"又是什么法呢？石涛画论中没有明确指出。我们先不论"写石之法"到底是什么法，但我们知道，石涛"法"的概念是贯穿整个画论的，而石涛之法就是无法，无法即是他的大法。此大法即一画之法。而"一画"的中心就是强调创造，所以"写石之法"其实就是一种创造之法，而创造之法可写乎？石涛并不拘于此，拘于此就是拘于法，拘于法何谈创造？创造就是无法，就是"一画"。

画语录最后一次提到"写"是在《四时章》中，在此章的叙述当中，一开始就表明，写四时之景要"审时度候"为之，这是什么意思呢？就是要根据不同的季节进行不同的处理，也就是说，要根据季节的不同创造出新的意境。为何这么说呢？接下来他列举了古人描写四时的诗句："古人寄景于诗，其春曰：'每同沙草发，长共水云连。'其夏曰：'树下地常荫，水边风最凉。'其秋曰：

---

① （清）石涛著，周远斌点校、纂注：《苦瓜和尚话语录》，山东画报出版社 2007 年版，第 49 页。
② （清）石涛著，周远斌点校、纂注：《苦瓜和尚话语录》，山东画报出版社 2007 年版，第 49 页。

'寒城一以眺，平楚正苍然。'其冬曰：'路渺笔先到，池寒墨更圆。'"① 这些诗句都清晰地描写出四季，并把各季节的特征清楚地展现出来，而石涛所关注的是情景违背了时令的例子："亦有冬不正令者，其诗曰：'雪悭天欠冷，年近日添长。'虽值冬似无寒意，亦有诗曰：'残年日易晓，夹雪雨天晴。'以二诗论画，欠冷、添长、易晓、夹雪，摹之不独于冬，推于三时各随其令。亦有半晴半阴者，如'片云明月暗，斜日雨边晴'。亦有似晴似阴者，'未须愁日暮，天际是轻阴'。"② 不合时令是一种天气突变，天气突变是某种客观原因导致的，正所谓"满目云山，随时而变"，石涛所关注的就是这种变性。变性就是不平常、特殊，而在这种不平常、特殊背后，石涛所要强调的是一种富于想象的、独特的、具有创见性的精神世界。因为他不是要反映一般的或者不合时令的景象，而是要根据不同的景象创造出不同的意境。在本章结语中石涛写道："可知画即诗中意，诗非画里禅乎？"杨成寅先生在解释此句话时首先指出"禅"与"诗意"的关系，并得出石涛的"画里禅"就是"诗意"。他还引证了铃木大拙关于"禅"的解释："禅则把自己投入创造的渊源，汲取其中所蕴含的一切生命。"既然禅是把自己投入创造的渊源，那么，创造在禅的这种行为当中所起到的作用不言而喻。而这正是石涛所遵循的原则。杨成寅先生进一步指出："'禅的方法'可以说是审美的方法、艺术的方法。这种方法就是把对象当成一个完整的、有生命的东西去进行感受，要求我们'设身处地'去感受它的内在生命以及内在生命的外在表现，要求我们用'生活本身的形式'即审美的形象的形式去描绘和表现对象。"③ 他在这里强调的其实就是主客体的关系，这种关系乃是互为交流的，这种交流所激发出来的就是一种独特的创造。

通过以上对画论的分析，我们已经清楚地知道了"写"的意义。那么石涛在具体的作品中，是否也身体力行地实践呢？石涛留下了大量的题画诗跋，其中有许多诗跋与"写"的运用直接相关。

石涛在《题春江图》中写道："书画非小道，世人形似耳。出笔混沌开，入拙聪明死。理尽法无尽，法尽理生矣。理法本无传，古人不得已。吾写此纸时，心入春江水。江花随我开，江水随我起。把卷望江楼，高呼曰子美。一笑

---

① （清）石涛著，周远斌点校、纂注：《苦瓜和尚话语录》，山东画报出版社 2007 年版，第 55 页。
② （清）石涛著，周远斌点校、纂注：《苦瓜和尚话语录》，山东画报出版社 2007 年版，第 55 页。
③ 杨成寅：《石涛画学》，陕西师范大学出版社 2004 年版，第 201 页。

水云低，开图幻神髓。"① 在这段题跋诗文中，他说："理尽法无尽，法尽理生矣。"其意思可理解为：画理有尽但画法无尽，一旦画法尽时，又另有了新的画理。其实就是说，画法画理本无穷尽，它不会因为古人流传下来一定的理法而无法衍生出新的理法。所以石涛接下来描写他作画的状态："吾写此纸时，心入春江水。"何以把心交予了春江水呢？这又与"禅"似有微妙联系。意思是说，他在"写画"的时候，已经把当下的我交予了春江水，就是把我当成了春江水去感悟它的内涵。前文说过，石涛是不为古法所拘，不为外形所限，也不为先入的理性所控制，我手写下当下之我，用他的话说就是"只在临时间定"，将一切交给瞬间的感悟，这瞬间的感悟就是把我失却在春江水中所得来的。他是这样说的，在作画时也是这样做的。

从对该题画诗中"写"的运用的分析，我们不难看出，石涛在题画诗中也是把他的创造思想融入其中，这与他所建立的画学体系完全相符（石涛还有很多题画诗都是如此运用"写"，如《夏日避暑松风堂画兰竹偶题·墨竹卷》等）。然而，画面本身是否也如诗一样具有创造性呢？答案是肯定的，杨成寅先生在对他具体作品的创造方面，做了大量的研究，不单从线条抒写性创造运用方面加以解析，并对构图、用墨、意境、用色等都做了精辟的分析，特别是在分析《春雨图》这幅画时，他对石涛这种独特"写画"方式的由来，做了如下的解析：

这种树的主干画法从哪里来？我觉得是从以下两方面：一是它纯熟地掌握了古代绘画积累下来的墨法，但这传统的墨法未见用来画老树干。二是他对这种老树逢春发新枝新芽的景象有直接的观察、深刻的感受和鲜明的形象记忆，而且从中直接感到（受）或理解到（识）用什么样的笔墨才能对之作恰当的描写和表现。画上树后的雨中山，其山腰有雾气的情景，完全像是现代水彩画家用不显笔墨痕迹的渲染法画成的，真实而又简洁。这种画法绝对不是画家参考了西洋当时已经存在的水彩画法，而是画家从自然景色本身感悟出来的。不管从上述的哪一方面看，就画此幅作品中的树干与迷蒙山色的具体方法本身来说，都是"无法"的，可以说是"以无法生有法"。②

---

① （清）石涛著，周远斌点校、纂注：《苦瓜和尚话语录》，山东画报出版社 2007 年版，第 79 页。
② 杨成寅：《石涛》，中国人民大学出版社 2003 年版，第 243 页。

他所说的"以无法生有法",最终要强调的仍是创造。因为你无论是通过旧有的笔墨表达方式发展得来的,还是通过山水自身传达出来的信息启发而得来的,都是石涛在当下之悟中的创造。所以在石涛的画作中(此处只举一幅图为例,杨承寅先生已经做了大量精辟的分析,在此不再赘述),我们依然可以看出他是把这一创造思想贯穿始终的,即印证了石涛的"写"不只是简单的主观或者客观,它不仅包括了此二者的意义,同时它还是一个"创造"的过程。

三、结语

从以上对"写"的基本含义解释与石涛画学中"写"的意义分析可以看出,石涛的"写"不仅具有中国传统的写意精神,他还将"写画"的状态发展为"创造"的过程,这种创造精神的体现,其实就是画学思想的具体表达。他以一种对待新生命出现的方式去感悟、倾听、发现他的每一次"写"。

(作者简介:吴勇,贵州铜仁人,美术学硕士,肇庆学院美术馆馆员、讲师)

婚礼数码摄影的策略研究

陈伟江

"人生四大喜事"，即"久旱逢甘雨，他乡遇故知。洞房花烛夜，金榜挂名时"①，而结婚便是其中之一。结婚是一项庄重的仪式，不仅对新人有十分重要的意义，对双方家庭、亲友而言也是如此。然而，在中国当前社会，大多数新人在筹备婚礼时，常将重心放在拍摄婚纱照和录制婚礼视频上，往往对于婚礼现场的图片摄影较为轻视。与此不同的是，在西方社会，举办婚礼时更加重视婚礼当天的现场图片摄影。

婚礼现场所面临的繁忙和紧凑，也为摄影师带来了极大的挑战。在如此有限的时间内，要捕捉到与众不同的画面，实属不易。若缺乏充分的策划与准备，很容易使得照片呈现出流水账式的平淡记录。而对于经验丰富的婚礼摄影师而言，他们常常以独特的角度和技法，在记录完美时刻的同时，更注重捕捉细致的画面。他们利用先进的数码摄影技术和后期创作手法，为新人留下了珍贵的婚礼回忆。

传统摄影方式渐趋衰落，成本昂贵，越来越多的摄影师转向使用数码相机进行婚礼摄影。数码摄影便利、高效，不仅使冲印照片、制作相册和婚礼 MV 变得简单迅捷，更在婚礼摄影领域产生了革命性的影响。数码婚礼摄影的意义远胜于传统影楼拍摄，因为婚礼现场的各种场景需要充分的准备和敏锐的捕捉才能被真实记录。下面根据笔者多年的婚礼摄影经验，谈谈数码婚礼摄影的一些实用技巧和思路，希望能够为读者们提供帮助和启示。

---

① （宋）汪洙：《神童诗》，转引自胡世强：《中国古代神童诗现象研究之一——宋代寇准〈华山诗〉、汪洙〈神童诗〉的个案分析》，《陕西学前师范学院学报》2017 年第 12 期。

一、"工欲善其事，必先利其器"——摄影器材的准备

婚礼的重要性决定了婚礼摄影必须严谨，不容出差错。因此在选择摄影器材时，我们除了要考虑便携性、价格等因素以外，还应该着重考虑器材的专业性及可靠性。专业婚礼摄影师的装备中，在相机的选择上，全画幅数码单反相机、微单相机是最佳的选择。同时，最好准备一部备用机身或者小型数码相机以备不时之需。在镜头的选择方面，一个标准变焦镜头及一个大光圈中焦镜头是常见的搭配，如：28~70mm f/2.8 + 85mm f/1.4。在婚礼场景中，广角和长焦镜头的应用机会相对较少，但是如果可以的话，携带一个涵括 16mm 的广角镜头及一个涵括 200mm 的长焦镜头会给拍摄增添不少色彩。

对于闪光灯的选择，最佳的是支持 TTL 功能的外接自动闪光灯，具有闪光指数在 24 以上。闪光灯应接上柔光罩等柔光设备或采用跳闪的打光方式，以保证闪光灯环境下拍摄画面光线足够自然。

在存储方面，建议使用容量在 32GB 以上的存储卡进行双卡记录。两张卡分别记录 RAW、JPG 格式，同时应准备 2 张以上的备用存储卡。一场婚礼通常会拍摄 300~400 张照片，确保有足够的存储容量是必要的。照相机和闪光灯的电池最好是两组，拍摄前应该都充满电量，用完一组就能更换下一组，或者准备照相机电池盒，使用多块电池的电池盒可以提供强大的电力支持。婚礼摄影最好是携带一个独脚架或轻便的三脚架，过于笨重的脚架在拍摄过程中不方便使用和携带。

二、"意在笔先"——婚礼数码摄影前期思路和策略

大江南北、长城内外，我们五十六个民族是一家。各民族、各地区婚俗各异，异彩纷呈。了解清楚当地婚俗和程序仪式是拍摄成功的关键，精良的技术则是拍摄成功的保障。摄影师应提前从以下方面做好准备，做到心中有数、有条不紊，避免遗漏重要环节。

（1）摄影师应和新人充分沟通，了解新人的家庭情况，熟悉家庭主要成员及重要亲朋好友，掌握婚礼举行的时间、地点及婚礼的流程，尤其重要的是一些传统习俗和宗教仪式。

（2）有条件的摄影师可以提前熟悉婚礼举行当天的场地、环境、天气情

况，物色最佳的拍摄位置和准备相应的拍摄预案。

（3）根据婚礼流程确定必须拍摄的照片。例如新娘和父母的合影、新人在会场庄严宣誓的场景等；做到心中有数，在可以预料的时刻耐心等待，抓取真情流露的一刻，这样才不会漏拍重要的镜头。

（4）表现浪漫经典的婚礼气氛，突出个性和民族传统。中华民族喜爱红色，它象征着吉祥、幸福。在拍摄中注意选用红喜字、红蜡烛、彩色气球等物品作为画面陪衬，适当用于前景、背景，美化构图。

（5）注意婚礼摄影画面景别的丰富性。拍摄时运用远、全、中、近和特写等景别，能防止画面单调，使整套照片产生节奏感。全景表现大场面，既可交代环境，又能反映新人及来宾当时的情态；新人向父母行礼可用中景，不仅交代了事件还突出了主体；新人甜蜜的场面宜用特写表现，但不要多用。不要将"焦点"总对着新人，拍摄一些来宾的镜头，更能烘托婚礼的喜庆气氛。

（6）连续抓拍精彩瞬间。为抓住精彩瞬间，摄影师要有预见性，安排好走位和拍摄位置。把握住几个关键时刻，如敬拜父母亲、交换结婚戒指，这时摄影师要全神贯注，连续拍摄，因为是数码摄影，不要吝啬拍摄机会，在连拍中"优中选优"。

（7）用一位摄影家的思维，从艺术的角度来看新人，精细抓取值得记录的婚礼细节。

三、"实践是检验真理的唯一途径"——婚礼的具体拍摄过程

每一场婚礼都是不同的，但大多数婚礼的程序是基本类似的，下面，笔者谈一下婚礼拍摄的基本流程。

1. 新娘家的拍摄

一般情况，早晨7—8点新娘从影楼化妆回来（或者在家里有专门的化妆师进行化妆），有条件的话可以拍摄新娘子在镜子面前化妆，新娘在伴娘的帮助下换衣服，新娘在自己闺房的全身、半身照片，新娘和伴娘、女伴们的合影。在时间允许的情况下，尽可能多地拍摄，画面尽可能展示开心和放松。在拍摄的时候留神观察家庭和睦与亲昵的各种表现，一定要拍摄新娘和父母在家中的合影，母亲为女儿整理服装、父亲叮嘱女儿的照片也是不可缺少的。在家中拍摄基本是室内摄影，而且在早晨，光线情况不太好，如果条件允许可以简单地布

光，这样不仅有强烈的现场气氛，还可以展示出细腻的层次和光影效果，一般情况下，只能靠闪光灯解决照明问题，最好是 TTL 外接自动闪光灯，保证拍摄的光照效果。

2. 花车迎娶新娘

在这个环节中，摄影师一定要事事抢先一步，在新人的前面走出家门，拍摄新娘新郎走出家门、上车、在车里、下车的一系列照片，不能放过每个精彩的瞬间。新郎进入新娘家门的时候，一般会受到伴娘和亲友们的各种"刁难"（如唱情歌、喝一些难喝的饮料等），随时都有精彩和欢乐的镜头出现，同时新郎在新娘面前求婚的镜头是非常关键的。新郎在给岳父岳母敬茶的时候，捕捉家人面部流露的表情往往是令人感动的。新娘被新郎背出家门是最常见的婚礼情形，摄影师应事先等候在门外，拍摄时注意突出新郎新娘的形象，结合周围亲朋好友的形象做前景或背景，营造难忘的婚礼时刻。在前往新郎家的路上，摄影师一般在前面的婚礼摄影车上进行拍摄，必须把典型的城市街景和婚礼车队完整拍摄下来，作为新人永久的纪念，在技术上要提高快门速度，防止晃动造成模糊，一般情况下可以要求婚礼摄影车的司机加速前进，在理想的位置停车进行拍摄。

3. 新郎家的拍摄和出外景

中国的传统风俗是新娘子一定要接回新郎家，俗称娶媳妇。新人和娘家人一行回到新居，新人的亲朋好友也会参观新居。摄影师随车抵达新居，一定要拍摄刚布置好的新居，客厅全景和新人的卧室是必不可少的，其余地方可以拍几张有特色的特写，体现出新人独特的审美观和生活品位。新人到新居后，一定要在新居为他们拍几张有造型的艺术照片。尤其要在卧室里进行拍摄，因为新床上一般撒有花生、枣等干果，寓意"早生贵子"；墙壁上一般悬挂着新人大幅的婚纱照片和精美的装饰，也可以以婚纱照为背景为新人及亲朋好友们拍照留念。因为是在新人家中所拍，所以照片会更有纪念意义。在新郎家里，一般新娘子也是要给公公、婆婆敬茶的，同样注意捕捉家人流露出的幸福表情。

新式的婚礼一般在前往酒店之前，安排新人在当地城市风景最优美的广场、公园进行外景拍摄。室外的光线和环境一般是非常理想的，适合摄影师采取摆拍的方式为新人进行拍摄，可以导演一些浪漫的形式，营造唯美的画面。一般亲友团都跟随在新人的身边，这是拍摄婚礼大合影的最佳时机。

4. 酒店外迎宾客

新人在酒店的入口接待来宾，对于重要的朋友，新人会和来宾合影留念，以全身、半身为主，有机会使用长焦距镜头抓拍新人喜气洋洋的特写镜头，利用中途空闲时间，拍摄新人和伴郎、伴娘的合影，以及父母兄弟的合影。摄影师可以为新娘、新郎拍摄一些特写，记录新人在重要时刻的难忘镜头，利用好光线、背景，会有精彩的效果。

5. 婚礼仪式

婚礼仪式是婚礼全天的高潮，一般会在酒店大厅里进行，包括入场仪式，主婚人、证婚人致辞，新人叩拜双方父母亲，双方父母亲致辞，新人喝交杯酒、交换戒指，夫妻对拜，答谢来宾，等等。

首先新娘新郎在欢快的乐曲中进入仪式会场，礼花四射、花瓣喷撒，摄影师一定要抢拍下来，尽量使用闪光灯进行拍摄，可以捕捉良好的现场气氛。仪式中注意长短焦距的配合使用，广角可以获得比较完整的画面，烘托婚礼场面的气氛和喜庆，可以在证婚人证婚、新人敬拜父母、夫妻对拜、新人倒香槟塔等重要仪式中运用。新人交换戒指、喝交杯酒的时候使用中焦距镜头拍摄，使用长焦距、大的光圈控制景深可以捕捉新人细微的表情作为特写画面。婚礼中一般会使用冷烟花、泡泡机、追光灯等一些烘托气氛的婚礼设施，对于一些喷撒出来的气泡、亮片、彩条要注意拍摄角度，使它们既起到烘托效果的作用又不会喧宾夺主；新人敬酒的场面要全程拍摄，最好是将场景捕捉下来，体现新人和亲朋好友的交流与祝福。

6. 开心闹洞房

婚宴结束之后，晚上新人回到新居，一些关系密切的同事、朋友要来"闹洞房"。闹洞房是我国古老的婚礼风俗，也是婚礼的"压轴戏"，朋友们会指挥新人表演一些滑稽、亲密的游戏，气氛也是非常地热闹，摄影师在过程中要抓取那些难忘、有趣、可爱的经典画面。

四、"锦上添花"——婚礼相册的整理和设计

婚礼结束后，摄影师根据拍摄的照片，请新人进行仔细挑选，并对照片进行精修。一般的处理流程是先使用 Lightroom 对 RAW 文件进行白平衡、影调的

校准，套 LUT 等风格化文件，然后发送到 Photoshop 中进行磨皮、美白、局部精调处理。按照新人的想法进行编辑，配合精心撰写的文案，结合技巧，运用最绚丽的数码技术、时尚的版式设计，精工细做精美的婚礼相册，给新人的婚礼留下完美的纪念。目前 H5 电子相册、PDF 电子相册及视频电子相册是既时尚又不错的选择。实体的相册也有不同的类型：一种是豪华型，通常是一体成型的水晶相册和新型的亚克力水晶相册，这种类型高调但稍带点土气；另一种是低调奢华型，通常是采用纯棉艺术纸利用艺术微喷印刷工艺印制的画册和原木制作的画框裱上用纯棉艺术纸微喷的照片。

五、"百尺竿头，更进一步"——婚礼摄影师注意事项和自身要求

（1）婚礼过程千变万化，许多重要环节都是瞬间发生，摄影师没有重新拍摄的机会，一定要保证婚礼的关键画面万无一失，否则对于新人而言就是一生的遗憾。婚礼摄影师要有高超的摄影技术和丰富的实践经验，既要有人像摄影的经验，又要求具有新闻摄影记者那样把握决定性瞬间的能力。

（2）婚礼过程是新人情感的升华，新人和父母的感人画面、新人和现场朋友的交流，都是无法再现的情景。婚礼摄影师的职责就是捕捉这些感人的、真情流露的瞬间，并将它们永远定格下来。

（3）摄影师在婚礼现场拍摄活动时不能喧宾夺主，试图导演、控制局面，而要从一个旁观者的角度出发，艺术记录婚礼的过程。摄影师在现场越不引人注目，拍摄成功照片的机会就越多。摄影师要把婚礼当作自己的创作来拍摄，把新人发自内心的快乐幸福，以独特的摄影手法表现出来。

（4）婚礼现场复杂的光线使人脸的肤色不够均匀，后期调整的时候，会发现怎么调怎么别扭。建议开始拍摄的时候，设定好白平衡和拍摄时屏幕预览，及时纠正色彩偏差。在室内拍摄要重视数码相机的白平衡。为了保证在白平衡上不出差错，建议前期拍摄一定要拍 RAW 格式。

不建议用太高的 ISO（感光度），不然出片的时候会有大量噪点，尤其是一些光线不够、曝光不足的照片。在光线很差、闪光灯不能解决问题的特殊情况下，可以使用高 ISO，光线条件充足后立刻调回为较低的 ISO，摄影师一定要养成这样的拍摄习惯。根据现场光线情况使用闪光灯，光线好，就停止使用闪光

灯，光线不够就加柔光屏，然后使用反射、直射式闪光照明。

（5）数码婚礼摄影，最主要、最基本的是留住那一个个精彩的瞬间。婚礼摄影记录在先，创作在后。某些关键时刻，可以考虑连拍，先记录下来。例如新人喝交杯酒和交换结婚戒指，可以考虑连续拍摄 3~6 张，这样比较容易找到表情、仪态都比较好的照片。注意抢占位置，跟踪拍摄，摄影师不可能为了拍一个镜头，让新人等候或者配合，而应预先抢占有利地形，保证抓住每一个精彩瞬间。摄影师要精益求精，拍摄出最佳的摄影作品。

（6）构图是婚礼摄影不小的挑战，婚礼现场空间、位置都受到限制，也没有时间多次更换镜头，所以，尽可能把主要人物放在中间，通过变动镜头焦距或拍摄位置的前、后、上、下、左、右移动，得到合适的构图效果。

（7）使用中心单点对焦，先大致构图，然后移动相机，选择对焦点，合焦后，迅速按下快门。拍集体照的时候，最好使用三脚架。如果没有，借用一些辅助手段稳定相机；在使用闪光灯的时候，尽量让客人站成弧线形排列，尽量保证每个人到镜头的距离相等，保障光线的均匀照射。

（8）为使拍摄顺利，摄影师应保管好所带器材，不要遗漏、沾染油污；把器材存放在安全的地方，以免碰落损坏（可以将摄影包寄存在酒店的前台代为保管）。如果有条件的话，请新人给摄影师配备一个临时的助手是不错的选择（一般由新人关系密切的朋友、亲人承担），不需要携带的器材由助手保管，摄影师就可以专心进行拍摄工作，更好地抓拍精彩的画面。婚礼拍摄结束，选择可靠的商家印刷和制作相册。

摄影师应以创作为导向，以记录和表达新人的情感与幸福为己任。从注意光线和构图，到使用闪光灯和拍摄技巧，这些都是摄影师需要在婚礼现场考虑的关键因素。在拍摄时保持高度的专业素养和技术水平，以捕捉每一个重要的瞬间。

（作者简介：陈伟江，广东茂名人，肇庆学院文学与传媒学院新闻传播学专业讲师）

下 编

『肇庆当代文学评论』全国征文

大赛获奖论文选登

致敬卡夫卡式的困境写作

——评路魆长篇小说《暗子》

佘 晔

"黑暗中的人，不要枉费你的空想与苦痛。"① ——《暗子》题记

在 20 世纪初期创作出《审判》《城堡》《变形记》等德语经典文学作品的西方现代主义文学大师弗兰兹·卡夫卡先生清醒而笃定地把自己比喻成"一只危险的鸟，一个小偷，一只寒鸦"②，根据古斯塔夫·雅诺施的记述，卡夫卡曾借机对他说："您把作家描述成一个脚踏黄土、头顶苍天的高尚伟人。这当然只是小资产阶级观念中的一种寻常想象。这种由隐秘的愿望滋生出的幻想完全是与现实脱节的。事实上，作家总是要比社会上的普通人更渺小、更软弱。因此，他体会到的艰辛世事也比其他人更深切、更激烈。对作者本人而言，他的歌咏只是一声呼唤。对艺术家来说，艺术是痛苦的，他们通过这种痛苦获得解脱，并借此迎接新的痛苦。他不是个巨人，多少只是一只囚于自身存在之笼内的斑斓小鸟。"③ 卡夫卡式的"危险与痛苦"，在一百年后的 21 世纪的青年心中依然存在，并在不经意间成为某一类文学创作者表达困苦、寄托情感、与现实抵抗的酵母，肆意生长。卡夫卡的伟大存在于那些荒诞的象征隐喻与夸张的直觉形象中，更存在于后世一代又一代作家以阅读与写作的古老方式向其无止境的致敬中。粤籍青年作家路魆的一系列小说淋漓尽致地表达了其对作为预言家的卡

---

① 路魆：《暗子》，时代文艺出版社 2022 年版，扉页。

② ［奥］弗兰兹·卡夫卡口述，［捷克］古斯塔夫·雅诺施记述，徐迟译：《阅读是砍向我们内心冰封大海的斧头》，天津人民出版社 2021 年版，第 11 页。

③ ［奥］弗兰兹·卡夫卡口述，［捷克］古斯塔夫·雅诺施记述，徐迟译：《阅读是砍向我们内心冰封大海的斧头》，天津人民出版社 2021 年版，第 10 – 11 页。

夫卡的敬意，长篇小说《暗子》的出版更像是一份昭告，在卡夫卡与自我黑暗、渺小、混乱、虚无的世界自由出入，进而去直面困境、抵抗虚无，并不断尝试找寻新的希望。

一、在神秘气息中展现现代性"虚"

"90后"青年作家路魆近年陆续在《收获》《钟山》《花城》《芙蓉》《青年文学》《山花》《西湖》《湖南文学》等杂志发表短篇小说，并结集为《角色X》出版，其创作慢慢得到文学圈关注。而长篇小说《暗子》更是这一阶段的重要作品，也是日后观察、评鉴或者期待路魆的一个重要窗口。因为《暗子》的创作，作家路魆为自己穿上了体面神秘的新装，这新装里，有左奔右突般的混沌外衣，还有痛苦狂热的里衬。

在解读《暗子》的神秘气息之前，笔者想先说说阅读《暗子》的直观感受。说实话，读这个作品时心情很复杂，可能是与笔者偏爱经典现实主义作品的阅读倾向有关，从一开始进入就因紧张而略显难受。一方面，意识高度集中，生怕走神而忘记"我"在市剧院的回忆与关键台词、忽略某一个决定人物命运走向的细节或伏笔；另一方面，神经绷得太久就很累，一累阅读便显得沉重而无法继续，但当你准备放下的时候，你又对它充满期待。《暗子》的人物经历、作品框架、意象选取、情节推进和细节呈现等跃出了我们对一般小说的认知，不能以固有的眼光和庸常的经验来审视这部作品，这特别挑战人的耐性与鉴赏力，是一次非常有难度的阅读体验，这是笔者最真实的阅读感受。为什么要特别强调这个感受呢？因为不是每个现代作品都能给读者提供这么强大的压力与撕扯，路魆以虚构的方式、用一种强大的内心动能将读者"网进"《暗子》的人生，作家内心有一股神秘的力量。路魆名字中的"魆"、《暗子》的命名以及作品中父亲"山魈"形象的确立等，让笔者于冥冥中感受到作家和作品同时氤氲的这股神秘气息，这对初出茅庐的青年作家来说极其不易。当然，这种并不流畅的阅读体验，也成为评论家诟病其小说叙事杂糅、缺乏纯一性的理由，虽然路魆本人并不这样认为。[①] 笔者认为，《暗子》通过对现代性"虚"即虚数、虚无、虚妄等元素的理解与呈现而最终展现的复杂神秘和现代小说精神，是以

---

① 相关讨论见叶锦淳：《青年新锐作家的想象力和丰富哲思——专家学者齐聚研讨路魆长篇小说〈暗子〉》，《西江日报》，2022年6月29日。

牺牲作品的纯一性为前提的。

《暗子》是一部真正意义上的现代小说。作家现实生活的无序和内心对写作的狂热与骚动合力推动这样一位青年在理想与现实之间做着孤寂的探索和决绝的斗争，即使头破血流，也义无反顾。这似乎是卡夫卡式现代小说必然的结局与命运，路魆深以为然，在对人的存在及其现代价值的哲学追问与反思中有着自我的表达。短暂如卡夫卡的一生，在疾病、婚姻、保险生计的夹缝斗争中思考与写作，自称"连熠熠发光的黑羽毛都没有"[①]"我像灰烬一般灰"[②]，卡夫卡在他所处时代经历的痛苦与挣扎使他敏锐地预言到世界的荒诞与悖谬，以文学象征的手法和极度夸张的"变形记"将这一切无法言说的与理性、天性对抗的现实重负承担起来。随后的两次世界大战精准证实了卡夫卡的文学预言，卡夫卡在现世生活中弱小、卑微、挣扎，却在人类理性、高质量发展的历史长河中具有伟大而恒久的意义。在这一点上，青年作家路魆做着同样的探索。在今天这样一个人人趋利避害、精致利己的后现代社会，当人类有关未来的一切美好、盼望、救赎、迭代、福利等意识形态延及终结的时候，我们怎么办？作家该何为？路魆大胆地以"暗子"为武器，在"梦游者的废墟"里穿行，将人们内心世界的隐忧、无奈甚至丑陋全部游历了一遍，极具现代性。第一，虚数。虚数本是 17 世纪数学家笛卡尔创立的数学用语，与实数相对。路魆将虚数概念引入，明确"我"作为"山魈之子"，其实就是一具空虚的肉体符号单位"i"，还戏仿出莱布尼茨对虚数的注释："哦，虚数是美妙而奇异的神灵隐蔽所，它几乎是既存在又不存在的两栖物。"[③]将数学专有名词植入小说文本，代指因感孕而生的"无我之我"，这种对人的主体性消失的彻底追问与创造性批判是需要勇气和决心的。"暗子图谱"作为《暗子》里面的第一个重要章节，主人公"我"所有的努力都是试图去适应、排解、说服自我的"虚数"特征，却矛盾重重，这与卡夫卡小说的寓言调性如出一辙。第二，虚无。具象地说，《暗子》是一本虚构的回忆录，回忆录的内容借助市剧院的舞台进行特定演绎，并在实景舞台、浩瀚心境里面自由转换；抽象地说，它更是一场梦、一个世外桃源。

---

① ［奥］弗兰兹·卡夫卡口述，［捷克］古斯塔夫·雅诺施记述，徐迟译：《阅读是砍向我们内心冰封大海的斧头》，天津人民出版社 2021 年版，第 11 页。

② ［奥］弗兰兹·卡夫卡口述，［捷克］古斯塔夫·雅诺施记述，徐迟译：《阅读是砍向我们内心冰封大海的斧头》，天津人民出版社 2021 年版，第 11 页。

③ 路魆：《暗子》，时代文艺出版社 2022 年版，第 38 页。

它所呈现的对人、事、物某种确定性东西带来的不确定性导致的虚无感是无法抹去的。比如，主人公"我"不仅是一个纯虚数，还是孙圣西，同时又是"K. T."；市剧院的特制药水有清空记忆的功能，所有演员必须经过凤凰涅槃般的磨炼才能对这种药水产生免疫，且必须产生免疫，等等，类似这种循环而必然的痛苦在《暗子》中随处可见，让人不得不在痛苦的虚无面前低下头颅。第三，虚妄。鲁迅先生在《野草》中反复强调"绝望之为虚妄，正与希望相同"，提醒我们对人生的绝望要保持高度的质疑，避免从绝望走向虚无，抵抗虚无是应当坚守的一种精神姿态。与鲁迅先生的正向鼓励不同，路魆直面人的肉体与精神双重面向的虚妄，毫不掩饰"我"遭遇的人间荒凉，当"我"卷入一场又一场斗争，辗转一个又一个栖息地，背负一个又一个阴谋，一次次误入幻境……所有的虚妄，都是为了确证"我"的一生，此刻，"我要向你们解释我一生的故事"① 的宣言拥有了西西弗斯般的伟大意义。

实际上，20 世纪西方现代主义、后现代主义、存在主义等文学思潮给中国文学产生的巨大影响成为一个时代文化缩影的集中体现就是对文学"荒诞"的抒写，20 世纪 80 年代的中国文坛，出现了一批极具西方现代性的荒诞派作家和作品，比如宗璞的《我是谁?》、王蒙的《蝴蝶》、陈村的《美女岛》、刘索拉的《你别无选择》、徐星的《无主题变奏》、残雪的《苍老的浮云》、格非的《褐色鸟群》、莫言的《透明的胡萝卜》、苏童的《我的帝王生涯》……这些作家深受艾略特、卡夫卡、加缪、萨特、福克纳、尤金·奥尼尔、马尔克斯、德里达等创作和批评大师的影响，成为 80 年代中国文学参与世界文学对话、积极讲述中国故事、发出中国声音的时代先驱。直至今日，虽然 80 年代成长起来的那一批经典先锋作家面临着不同程度的返场或转型，但这种无形或有形的影响依然存在，仍不过时。美学理论家潘知常说："作为美学范畴，荒诞的出现，意味着一种全新的美学评价态度的觉醒，它以一种特定的方式来满足当代人类的生命需要。从审美活动的类型的角度，荒诞是通过对'文明'的反抗的方式；从美的类型的角度，荒诞是通过平面化的方式；从美感的类型的角度，荒诞是通过零散化的方式来满足人类生命活动的需要的。"② 《暗子》的写作就是青年路魆对荒诞文学传统的有效模仿与继承。

---

① 路魆：《暗子》，时代文艺出版社 2022 年版，第 353 页。
② 潘知常：《荒诞的美学意义——在阐释中理解当代审美观念》，《南京大学学报》（哲学·人文科学·社会科学版）1999 年第 1 期。

二、在才华盈余中历尽想象狂欢

关于《暗子》，著名作家弋舟在一篇读后感中毫不吝啬地夸赞路魆的才华和写作的精神，称"接受路魆，便意味着部分地反对自己"[①]，特别是那些重复着祖先原初创造的既得利益者。"这部孤雌生殖或者虚数的文学作品，兑现了某一部分我那阅读的传统诉求——它的句子写得真的是好，路魆也真的是渊博；同时，它还部分地摇撼了我，让我从那种昏昏欲睡的审美惰性中苏醒，依稀看到了，新鲜的美。"[②] 路魆的出现，必将使一部分守着祖宗遗产混吃骗喝的作家从甜美的梦中惊醒，看看这颗"新星"的光芒和成色，如果他们装睡，视而不见，丧失的只会是自己的领地。为什么路魆有如此大的能耐，能得到弋舟如此高的评价？我想，这是《暗子》呈现的艺术张力带给我们的理论自信。《暗子》的张力，是借助文本汪洋恣肆的想象力来实现的。

想象是一种文学境界，是考量作家个人魅力、才华、核心竞争力最重要的指标。想象之于文学，如同水之于鱼、空气之于人类。笔者认为，想象力解读是研究《暗子》必不可少的一个切入视角，《暗子》的文学想象会让我们思考有关中国文学想象力的诸多问题。中国文学想象力缺乏的问题由来已久。早在20世纪90年代，《长城》杂志在"文学与想象力"栏目里的诸多讨论引人深思，学者封秋昌曾说："为什么许多作品缺乏艺术的独创性与个体特征？为什么公式化、理念化、雷同化的创作倾向总是挥之不去？为什么许多作品中的所谓'生活气息'总是停留于形而下层面的'逼真'，而少有形而上层面的更具普泛性、人类性的艺术概括？其中一个重要原因，就是满足于对具象的再现、摹写，乃至热衷于'揭秘'，偏偏缺乏在文学想象推动下的对现实生活打碎后的重铸与再创造。"[③] 也就是说，我们许多作家的创作与现实生活、人物及其情感贴得太近，太依赖于固有的现成的经验和想象，无法从既有的素材与感受中抽身，从而努力创造一套属于作家自我的独特语言系统、阐释系统和情感系统。20多年过去了，这一现象仍未改观，时代的车轮向前滚动，携带的黄金或泥沙都对

---

① 弋舟：《孤雌生殖或者虚数的文学》，《长篇小说选刊》2021年第6期。
② 弋舟：《孤雌生殖或者虚数的文学》，《长篇小说选刊》2021年第6期。
③ 转引自孙书文、董希文：《想象是一种深度——关于当代中国作家文学想象力的对谈》，《百家评论》2013年第4期。

当代文学想象力创作与阅读带来了新的挑战，呈愈发严重之势。这些新的挑战包括：第一，新兴科技元素对传统文学想象的"祛魅"。科技的日新月异极大地扩展了人类对复杂领地与情境的开掘，使得原本只停留在幻象阶段、潜意识领域的思维和空间具象化，原来许多具有神奇色彩的民间传说、民俗风物变得不再神秘和陌生。比如，"嫦娥奔月"的传奇诉说千年，在文学史上诞生了多少人类通过"月亮"这一意象寄托相思、吟诵美好、想象浪漫唯美的经典作品，今天的月亮恐怕只有在幼儿的瞳孔中存有文学想象与精神启蒙的功能，不然在康德"头顶的星空"照耀下 200 多年后的今天，人们依然重提"仰望星空"的深意何在呢？当然，这里并不是要否定新兴科技发展给人们生产生活带来的便利和享受，而是要提醒我们的作家、读者在新时代要对文学想象力有更深度的敬畏、自觉和反思。第二，视觉文艺盛行对文学想象力的消解与扁平化处理。"读图"时代的到来，自然地使人们更倾向于轻松地用眼识图观相，而不是用脑进行建构想象，久而久之，人类的文学想象力在不经意中因缺少锻炼而日渐衰退。当前，各种文学名著的影视改编，传统文学经典的通俗化、插图化、动漫化，短视频的风靡一时，等等，对年轻作家和读者的想象力冲击是可想而知的。这也是当代文学写作越来越同质化、鲜有趣味和新意的原因之一。第三，当下文艺界的浮躁心态也造成了想象力一定程度的匮乏与无力。莫言把想象力比喻为"文学的灵魂"，没有"灵魂"的文学是成就不了伟大作家与作品的。而"灵魂"深处的文学一定是在岁月的长久考验中提炼出的精品，犹如价值连城的宝物，远不可一蹴而就。当下一部分作家心态浮躁，功利心强，倾向于走近市场，远离灵魂，连端正的态度与基本的素养都没有，更谈不上深厚的历史积淀与"十年磨一剑"的艺术初心，建立在天赋、灵感、积累、锤炼基础上的文学想象力又从何而来呢？

回到路魆，回到《暗子》。《暗子》开篇第一句是："我出生在第五纪的×市，没有确切的出生年月。自幼年时代，妈妈便多次跟我说，我没有人类父亲，我是她感孕而生的孩子。"[1] 这样的一个开头足够惊艳，它把人类诞生的方式从源头上进行自定义，先解构再建构，建构之后的"我"既是"i"，又是"K. T."，成为一个"无我之我"的纯虚构的符号，却有正常人类的血肉之躯与灵魂之思。弋舟称《暗子》里"孤雌生殖是最大的想象"，它已经完全脱离我

---

[1] 路魆：《暗子》，时代文艺出版社 2022 年版，第 3 页。

们人类现世的感觉、经验和判断，路魆在自我想象的王国用杰出的语言设计和巧妙构思把读者带到一个完全陌生的想象世界，同时反观人类自身的模样与处境，"暗子"在此获得了丰富的隐喻。同时，《暗子》的想象性叙事又不同于如今市面上宣称拥有夸张、怪诞、离奇效果的猎奇创作，如玄幻制作、穿越题材、私人化写作等，这些作品在想象力外衣包裹下只剩下真实的快感与欲望，它们拒绝崇高，拒绝痛苦，拒绝信仰，拒绝深刻，丧失了文学理应承载的价值担当和理性反思精神。除去这一"最大的想象"，《暗子》中许多场景的描述、情节的推演、时空的跳跃都洋溢着作家发散性的才华，极端考验读者的阅读与审美能力。在路魆的笔下，人死可以复生，柚子水可以洗去霉运，房间可以瞬间从餐吧变成厕所，"我"与妈妈可以是"孪生子"，等等。路魆善于从人的思维定式处开掘新的经验与表达，无数的想象成为他展现个人才华的整体场域，使得《暗子》获得丰富的阐释空间，文学性和艺术张力得到大大提升。有了对当代文学想象力状况的清醒认识，《暗子》的想象性叙事更凸显其意义，仅凭这一点，我们理应对这样一位来自南方的青年写作者的未来抱有信心和期待。

三、在"无我之苦"中实现困境突围

前文讲到《暗子》的想象力问题时，笔者引用了《暗子》开头那一段对主体"我"的自定义，这种对"无我"的界定与想象在确立小说基本调性的同时，还关涉另一个更为本质的问题，那就是对人的存在的价值追问与困境突围。这也是卡夫卡作品经常表现和揭示的主题。

污秽的起源，神圣的寄望，那是我一生的矛盾……妈妈是我童年时唯一的依靠，即使她满嘴胡话，在信与不信之间，我的童年乃至青年时代，依然承受着一种难以言说的"无我"之苦——它是一块多棱石，可触可感，痛感鲜明而丰满。①

书写回忆录是我每天的工作，它有利于人事部根据材料判断我的角色定位，顺便大发慈悲地救治我所谓的"无我"之苦。②

---

① 路魆：《暗子》，时代文艺出版社 2022 年版，第 4-5 页。
② 路魆：《暗子》，时代文艺出版社 2022 年版，第 8 页。

妈妈关于山魈的噩梦，感孕的妄语，认为我需要被净化、重新确立人格的渴求，都是在这个区间内生活的意识产物。……外祖父的愿望以惊人且相反的方式落空了，他没有给妈妈带来书籍的温润，而是错手将她推向更深重的幻境，并最终促使我今天站上这个舞台，向你们回忆我的"无"我之苦。①

张先生的话刺中我敏感的内心——后裔是灾难？我的出生给妈妈带来了多少屈辱？但我没有主动选择降生至世上，降生后，我的脑袋空无一物，连自己为何出生都无法知晓。②

"无我之苦"在小说开始部分被一再提及，也是推动《暗子》情节发展、空间转换、人物情感积累的核心杠杆，一切都是为了给"我"的存在找理由。可以说，《暗子》是对世纪之问"我是谁、我从哪里来、我到哪里去"的一个颇具意味的艺术表达，深刻地传递出作家在一套虚构的情感逻辑里对人的边缘性生存处境的叩问，同时延展着新时代读者对现代小说展现痛苦、欲望、荒谬、困境以及在此基础上力求救赎与突破的文学认知，显然这一认知的历史可以从中西文明交融共生的伟大传统之中找寻。

第一，存在之痛。《暗子》执着地做着对人的存在及其价值的哲学思考与追问。路魈非常有现代意识，他从一份完全虚构的回忆录入手，凭借想象性的语言流畅而大胆地解除了小说与现实生活的必然联系，在痛苦、荒诞、悲哀诞生的地方停留，并以此为据解剖自我、解剖人性，有哪位作家对人类母题存在的思考是从否定人的存在的源头出发的呢？笔者认为，《暗子》展示存在之痛的根本意义在于，在对"无我"的追溯与确认中，作家的"无我之苦"成为人类精神世界面临的普遍困境，路魈深陷其中，在经历过市剧院、废墟者的领地、海岛、苹果园、沙门寺、须弥山等重要空间场域的传奇经历与辗转之后，更加孤寂决绝。无畏挣扎的同时，也在这个"暗子"的世界无畏痛苦，正因为这种无法共情的痛苦，这个世界更多的虚妄、悖谬、煎熬、残忍等非理性的东西被作家挖掘呈现，坚强、悲壮如卡夫卡——"他不顾非存在的威胁，勇敢而谦卑

---

① 路魈：《暗子》，时代文艺出版社 2022 年版，第 19 页。
② 路魈：《暗子》，时代文艺出版社 2022 年版，第 23 页。

地承担起了这个世界的全部重负"①。在当代文学现场，对现代小说精神拥有高度自省自觉的作家来说，每个人都在思考存在主义大师雅斯贝尔斯开创的"此在—存在"结构的深刻性与象征性，因为文学是思想者的事业，同时还是失败者的事业，更是想象者的事业，这些对于人类思维深处痛楚与困境的揭示对作家来说永远具有魔力，《暗子》制造的迷宫足够隐晦曲折，也足够隽永深刻。

第二，困境之思。雅斯贝尔斯在《存在与超越》一书中对"现实"与"处境"的关系做过清楚的思辨，认为"一种现实，不仅是自然规律的，而且尤其是具有意义的现实，它不是就心理而言，也不是就生理而言，而是同时就身心两方面而言的具体现实，它对我的实存意味着或者有利或者有害，或者是机会或者是限制，那么，这种现实就叫作处境"②。在《暗子》中，"我"的存在本身是个巨大的疑问号，这一问题的必然解决而不得的矛盾使"我"痛苦，也把"我"置入一种雅斯贝尔斯所强调的"时而有害时而有利"的现实境地，但不管是机会还是限制，"我"都无法摆脱处境规约而深陷于处境限制的深渊之中。《暗子》的讲述也非常清晰地揭示了这一点，无论是"我"在市剧院倾情写就的回忆录表演，还是在帝国旅店的遭遇、苹果园的劳动，以至于最后对山魈的照顾，"我"一直都在寻找答案与出口，没放弃任何可能的确证机会，连"我"的妈妈都说："我终于了解到你是那污秽、痛苦和虚无的三位一体。但我想，你会找到清洁自己、充实自己的方法的。"③ 富有意味的是，"我"也深知，"母爱，是理解从她身体脱胎而出那个意识之呼吸的表现。在找到清洁我自己的方法之前，我得先把她弄干净"④。无论做何种努力，"我"都无法摆脱这些实存和未知，它是极端，是边界，是困境，犹如卡夫卡笔下的"地洞"，作家和"我"同时必然地撞到这困境的边缘，这也是存在的命运。《暗子》动人的艺术张力在此刻再一次得到彰显。

第三，救赎之路。在 20 世纪现代主义文学史上，卡夫卡是预言家，是先知式的人物。这个小保险公司职员以一种特殊的方式经历时代的复杂与痛苦，"卡夫卡正是以自己的深刻体验和思索，洞察着 20 世纪人类所正在塑造的文明，对

---

① [奥] 弗兰兹·卡夫卡口述，[捷克] 古斯塔夫·雅诺施记述，徐迟译：《阅读是砍向我们内心冰封大海的斧头》，天津人民出版社 2021 年版，第 41 页。

② 转引自徐崇温：《存在主义哲学》，中国社会科学出版社 1986 年版，第 275 - 276 页。

③ 路魆：《暗子》，时代文艺出版社 2022 年版，第 199 页。

④ 路魆：《暗子》，时代文艺出版社 2022 年版，第 199 页。

20 世纪的制度与人性的双重异化有着先知般的预见力"①。《在流放地》《乡村医生》《变形记》《城堡》的情节与人物无一不是在一种多义的未完成性中揭示人的痛苦与异化，隐喻了现代人无处不在的陷阱与困境，是退还是进，是攻还是守，卡夫卡的回答是消极的。当人类经过两次世界大战发展到更为文明、更为包容共生的 21 世纪，笔者想说的是，今天的作家面临的社会处境已少了很多卡夫卡式的痛苦与荒诞无稽，他们也在试图改变现状，扛起文学反思社会、拯救人心的大旗。也许，困境最大的魅力是在于被克服、被冲破。路魆自称，今天的他一个人待在农村安静地写作，却内心翻涌，《暗子》的神秘感、想象力、艺术张力和撕扯感已很好地确认了这一创作状态，同时借助主人公大声地宣称："我叫孙圣西。我要向你们解释我一生的故事！"这一刻，终点回到起点，路魆为所有的故事与人物完成了一次极富挑战和结构张力的"圆环"书写，人类想象的困境被救赎。

北大中文系教授吴晓东老师在分析西方现代文学经典时，认为"最后一个幸福的现代主义者是普鲁斯特"，因为普鲁斯特至少在 20 世纪的时空交错中找到了自己存在的家园，有家园即意味着有归属感和幸福感，尽管是虚幻的。但 21 世纪的我们可能连这种虚幻的满足都不敢奢望，这是真的吗？这里，笔者想到《暗子》的力，想到路魆的真，更想到未来青年一代写作的多种可能性，为此，有了以上的文字。

（作者简介：佘晔，湖南邵东人，湖南省文联《文艺论坛》编辑部编辑）

---

① 吴晓东：《废墟的忧伤——西方现代文学漫读》，北京大学出版社 2018 年版，第 3 页。

"幻觉的风景"

——论陈陟云的诗

冯 雷

　　和许多专事创作的诗人不同，陈陟云一度从诗歌的浸淫当中抽身而出，在近二十年的时光当中，他的诗歌产量是比较低的，这使得他的《英雄项羽》（四首）等复出之作看起来多少显得有些"生疏"。这并不说他的这些诗写得不好，而是说这些带有文化史诗意味和高亢悲壮之情的诗歌与诗坛流行的创作风气有些不大合拍。当然，写作本来就没有必要趋附时代的热潮。胡适一再告诫年轻人，对"自己的学习前途的选择，千万不要以社会时尚或社会国家之需要为标准。他们应该以他们自己的兴趣和禀赋，作为选科的标准才是正确的"①。艾略特借着对玄学派诗歌潮流的讨论，指出诗人的"唯一条件是诗人把他所感兴趣的东西变为诗歌，而不是仅仅采用诗歌的方式来思考这些东西"②。事实上，笔者想没有谁会质疑陈陟云的诗人"血统"和身份：20世纪80年代初他把生命中最青涩的部分同校园和诗歌联系在一起，并且见证了当时还名不见经传的诗友"小查"生前的低调、谦逊与沉默③；经过二十多年的"沉潜"之后，陈陟云的名字开始出现在《星星》《大家》《花城》等诸多重要的诗歌刊物上，他的创作引起了不少诗评家的注意，第一部个人诗集《在河流消逝的地方》（广州：花城出版社，2007）也颇受好评。但诗歌始终只是他业余生活的一部分，他的作品大多写于旅途上，尤其是凌晨时和失眠时，在晨昏交替的时刻，

---

　　① 胡适：《胡适口述自传》，广西师范大学出版社2005年版，第47-48页。

　　② ［英］托·斯·艾略特著，李赋宁译注：《玄学派诗人（1921）》，《艾略特文学论文集》，百花洲文艺出版社1994年版，第24页。

　　③ 参见陈陟云：《八十年代的北大诗歌，我们生命之中的青春小站》，《在河流消逝的地方》，花城出版社2007年版，第131、132页。

诗人常常置身于"幻觉的风景"中,"在无人离去的地方,我目睹一个人的离去/在无人哭泣的时刻,我掂量着一颗泪水的决绝"(《幻觉的风景》,2009)。这样的想象很像是日常生活中的揽镜自照。在笔者看来,与陈陟云对本质——表象的追问相联系的是,在他的诗歌里似乎时常显现着一面镜子,并映照出诸多镜像。而且对镜像的营构已经成为陈陟云诗歌的一种想象方式和写作习惯。就此而言,陈陟云的诗歌既是一组"幻觉的风景",同时又是他捕捉、观察"幻觉的风景"的一面镜子。

一、镜中景象

"镜子",在陈陟云的诗歌里,也许不是他最为偏爱、出现频率最高的意象,但在笔者看来,"镜子"以及镜子所呈现的"镜像"群落,却是一个非常重要的支点。由镜子延伸、变形而去,诗人对画、蝴蝶、影子、桃花源等做了许多非常精彩的描述和运用,表达了许多微妙的感受。因而,"镜子"是陈陟云诗歌里一个极耐人品味的核心意象。

镜子是客观真实的存在,但镜子呈现的镜像同时具有真实与虚幻两种品质。把镜子引入作品当中,给陈陟云的诗歌增添了许多虚实相生、形影相交的况味。

日有所思夜有所梦,"梦话"是人的日常经验在潜意识状态下的变相表达。《梦呓》(2007)讲述的就是这样一种带有虚幻性质的"无从把握的情绪"。诗人想象在"某生某世,一个春意酣然的下午",伴随着"婢女款款而至"而与"你"相遇。但所有这一切终究不过是一场无从追寻的镜花水月——"但时间的密码遗落在历代,墙墙林立",或许这可以理解为是暧昧的梦幻碰壁而醒吧。接下来诗人写道"铜镜悲情而嘶哑","铜镜"是梦醒之后第一个有形的意象,面对铜镜,悲情与嘶哑油然而生,镜子里的美妙与虚幻都烟消云散,取而代之的是"一尊光滑的柱子,被刻上难懂的图案"。这样,之前、之后的种种景象也就不妨看作诗人揽镜自照看到的风景。而"镜子"的妙处则在于把诗人直观的自我言说,转换为诗人的自我观照,将单一的直抒胸臆转换为可视可见的形象——意象,使诗歌分离出了主观和客观两个维度。

相似之作又如《另一种雪景》(2007)。"深爱着我的人,伤害我最深",一句流行歌词触发了诗人内心的创痛感。在三种纯洁而又无比强烈的激情中,罗素把"对爱情的渴望"放在第一位。不过需要小心的是,除非别有心裁,否则类似失恋、背叛这样的主题就很容易被口水淹没，落入恶俗的窠臼。而陈陟云则仅仅写了三行，便又一次借助"铜镜"，很快就把创痛的联想融入"看到"的"景色"中去：

雪景渐渐清晰／我看到她们在雪地上清理我的遗物／枫叶若干，色泽依旧／恍如谁人在夏夜里的羞晕／曾经春水丰盈的铜镜／坐等其中的是谁／盒内一堆凌乱的手稿／书写了何人的心思／想象力无疑是一种障碍／只架起了景色中的残骸

"遗物"意味着生命的终结，"手稿"象征着记忆的延续，诗人从"铜镜"里则看到了遗物被"清理"，手稿"凌乱"成堆，种种想象只不过"架起了景色中的残骸"。抽象的情绪，转而成为具体的、生动悲怆的画面。

通过镜子来生成画面，这样的技巧，陈陟云算得上是得心应手。

不过，在《另一种雪景》中，"镜子"还有一重妙用。诗人不但从镜子里看到了"我"，看到了"她们"，通过镜子实现了自我—物象的二重关系，而且还通过镜子在自我—物象之间又增加了一重镜像。在"坐等其中的是谁"一句中，"其中"当然是指"镜子"中，而"谁"则是"她们"和"我"之外的第三者，既是"我"的所见，又是物的呈现，是介于自我—物象之间的第三重界面。这样，自我—物象之间的二重关系便成了三重乃至多重关系。

且看《风暴》（2005）：

不知何年何日何生何世／隔岸的你也在镜中看我／大海如镜／天空如镜／而镜镜都是我的骨灰

"我"和"你"通过"镜子"彼此观看，镜子的作用不再单纯是呈现物象，而是成为"你""我"产生关联的一个特殊环节。回到诗歌自身，第一节似乎偏重于写"我"的感受，第二节则由"我"向"你"过渡，"看着身旁酣然入睡的你／竟看出了隔岸的距离"，在第三节里，因为距离产生的生疏感，"我看你"转而成为"你我互看"，于是"镜子"便成为"你""我"的叠影与合影。接下来，"大海如镜／天空如镜"，满天满地都是镜子，则处处都是"你""我"的互看，本来只是平面的互看，经由镜子，则成为立体的、有如"风暴"一般的彼此审视。

二、虚实相生

对镜而立，揽镜自照，为的是反观自身，确认自我，这是日常生活中习以为常的情景。但是从象喻的意义上来看，自我又常易被外物所牵绊、遮蔽，乃至扭曲、变形。所以，镜子便是表象—本质的重要中介。

陈陟云的诗歌，一方面表现出对寻找和考证本身的不信任，他固执地认为"彼岸"是"难以言达"的所在，"情绪"是"无从把握"的东西（《梦呓》），人们只是"被规范化的表现所惑"（《那人是三十三只鸟》，1987），甚至断言"事物的真相我们根本就不可叙述"（《事物的真相我们根本就不可叙述》）；可另一方面，又总是流露出他确证自我、探寻本质的兴趣，诗人确信"事物的性质就在于没有幻景的确定性"（《事物的确定性》，2010），试图要"确证存在的真实/以真实的存在/对抗虚幻，守护转瞬即逝的过程"（《那拉提草原》，2007），他在长诗《新十四行：前世今生》中也一再谈及抵达、还原事物的"本质"。这两个方面之间有些微妙的矛盾，而事物的本质之所以难以确定，或许就是因为真假相叠，让人无从判断吧。

李洱的小说《花腔》（2002）讲述的是一段难以考证的历史谜团，其中有一首小诗："谁于暗中叮嘱我，/谁从人群中走向我，/谁让镜子碎成一片片，谁让一个我变成无数个我？"陈陟云的《何以为镜》与之非常相似。这首诗所要表达的，笔者觉得也还是对于自我的寻找和质疑。"我难以看到自己/我根本就看不到自己/我根本就无法看到自己"，诗人起笔便将对"自我"的质疑连升三级。接下来，诗人便通过各种各样的"镜子"来确证自我。诗人分别"以镜为镜""以井为镜""以江河湖海为镜""以天空宇宙为镜"，但镜中的镜像总是存有局限，总是让人无法得到一个满意的答复。所以诗人不再希求从"镜子"里反观自我，并起而"把镜打碎"，于是"我从梦中之梦的镜中之镜里/终于看见了千万个我自己"，梦中有梦，镜中有镜，"一个我变成无数个我"，哪一个才是真正的"自我"呢？德国著名的"钱迷"、《围城》和《我们仨》的德文译者莫芝宜佳把西方的镜子母题分为道德之镜、自恋式那喀索斯之镜、玄想之镜和爱情之镜①。陈陟云笔下破碎的镜子无论是从主题还是从表现方式来看，

---

① ［德］莫芝宜佳著，马树德译：《〈管锥编〉与杜甫新解》，河北教育出版社 1997 年版，第 90 - 97 页。

都和西方文化中喻指神秘的玄想之镜有几分暗合。

《新十四行：前世今生》中第六章第九首描写的是现代生活的负累。作品写得很真实，把生活场景引入了诗歌中，然而物质生活并不能慰藉诗人的心灵，反倒成为心灵的桎梏：

> 薇，从房子的镜中走出，走进车子之镜
> 往后退去的道路，人群和车流，是永远也留不住的镜像

从一个镜子中走出，又走进另一个镜子，镜像的彼此映照和交织，形成一座"镜城"，幻化出千万个身影，然而无论怎样穿梭，都留不住一个镜像，只显现出诗人灵魂的疲态。

长诗第三章第六首处理的是时间、记忆题材。诗人重返校园，激活了往昔的回忆，然而物是人非，青春不再，"一尾干腌的鱼"在"陌生而不再清澈"的水中勉强"游动"，似乎是要提示诗人记忆的干枯与乏力，"相隔已远的空间"无法"复制、粘贴"到现在，"投进你的生活，倾听却来自镜框之内的蝴蝶"，如果说过去—现在成为一组镜像的话，那么"蝴蝶"和庄周梦蝶的典故则无疑大大拓展了镜像的景深，或者说又增加了一组镜像。是庄周梦蝶，还是蝶梦庄周？"镜框之内"的"倾听"者是蝴蝶还是庄周呢？这样追问下去，很快就会触及存在于虚无的终极命题。于是"一束光晕"，恍若白驹过隙，"尘埃落定之后荡然无存"。

其实，蝴蝶与庄周本身也可以视为一组镜像，二者彼此指涉，互为真实。而诗人也许是对镜像与本质、存在与虚无之间难以厘清的关系情有独钟，一再写到"蝴蝶"。在《暗恋桃花源》（2008）里，"蝴蝶"沟通了"历史—现实—舞台—隐喻"之间的彼此转换。在《深夜祈祷》里，"蝴蝶"在"深夜—时间碎片—往事"之间穿梭、飞翔。在《喀纳斯河》（2007）里，"蝴蝶"在拼接河流两岸的同时，也把现实和梦境拼接在一起，"终于梦见自己是一只昆虫，像在狐影中迷途的书生"。而变为昆虫的情景，又不禁让人想到卡夫卡《变形记》里的甲虫。现实和梦境，究竟哪个更合理，哪个更加荒诞？不能不提的还有《两只蝴蝶》（2005），这是一首纪念萨特和波伏瓦的略带哀婉的诗，"蝴蝶""在梁祝的怨曲里飞入我的梦境"，也是一段稍显晦涩的关于讨论存在与虚无的思考，"蝴蝶其实只是一种躯壳"，"当然躯壳也有可能正是梦境之中的梦境"。

通过"蝴蝶",映照出存在与虚无、生存与死亡,"有多少梦境接近真实/多少真实化为梦境"(《与一滴雨的邂逅》,2007),"蝴蝶"本身也变成一组难以索解的多重镜像。

三、多重镜像

尽管陈陟云也曾辩解说自己"无意造景"(《雨在远方》,2011),可他的诗里总有重重叠叠的景致,"梦中有梦,镜中有镜"。诗人在诗歌里常常营造、拓展出一种空间的层次感。

在《画》(2007)和《雨在冬夜》(2011)里,构图的基本元素由"镜子"分别换成了"画"和"窗",窗户、画和镜子的相似之处就在于可以容纳无限的风景:

穿越一面墙,是另一面墙上的画/辽阔的水面之侧,有人/背对我,走向远方/远方是密密的白桦林和白桦林后的黑暗/……/我两眼潮湿/是该把她从画中唤出/还是走进画内,比肩走向远方,走向黑暗

——《画》

墙上有画,画中有人,再往远处是白桦林,以及白桦林之后无边的黑暗。这是一幅很有纵深感的画面,同时也是一面很有意味的镜子,让诗人出神,看着画里的"她"不知是该"把她从画中唤出",还是"走进画内"。

正中是窗。叙述的主体不在图中/……/此刻,谁能起身,推开窗口?/谁能让潮湿的风,带来另一种叙述?/或者,谁能推窗入图/背倚寒风,与我相视?

——《雨在冬夜》

凭窗而立,犹如观画,叙述的主体当然"不在图中",但是窗户像画作一样呈现了曼妙的画面,又像镜子一样,呈现了"叙述的主体"之外的、"与我相视"的"另一种叙述",以至于让诗人纠结是该"推开窗口"还是"推窗入图"。

而无论是"走进画内"也好还是"推开窗口"也罢,所见所看终不过是镜

花水月，让人"枉自嗟讶"。

有的批评家注意到陈陟云多写雨、写夜、写雨夜①，有的评论家指出陈陟云的写作跟河流有着特殊的关系②，这的确不假。不过笔者感兴趣的是，蒙蒙雨幕和荡漾的水波，难道不正像是层层叠叠的影像吗？它们在诗人的心弦上撩拨起的同样是"恍如隔世"和"似曾相识"的惆怅，只不过雨中、水中的影像更加模糊朦胧、幻化无形罢了。

《化境》（2010）所要表达的可以说仍然是关于"真实和虚幻"的思考。诗人一开始就写道，"构筑一个空间，让真实和虚幻依次轮回"，在诗人看来，真实和虚幻只是"依次轮回"，无法确认哪个才是实有的。为了表达这种想法，诗人在这首诗里引入了"影子"的意象，影子与镜子的相似之处在于它也提供了一个图像，只不过是把图像轮廓化和简略化了，从这个意义上来说，影子也可以看作一种镜像。诗人写到了手、吻、叹息这些赋予生命热度的身体意象，极力想要"抓到一次真实"，但这些终究仍是虚空，只不过是"从一个剪影进入另一个剪影"。如果说《画》《雨在冬夜》中的多重镜像具有比较明晰的层次感的话，那么《化境》的层次感倒和雨、水有些相似，"影像模糊/真幻的界面交错而过，在水中起伏"。

"梦中有梦，镜中有镜"，之前所述的镜像都是从大到小一环套一环。而有的诗里，镜像则由平面变成立体，并且是从小到大，向外扩张，空间感更强。

读陈陟云的《红酒》（2007）总是让我想到卞之琳先生的《圆宝盒》。卞之琳从"圆宝盒"里看到了"全世界的色相"，最终感叹无人戏弄自己的"盆舟"。而陈陟云把玩着一杯红酒，一只酒杯便容纳了大千世界，自己隐进酒杯里，里看到了大雨、少女、葡萄等无限的风光，"杯中的风景总是来自远方"，一饮而尽之后，让人回味的恐怕不只是"一只水晶玻璃杯"吧。

又比如《偶感》（2007）：

捕鱼人归来。他把海风装进瓶内/瓶塞是他的船/稳稳抛锚　再回过头时，瓶/已被抛进/大海

---

① 张清华：《南国雨夜中的词语幽灵》，《南方都市报》，2011年7月6日B21版。
② 荣光启：《"从景色进入元素"》，载陈陟云：《在河流消逝的地方》，花城出版社2007年版，第29–31页。

瓶在手中，人在船上，船在海中，瓶被抛入大海，瓶塞却是他的船。这样的构型是不是很容易让人想起卞之琳笔下的"珍珠——宝石？——星？"。更典型的是《石子》（2005），这也是一首很有意味的思考时空位置关系的诗。诗人在河边行走，看到了颗颗美丽的石子，进而体悟到对于浩渺的宇宙而言，自己置身其中的星体不过就是一颗小小的石子。非但如此，陈陟云还把空间和时间联系起来，又由石子联想到终结与存在："星体存在之后／又会被终结／而我被终结之后／还会存在么？"这种交替与轮回真好似博尔赫斯"命运的迷宫"一般。而迷宫的尽头还是那枚小小的石子。石子投入河中，击水的声音和美丽的弧线打断了诗人的思考，不过同时似乎又开启了时空迷宫的另一扇门："我和石子运行的弧线／谁会更加优美？"

四、结语

陈陟云像个延宕的王子一样于存在与虚无的互搏中徘徊，他"无意造景"，但又营造了形形色色、亦真亦幻的镜像：镜子、蝴蝶、戏台、影子以及窗户、图画、酒杯等，它们一起构成了"幻觉的风景"。不过，这样的风景于诗人而言并不见得多么清丽："悲情而嘶哑"的铜镜，"折断翅膀""成为标本"的蝴蝶，"枯坐已久""无法留住"的影子，以及盛满"楚歌的悲凉"的杯盏，这样的搭配、修辞还有很多，甚至可以说已经成为一种陈陟云式的写作习惯。这种情况正显现了诗人内心对由"镜子"以及镜像所折射的现实的怀疑。诗人的笔下呈现出万端"幻觉的风景"，但与其说那些"幻觉的风景"是诗人脑海中的海市蜃楼，倒不如说它们是诗人思考的背景，呈现了诗人内心某种现代人的焦虑。"揽镜自照，我们所见到的不是现代人的影像，而是现代人残酷的命运，写诗却是对付这残酷命运的一种报复手段。"[①] 从早期的浪漫抒情，到近期诗歌中流露出浓重的质询和求索的气质，从抒情的放逐到稍显涩重的哲学思辨，陈陟云这种转变除了诗人自身心智上的成熟之外，恐怕也和社会转型以及诗歌自身探索有着密切的关系。在笔者看来，陈陟云诗歌的"转变"非常生动地显示了诗歌在近二十年中的变化和走向，即"从具体的个人经验出发探索意识的转变

---

① 洛夫：《诗人之镜》，《石室之死亡》，创世纪出版社 1965 年版，第 2 页。

与从意识的生长变化去讨论经验"①。笔者认为，从诗歌自身演变的角度来看，陈陟云也正显示了诗歌自身在面对复杂经验时的成熟和稳健吧。诗歌是一种想象世界和感觉自我的方式，当世界所需要的不再只是简单的道德表态时，当世界在葱茏的绿色中裸露出越来越多的高楼大厦时，诗歌的感受与表达当然也需要有所改变。诗歌何为，诗人何为？这样的问题，恐怕只有追问，而永远都没有答案吧。

（作者简介：冯雷，山西太原人，文学博士，北方工业大学文法学院副教授）

---

① 中国诗歌研究中心主编，王光明编选：《2002—2003 中国诗歌年选·前言》，花城出版社 2004 年版，第 8 页。

空间隐喻建构与存在思索

——谈路魆《暗子》的空间艺术

陈坤浩

路魆是近年来创作成就较为突出的"90后"新锐作家之一，目前已在《人民文学》《收获》《青年文学》《钟山》《花城》《作家》《江南》《山花》《天涯》等权威刊物发表数十篇作品，出版了小说集《角色X》《夜叉渡河》、长篇小说《暗子》。路魆的小说具有极为鲜明的个人创作色彩，空间感极强，构建了一个个充满梦幻色彩、荒凉潮湿的独立世界。特别是他的长篇小说《暗子》，打破了传统小说叙事的时间神话，有意识地强化空间的叙事功能，利用空间的隐喻性来表现人物不同阶段对"存在"的探索与觉醒，并通过空间的变易来推动整个叙事进程。其实长期以来，传统的小说创作一直都强调用历史的视角与思维去思考问题，重视时间的线性秩序，也正是如此，导致对空间的忽视。但全球化发展以来，我们面对的是一种多样化且具有无限可能性的社会空间，在多样的空间里面，人的复杂性与不确定性被不断放大，正如詹明信所指出的"今天，支配着我们日常生活、心理经验和文化语言的是空间范畴"①，要在这样的时代背景下去多层次且深入地探讨人的意义价值与生命本质的话，强化叙事的空间效果是必要的。

在路魆的《暗子》中"空间不仅仅是现实确定性的地理概念或者故事发生的地点，而且是因内容而设，与主题意蕴暗合，为情节发展服务，作为一种叙

---

① ［美］詹明信著，吴美真译：《后现代主义或晚期资本主义的文化逻辑》，时报文化出版社1998年版，第58页。

事技巧参与其中"①，在小说中作者主要构建了镜庄、剧院与旅馆三大空间，分别指向"我"追求存在意义的三个阶段：出现无数镜像的镜庄暗喻着自我身份的迷失，具有"操控性质"的剧院则是放弃自我转而追求确立全新的社会身份的现实延伸，艺术家构建的神秘旅馆则是一种虚假的乌托邦象征。在这三大空间中，"我"都经历了"渴望追寻答案到失望出逃"的心理历程，但每一次对现有空间束缚的突破都意味着一次成长。可以说，对空间的精心构建与编排是《暗子》所体现出来的不可忽视的艺术价值，也是我们去认识路魆作品独特性的重要窗口。

一、镜像空间：自我与认知的迷失

在小说中，主人公孙圣西背负着"山魈之子"的恶名，自我诞生的不确定性让其一直处于无"我"的状态，关于"我是谁""我来自哪里"的认知问题，孙圣西苦苦寻觅着答案，不断地对人的存在及其意义做出追问与思考，产生一种很强烈的身份认同焦虑。这样的身份焦虑在小说中被路魆具象化为由无数镜子搭建而成的镜庄。

对自我认知的讨论绕不开"镜像"这一关键词，在拉康看来，人的自我认知始于婴儿时期的"镜像阶段"，在婴儿 6 个月至 18 个月的时候会开始主动地感知世界，这个年龄段的婴儿会经常因为镜子中的自我成像感到兴奋，获得一种对躯体控制的统一感与整体感，自我认同开始形成。当然镜像阶段并不只出现在婴儿时期，它同样象征着人对自我存在的永恒追求。《暗子》里的镜庄同样如此，其"本质是对外在实在界相对的内在空间，其产生来源于自我认知的需要"，"镜子为我们提供了认识自己的途径，对'我是谁'这一问题从外形角度为主体进行了解答"。② 在镜子面前，对自我身份存疑的人会获得心理上的安慰，因此在镜庄生活的人，从古时起就开始用镜子做墙搭建房屋，时刻通过镜子来证明自我的存在。然而自我认知的追求终究不会止于视觉上的确认，它随之引发的是关于"我来自哪里""我将成为怎样的我"这样存在认知上的焦虑。

---

① 赵晶辉：《小说叙事的空间转向——兼评多丽丝·莱辛小说叙事的转换与智慧》，《外语教学》2011 年第 5 期。

② 刘芬：《论文学镜像世界的自我建构——以纪德、黑塞为例》，南京师范大学硕士学位论文，2021 年，第 9 页。

"对于自己是否是一个人缺乏信心，必须时刻用镜子来确认自己的模样是一个人才罢休，但每天醒来，他们又陷入新一轮的焦虑"①，身份认知上的焦虑促使他们搭建更多的镜子，由此陷入恶性循环，以至于在镜庄生活得久的居民，都认为自己面前有一面镜子，眼中所见的他者都被认为是自己的镜像，而当所有的人都互为镜像，个性与自我就不复存在。

说到底，镜庄是像孙圣西一样陷入身份焦虑的无"我"者构建的无"我"之界，借此来逃避身为"个体"的"我"的身份焦虑。因此当一直处于无"我"状态的孙圣西踏入镜庄时，自然被镜庄吸引，并一度将镜庄认为是自己诞生的故乡。如果说在镜像阶段，婴儿通过认同镜像中的自己来完成自我的认知，那么当孙圣西被妈妈告知自己的父亲是猴子的时候，镜像阶段所形成的关于"人"的认知就破碎了，孙圣西必须天天照镜子，害怕自己哪天长出猴毛来，镜庄无处不在的镜子以及对"共同体"的渴望无疑能够缓解他关于"异类"的身份焦虑。但是镜庄关于"他者皆镜像"的认知是建立在"眼前总是立着一面镜子"的错觉之上，关于"我"的认识与"我"的外形并不能实现统一，灵魂与肉体依旧处于割裂状态。所以镜庄的居民追求建立一个彻底消除"自我"的共同体，在这个共同体中所有的居民都必须共享记忆与意识，完成灵魂上的融合。但是"只有纯粹的灵魂，才能彼此共融啊，肉体是我们的障碍"②，成为共同体的代价便是抛弃存在"差异性"的肉体。而从现实维度上来看，抛弃肉体即意味着死亡，因此当孙圣西看到镜庄的居民开始溶解，化为"果冻质的透明内质"时，他选择了逃跑。因为从某种意义来讲，孙圣西对自我身份的焦虑正是来自被划为"异类"的恐惧——山魈之子，而牺牲肉体以灵魂的形态存活于镜庄又何尝不是另一种异化，其本质并无太大的差别，同样是一种扭曲的存在。

可以说在镜像世界中建立"无差别"的共同体，便必须以消灭肉体为代价，这其实也说明了作为"个体"的自我是不可能消除的，关于存在的思考是不可能逃避的。路魆正是通过构建镜庄这超现实的镜像空间，将寻求"自我认知"过程中存在的迷茫、焦虑甚至是恐惧具象化。镜庄内部居民对镜子接近病态的追求，甚至不惜做出毁灭自我的行为便是极端的体现，也借此映射了主角

---

① 路魆：《暗子》，时代文化出版社 2022 年版，第 68 页。
② 路魆：《暗子》，时代文化出版社 2022 年版，第 86 页。

孙圣西迷失在自我认知中的痛苦与挣扎，并最终从镜庄这种"自我毁灭"的行为中认识到肉体之"我"的不可逃避性，真正踏上寻"我"之路。

二、剧院空间：被"操控"与"凝视"的戏剧人生

身份认同其实涉及多个维度，除了自我认知之外，还包括社会身份认同，前者是个体层面的自我定义，更多是停留在个体人格特征的探寻，后者则是"将自我以类别化的方式置于社会之中，以减少自我概念中的个人化信息，使'我'成为'我们'"①，借此通过在社会群体中获得的认可来重构身份。"自我认同是一种熟悉自身的感觉，一种从他者获得内在认可的期待感"②，陷入自我认知危机的个体通常会丧失对自身的熟悉感，转而期待从他者（社会）的认可中获得身份的认同。

因此从镜像空间中认识到"自我"的不可消除后，深陷自我认知危机中的孙圣西踏入 X 市剧院。如果说镜像空间构建的是一个指向自我认知的隐喻，那么剧院空间则是整个社会空间的缩影，剧场不鼓励"自我"，台上的人存在的意义在于扮演好特定的社会身份（角色），即成为"他者"。在小说中构建的 X 市剧院，便要求剧院里的每个演员要彻底抛弃之前的身份，终身扮演一个新的角色，"演员必须依照角色属性来生活。如果你扮演的角色是一个杀人犯，那么你的言行举止必须符合一个杀人犯的特征。真实姓名在这个表演空间里，是没有实际意义的"③，也就是说自我必须隐藏在角色的面具之下，扮演的社会角色将成为你的第一身份。这对本就处于无"我"状态下的孙圣西而言，无疑是一次重生的机会，只要在剧院里获得新的角色身份，那么"我"从何而来便不再重要，剧本将赋予他重新虚构的人生，由此原先在现实生活中因为是"山魈之子"而产生的关于自我的认知危机以及痛苦，也会因为身份的重构而消失，正如孙圣西在讲到进剧院的动机时提到的："在别人安排的角色里放逐自己的身体，填补心灵的空白。"④

但剧院空间具有很强的"操控"属性，所有的角色与命运都必须严格服从

① 陈笛：《石黑一雄小说人物的身份认同问题研究》，四川外国语大学硕士学位论文，2019 年，第 11 页。

② 任裕海：《全球化、身份认同与超文化能力》，南京大学出版社 2015 年版，第 4 页。

③ 路魃：《暗子》，时代文化出版社 2022 年版，第 106 页。

④ 路魃：《暗子》，时代文化出版社 2022 年版，第 101 页。

剧本的安排，并且只有在剧场中才得以呈现，也就是说剧院既是戏剧生命的舞台，也是戏剧生命的牢笼，它赋予了角色登场的空间，也限定了其自由的边界。这样的特性被路魆敏感地抓住并放大，在小说中剧院"处处透露着监狱不可抗拒的冰冷权威的气息，那里是灵魂的模具，更是肉体的地窖"①，甚至发挥着监狱的功能——市剧院的演员其实都被剥夺了记忆（身份），只能以新安排的角色身份存活，永久被囚禁在戏剧的牢笼里，甚至成为幕后掌权者用来追逐利益与权力的工具。在这样的背景下，剧院已然成了"黑暗的母体，罪孽的子宫，痛苦的巢穴"②，并从虚无中创造出"暗子"。但即使是黑暗之子，也逃不过被操控的命运，成为剧院赚取收益与地位的表演工具——为了将其培养成能够胜任俄狄浦斯王角色的演员，自其诞生之后，便被继续饲养于黑暗之中，直至彻底失去视力。

可以看出，在小说中市剧院虽被冠以"艺术之名"，但其本质是操控、禁锢、教化的产物，是身份地位、欲望以及权利的角逐场。路魆通过这样的剧院空间的构建，为我们排练了一场大戏，我们从读者变成幕后的审视者，可以清楚地看到一开始渴望通过角色扮演来确立社会身份，并完成自我重构的孙圣西是如何一步步地看清了真相，"我自始至终都是一个被欺诈者，一个无名者。我的人生目标是为了打破这种局面而建立的，从市剧院出来——从这座人生的监牢出来，我试图改过自新"③，人生成为戏剧，成为一个巨大的牢笼，自我必须在他者的凝视下才得以呈现，因此被他者操控和影响才是常态，追寻并保持自我才是孙圣西一生的战斗。也正因为在这样充满"操控"与"凝视"的剧院空间中，悲剧的意味更加浓厚，人物自我的觉醒也变得更加可贵动人。

三、帝国旅店：栖息地与精神反抗

"一般来说，人们所处的常规公共空间都有着各种各样的规章制度和社会公德的约束……对人们来说是一种监视和规训"④，而在高压的"监视和规训"下，人们便会产生反抗心理，并试图寻找另类的空间来形成对抗。在小说中，

---

① 路魆：《暗子》，时代文化出版社 2022 年版，第 262 页。
② 路魆：《暗子》，时代文化出版社 2022 年版，第 259 页。
③ 路魆：《暗子》，时代文化出版社 2022 年版，第 202 页。
④ 刘美君：《中国现代都市文学中的旅馆空间书写》，广西师范大学硕士学位论文，2022 年，第 11 页。

剧院便是在"监视和规训"下构建的极端空间，帝国旅店则是从剧院逃脱或者被驱逐者所构建的对立空间，是指向自由的栖息地。

一直以来，旅馆这一空间都具有极强的开放性——招待着来自五湖四海的旅客，不同身份的人与各式各样的文化在这里汇集并融合。因此从剧院逃脱后，以 K. T.（暗子）为首的逃离者选择打造帝国旅店，将其当作摆脱操控并迈向自由的栖息地。与市剧院的排他性不同——进入剧院的人都必须接受严厉的审讯，帝国旅店具有极强的包容性与开放性，招待所有的艺术家，甚至是无条件地接收着"夜游者废墟"里的流放者。在旅店里，每个人都是私密的个体，他们可以自主地探索自己的艺术理念，进行各自的艺术创作，在这里只有"自由"是他们共同的理念。在小说里，这种对自由的执着甚至是极端化的变形——在旅店空间中，生命都是绝对自由的，不受任何束缚，包括自己的肉体，他们可以凭借自由意识，随心所欲地变形。可以说，思想和生命状态时刻都在发生变化的旅店空间正好与"一生只能扮演一个身份"的剧院空间形成极强的空间撕裂感，也正因为如此，梦境、幻想和自我，在栖息地（旅店）这些"从现实世界中派生而来的街道上，才被允许以合乎法理，又合乎道德的形式存在"[①]。

当然，正如孙圣西在目睹无数变形的生命形态后所指出的"心灵首先在身体上呈现了自己"[②]，肉体上的随意变形（自由）并不能指向灵魂上的自由。不管肉体如何变形，灵魂上的局限与缺陷依旧会表现出来——瘸腿的艺术家即使是变成了一朵花，花也会莫名其妙地流露出一种难以名状的"瘸腿"的姿态。同样，身为"暗子"的 K. T. 无论变成什么形态，都散发着一种阴暗、潮湿、忧郁的气息，这是他摆脱不了的灵魂上的印记。即使是他创造的本应指向光明的自由栖息地——帝国旅店也是水气弥漫，邋遢隐秘，被一种无处不在的阴暗生命笼罩。由此可见，逃离了剧院的 K. T. 其实并没有真正地逃离剧院的操控，依旧深陷剧院设计的俄狄浦斯王的复仇悲剧中无法脱身。也正因为如此，K. T. 并没有把栖息地打造成家园，而是建立了帝国旅店，旅店永远不可能成为真正意义上的"家"，它只能为逃离者提供一个暂时的居住空间、一个避风港。K. T. 也只是将其当成向剧院复仇的根据地，追求自由只是为了对抗，所以自由之神从来都没有真正地降临在帝国旅店，最后 K. T. 也只能像剧院利用他推动

---

① 路魆：《暗子》，时代文化出版社 2022 年版，第 224 页。
② 路魆：《暗子》，时代文化出版社 2022 年版，第 236 页。

"造神运动"确立权威一样，企图通过打造新神——建造一个巨大的韦驮菩萨雕像——来推翻旧的秩序确立新的权威。但这本质并不会有什么变化，"自我"依旧被淹没在庞大的教化权威当中。

孙圣西正是看到这一点，所以明白不管是选择继承 K. T. 的理念建造韦驮菩萨雕像，还是选择帮助剧院将雕像毁灭，其实都是在他者操控下所做出的选择，依旧无法获得真正的"自我"，只会在"操控者的控制中，浑然不知地生活，还自以为拥有强烈的自我意识"①。因此孙圣西做出了第三个选择，做剧院和帝国旅店的双面间谍。自此孙圣西的"自我"意识才真正地觉醒，并且在最后的"造神运动"中，他既没有听从剧院的命令将巨大雕像毁灭，也没有执行 K. T. 的计划建造韦驮菩萨雕像，而是建造了自己的雕像。如果说，前期在他人的操控和影响下，孙圣西产生了自我认知危机，对自我的形象是不信任的，因此想拼命地从外部世界获取新的身份认知，那么最后带着自己面孔的巨大雕像的建造则象征着孙圣西与自我形成了和解——无论自己是山魈之子还是黑暗之子，他都坦然接受，因为缺陷是人的常态，他者凝视下的呈现都是不可靠的。所以当看到自己的雕像竖立起来的时候，孙圣西满怀"爱和怜悯"，仰望自己的雕像，可以信仰的终归还是自己。

总的来说，路魆擅长利用空间的隐喻性来搭建小说的价值体系，并通过空间的变易直观呈现人物自我认知的觉醒、道德价值观的塑造以及人生道路的选择。从自我迷失的镜像空间（镜庄）开始，到充满"操控"与"凝视"的剧院空间，再到指向虚假乌托邦的帝国旅店，都不是一个个简单的物理容器，它更是故事情节走向的催化剂，象征着一个个具有超乎寻常的同化力量的体系——在这里人们苦苦追逐他人的影子，在意他人的一举一动，通过他人的评价来修正自己的行为，最终的结果是失去自我，成为一个面目模糊的他者。在这样的空间里，选择自我的个体都将成为异类，变得孤立无援。但也正是如此，孙圣西的寻"我"之路才变得如此可贵，最后与"异类"的"我"的和解给予了我们强烈的精神洗礼。

（作者简介：陈坤浩，广东揭阳人，南宁师范大学写作学硕士，肇庆市文艺评论家协会会员）

① 路魆：《暗子》，时代文化出版社 2022 年版，第 343 页。

穿透隐秘世界的精神之光

——论葵田谷悬疑推理小说的创作特色

元　分

葵田谷在《金色麦田》的自序中写道："摒弃血腥和猎奇，不玩弄尸体；死者为大，哪怕要让他们死，也尽量让他们死得安详一些，仅仅使用逻辑和结构制造曲折，从而让人心生惊奇。"由此可见，他对推理小说的创作是有追求的，也在不断探索自己写作的边界，挑战自己的极限。他是"东野圭吾迷"，却能从他人作品中跳脱出来进行创新和突破，努力探索悬疑推理小说创作的更多可能性。

一、身份谜题展现诡变的艺术魅力

"一直以来，在大部分推理小说中，凶手的身份便是最大的悬念。按照传统的推理思路，凶手的身份作为最大的疑团，作家们通常将大量篇幅都围绕这一谜团展开描写。读者往往跟随刑警一同进入侦查过程，一旦确定了凶手身份，就意味着真相水落石出，故事往往也接近尾声。"[①] 葵田谷的大多数小说都是以身份谜题展开的，通过身份转换、视角切换引人入胜，或是因为身份的错位，或是通过自身的伪装，或是利用身份之间的关系来推动故事情节的发展。葵田谷深谙诡变的艺术，在叙事过程中，抓住人心的便是解谜与诡变相遇的过程，是识破诡计的过程。

《看不见的蔷薇》围绕陈若离、陈若生、林乙双三人的身份错位展开，陈

---

① 董萌、周阿根：《东野圭吾推理艺术创作研究》，《长安大学学报》（社会科学版）2022年第4期，第105页。

若生与陈若离是兄妹关系，林乙双与陈若生、陈若离是医患关系，陈若离和林乙双又是恋人关系，林乙双扮演陈若生，身份错位、身份扮演将原本可能走向明了的案情又拐入更加复杂迷乱的境地。在《月光森林》中，尹湘萍之子张聪生下来几个月就夭折了，她把养子当成亲生儿子，后来又把养子的名字从张聪更改为尹霜，这是一种替代，也是某种延续，为后来发生的事理下了伏笔。《她的死——动机杀人》里的陈锐和朱凤儿是一对夫妻，杀人的"动机"随着情节的推进在夫妻之间不断地徘徊，牵引出两人生活背后繁杂曲折的过往。《名字——私密的情感》中黄文成和黄武成是兄弟，在一次意外事故之后，弟弟黄武成移植了哥哥黄文成的心脏得以存活，在母亲黄绢眼里，造成一种交叉重叠的错觉。小说《第七位囚禁者》中，涂姝和涂媛是一对孪生姐妹，父母离异之后，姐姐涂姝跟随父亲生活，妹妹涂媛跟随母亲生活，从此她们二人走上了截然不同的人生道路。这一对孪生姐妹在生命中有着两次重要的交叉，第一次交叉是姐姐涂姝用妹妹涂媛的学籍上学，第二次交叉是妹妹涂媛伪装成姐姐涂姝生活。经过双重交叉之后，姐妹的影子便紧密地交织在一起，你中有我，我中有你，你就是我，我就是你。

通过人物身份错位的设置，让人物之间的身份关系自带悬念，让悬念更悬，让谜题更具有挑战性。伪装成另一个人，借用另一个人的身份去做事，是一份特殊的体验，当然，还带着一定的目的性。作者充分调动想象力，甚至运用超体验感知，关注人性的复杂、内心世界的斑驳，让不可能成为可能，让虚构看起来真实可触。这是一种真实的幻象、隐喻的表达。在虚构的真实中完成叙事，通过虚构的手法书写人性的真实、精神的真实、意义的真实，让小说同时具有现实的虚构性和文学的真实性。推理小说并非以找出凶手为唯一目的，葵田谷在解谜的过程中，用多义性、不确定的谜题揭示生活的意义、生命的真谛，在完成破案的过程同时完成意义的呈现。

"推理小说更像是用文学语言包裹起来的一道谜题，作者是出题人，读者是考生，小说里的罪犯把线索搅乱，把谜底打碎，侦探则负责揭示和捋顺线索，拼好谜底，并把谜底作为作者巧妙构思的证据，摆在读者眼前炫耀。"[1] 葵田谷以身份谜题展开的线索是主线索，还有其他许多交错的次要线索时隐时现，这些线索之间相互关联，这些细节会散落在小说情节的各个角落，当读者重新拼

---

[1] 周行：《戴着镣铐跳舞的推理小说》，《考试（高考文科）》2012年第5期，第55页。

贴演绎时，似乎看到了那个藏在诡计背后的主创者。

伴随着身份谜题的便是错乱的时间，作者一边暗示发生的时间顺序，又不断让读者陷入迷乱之中去寻找线索。《原生之蔓》里使用时间倒叙结果前置的设计，一开始就是案件现场，警察出现，接着顺着发现的线索一路追查。《看不见的蔷薇》中则是时间反复交错重叠，陈若离与陈若生的童年生活被分成无数个小片段反复出现在整个篇幅之中。《第七位囚禁者》在时间上于故事中段出现转折，前半部分围绕涂姝在马戏团经历的一切去写，故事的时间叙事变化是从中间出现的，前半部分在时间叙事上用顺叙，后半部分用倒叙。从中间开始写一个接一个发生的连环杀人案件，直到后半部分这些案件才一点一点地和主人公关联起来，又不断穿插追述以前的事。

二、多彩叙事抵达人性的隐秘角落

在写作中，作者以自己的叙事风格建立起独特的语境氛围，这种语境氛围超越了现实的时空，成为作者探索世界、表达思想的专属方式。故事是承载叙述的框架，框架的作用在于帮助写作者尽可能地表达，阅读者在于"得意"而"忘形"，取其"意"而忘其"形"，"形"是途径和方法，"意"才是目的和意义。葵田谷在写故事时经常用到多维视角，形成众生之念下的"罗生门"。《她的死——动机杀人》运用了多视角穿插叙事的方式，不同的视角展示案件的不同侧面和不同层次。男主人公陈锐、小区老保安、邻居、公司雇员、亲友、生意伙伴和对手、养女等，每个人都从不同角度去讲述，各种说法交织着、重合着，也存在着矛盾和冲突，相互纠缠在一起。

《看不见的蔷薇》的叙事相对紧密，反反复复地写陈若生、陈若离长期居住生活的地方。《第七位囚禁者》里写到了连环杀人案件，而结构也是这种不断重复但又变化着的连环案情。《月光森林》从整体上看是一部长篇小说，每一章节又是各自独立的故事，八个相对独立的小故事，起笔的叙述点落得较远，遥相呼应，营造了一种辽阔之境。《地铁里的马克杯》采用 A、B 面双线交叉结构，A 面是网上围绕案件的留言内容，B 面是案情进展。《雾岛奇迹》通过戴乔、贝丝、凯莉三维视角呈现套层故事，里面嵌套的内容又是小说要讲述的故事本身。运用时空交错的叙事手法，向内不断生发，向外持续扩散，让故事超越时空本身而更具表现张力，在情节横跳间表达复杂多变的人物和事件。《317

号公交车》用典型的意识流手法去写故事，在朦胧之中看到背后隐藏的更多情节，而在文字露出来的只是所有事件中的一角。

随着案情的不断深入，一场场精心酝酿的思维发散游戏让人着迷。通过"意料之外"的情节让读者迎接心理上和智力上的挑战，从而产生审美上的刺激，每一次情节反转都把叙事向纵深推进，表现这世界是充满悖论与矛盾的存在。情节反转的设定过渡自然衔接紧密，起到承上启下的作用。承上要有足够铺垫，启下则直接影响着故事走向。作者通过制造障碍让读者在阅读过程中产生阻尼感。情节反转，一定要出现在必要的铺垫之后，这样的反转才能推动故事情节向前发展。铺陈不够，则反转乏力；过度铺垫，也可能导致冗余。

写悬疑推理小说，作者对故事完整的时间顺序已经了然于胸，但要选择一种对读者具有挑战的想象力转换与呈现的方式——打乱事件的时间顺序。当整体读完之后，会给人一种所有事情同时发生的错觉。我们的潜意识会按照线性结构重新梳理故事，颠倒时间、打乱次序的过程就是制造谜题、设置迷宫的过程。小说的叙事进程是一个动态平衡的过程，不断地失衡又不断地找回平衡，不断有新的问题进入又不断有问题被化解，最终达到整体平衡。

《假面——别墅"杀人"事件》里的情节反转很有特点，每一次反转都带来足够大的震撼效果。小说写的是几名网友以聚会的名义聚集到山上的别墅之中，网友分别扮演小说（电影）《守望者》中的法老王、笑匠、罗夏、夜枭、曼哈顿博士、丝鬼、兜帽判官七个角色，最后却发生了一系列意外事件。小说的前半部分就形成了多次反转。第一次反转：送饭店预订餐的是一位戴着面具的陌生人，举着一把手枪指向大家，原计划的聚会活动被破坏，蒙面劫匪和聚会者形成对峙局面。第二次反转：笑匠身份暴露，他和蒙面劫匪是一伙的，聚会的网友中间有人搞鬼。第三次反转：笑匠被喷了胡椒喷雾，手中的枪被夺走，笑匠和劫匪被制伏，聚会者解除劫匪的威胁。第四次反转：罗夏失踪，大家在花园的后面找到了死去的罗夏。第五次反转：笑匠揭晓这是一档"真人秀节目"——《假面山庄杀人事件》。第六次反转：刑警队长揭开谜底，大家模拟演绎的是一桩真实别墅杀人命案，笑匠就是杜学弧，这时的他还不是警察。整体来看，前半部分是不断进入圈套的过程，后半部分又剥丝抽茧一般把谜题一环一环地解开。

人的认知具有不确定性，小说中虚构的世界同样具有不确定性，而情节的反转恰好印证了这种不确定性，分析推理中现实与想象交汇，历时与共时结合，时空被重新整合，事件被反复演绎。反转之后再反转，每一个拐点之后读者都会更加期待——接下来会发生什么，故事的不确定性凸显出来。虚构出模糊的和不确定的可能性空间，当真正去接触时，又会发现被现实撞破，有着现实的真实性，但绝不可能等同于现实，案件陷于更加扑朔迷离的境地，读者继续在庞杂的关联中打捞能够抵达真相的线索。

三、锲而不舍探索繁复的精神世界

"从创作的角度，我很迷恋在极微观层面探讨人心的触发机制，尽量做到对一个人一个行为的解答不至于一言蔽之，以偏概全。其目的是希望我故事里的人物更像人。"[①] 葵田谷关注底层小人物的生存和命运，他在小说中塑造了一批底层民众的形象，清洁工、福利院护工、出租车司机、摩的司机、马戏团演员、杂货店老板、保险营销员、理发店学徒、淘宝店店主等，他们面临诸多的困难和问题，而他们的内心丰富多彩，他们正是构成这个社会的基石。他写了一批在福利院、教堂长大或者被领养的孩子，这些孩子因为家庭变故，身体寄居到一个原生家庭之外的地方，而他们的内心也在发生着微妙改变。越是深入底层世界的生活内部，越能看到自己的无知和局限，同时也能看到更多的可能性，生活的智慧深藏其中，等待每一个用心的人去挖掘。

总是有人关注这个世界的边缘性、片段性和零散性，世间万象，人间万物，共同组成了这个纷繁复杂、变化万千的世界。用底层视角，平视甚至用比生活更低的视线沉浸到生活之中，那才是真正与地气相通相接的方式。挖掘人性的复杂，人的精神、心态在内外力作用之下发生的形变，面对无奈的现状在挣扎中扭曲。那些深陷困境却找不到着力点突破口的人们，越忍耐越绝望，越挣扎越困顿。他们在现实中和最初的愿望及努力方向越来越偏离，一个个执念被现实撞得粉碎，最后眼睁睁看着人生之舵在失控状态下进入歧途。善良被冷漠践踏，心软被邪恶利用。

"而且一旦下笔，我发现故事里的人物势必会自然生长，他们会自行推动事

① 《葵田谷：对我来说，悬疑小说最"好写"》，https://www.sohu.com/a/429971025_120855104，2020年11月6日。

态发展，这不是我能左右的事情。"① 自然生长的人物才能立得住，才是真正鲜活的形象。葵田谷的一些作品中，会有一个站在远处或者隐藏角落关注主人公的人——那个守望童年记忆的人。《原生之蔓》中的段美芸、《看不见的蔷薇》中的陈碧玉，都和主人公的一生息息相关，作为那个陪伴孩子童年的人，她们生命中缺少亲人，把这些毫无血缘关系的人当作至亲，但也会产生仇恨，有爱有恨。关注和自己命运相关的人，也是对自己过往的关注，对自我生命的审视。一个人活成了一座孤岛，也是他自由的国。多少人一生走不出童年投射的阴影，总有一些在现实中无处安放的情怀，或许这正是孤独的原因，也是人们需要爱、渴望被关注的原因。《看不见的蔷薇》中写到陈若离的眼睛时好时坏，是一种心因性失明，这种设计很巧妙，眼睛的状况直接影响着她对这个世界起伏的状态，那种内心的诡变，涌动着情绪的暗流，迷惘、脆弱和因为随时准备对付迎面而来的苦难的那种防备。葵田谷在叙事内容上也一直在探索，有回忆过去的情怀故事，有展望未来的前瞻事件。《原生之蔓》《看不见的蔷薇》《月光森林》等作品写怀旧的情结，《真相——极致的献身》《雾岛奇迹》等作品则关注科幻未来。

《名字——私密的情感》写母亲与孩子，表现出了一个母亲的疼痛与温情。《看不见的蔷薇》写兄妹情深，兄妹在残缺的家庭里只能相互依靠，面对生活中的磨难只能相互依偎、相互支持。《原生之蔓》中，徐盛对生活的美好向往被变化的现实一步步侵吞，让人不禁叹息，在现实中有时候连活下去都很难，更不要说做自由的选择和实现愿望了。徐盛在生活中遭遇的生育问题和经济问题纠缠在一起，越挣扎越无解，最后竟成了无法解开的死结。葵田谷以细腻的笔触去描写一个人在面对现实压力时内心会发生的微妙变化，内心的这种变化又会直接影响着他们的行动，人生的不同阶段对世界的看法和对生活的态度差异非常之大。

要写好推理小说，对想象力和常识都有相当高的要求，怎么把素材转换成故事情节，如何做到交汇融合，都是需要不断思考、不断磨炼才能有所领悟，每一次都会遇到新问题，需要寻找新路径。"实证"和"逻辑思维"缺一不可。每一篇小说的创作，都是一个重塑自我的过程，以前的经验可能成为桎梏，你

---

① 《葵田谷：对我来说，悬疑小说最"好写"》，https://www.sohu.com/a/429971025_ 120855104，2020 年 11 月 6 日。

的认知范围可能正是你的局限之处。小说成为写作者探索自我、突破自我的一种重要路径，去认识自我、剖析自我、表达自我。写作就是作家的道场。葵田谷的作品，放远了看，会意会到那个无形的"我"，作为叙事者的"我"，而"我"是通过一系列幻象的体现，有三重境界：本我、超我和无我。本我——作者对世界的认知；超我——作者通过人物表达自己的想法和观点，作者不一定认同小说中"人物"的想法、做法；无我——探寻精神的终点、思想的尽头。

葵田谷在创作中注意作品之间的勾连交错，作品之间有"出"有"入"，从原来作品的某一点出发，可以成为新的创作契机；以前某一作品可能成为当下作品的桥段。《看不见的蔷薇》中嵌入《317号公交车》，陈若离进城购物坐的就是317号公交车——"嗯，坐317号公交车，二十一个站，在花大道站下，有一家吉之岛。"[1] 在《原生之蔓》之中又引出《假面——别墅"杀人"事件》中的情节——"夜枭的戏从来都比曼哈顿博士好，你选人选得对"[2]。作者试图通过这些隐秘之线勾勒出自己的悬疑推理小说的版图，通过现有的作品隐约能感受到葵田谷的创作远见。杜学弧、姚盼、霍鑫等警官形象贯穿在葵田谷绝大多数作品之中，通过作品之间的交互关联，我们能看到作者在用心描画自己的推理世界，这是一个作家最纵情的空间、最自由的境界。

以多维视角、不同立场呈现立体事件，以层叠幻象制造奇异谜题。不同叙述者的讲述，警察每一阶段基于线索和证据、证词等进行的推理，旁观者的看法与亲历者的举证，这些信息都是不对等的。而作者通过文字展示的虚构空间，书写的可能性是有限的又是无限的。因此，那些在边缘处、界线处模糊和消弭的信息，让读者能感受到没有写出来的空间更大、空白更大，正是小说文字的实指对应虚构世界里彰显叙事的张力和弹性。同一观察者的不同视角，不同观察者的同一视角，不同观察者的不同视角，不同视角相互冲突又相互交织在一起，织成了一张无形的大网。

四、结语

葵田谷擅长细节的刻画，用绵密的线索编织故事，但也可能是太爱惜自己

---

[1]　葵田谷：《看不见的蔷薇》，江苏凤凰文艺出版社2020年版，第75页。
[2]　葵田谷：《原生之蔓》，北京联合出版公司2021年版，第310页。

的文字，舍不得砍掉多余的枝蔓，使得作品在一定程度上存在过度嫁接、节外生枝的问题。苦心经营诡计或有牵强之处，某些情节过于设计化，只能成为形式上的创意，而缺少了逻辑支撑，其构成小说整体的功能性被大大削弱。

作者最初计划把《看不见的蔷薇》写成纯日记体，最后放弃了这个想法，但还是用到了四本日记的内容，致使日记篇幅占有相当大的比例。日记和信件在叙事中既保证了故事节奏的推进，又削弱了叙事本身的张力，前面相当长度铺垫的悬念瞬间落地，是一次性揭开故事中埋藏的多个彩蛋的不得已之法。《名字——私密的情感》中黄绢留下一封长信，揭开了心脏移植的秘密。《告密者》最后以一封长信结束，和房伟的《血色莫扎特》存在的问题是一样的，所有的谜底在一封信件中全部解开。叙事的过程中挖的"坑"太多，已经不能通过叙事逐一化解，只能借用信件或日记一次性把诸多的坑——填平，成为断崖式的结尾，给人一种头重脚轻、整体失衡的感觉。

"悬疑小说天然带有黑色元素，因为黑暗意味着神秘感，正是不透光的部分构成了不可知和谜题。在创作悬疑小说的技术层面，我不回避，也乐于利用黑暗。"[①] 读葵田谷的小说，犹如经历一场精神之旅，让人更深刻地意识到活着就要面对隐秘处的黑暗，面对人性的复杂，唯有精神之光可以穿透一切，给前行的路增加一些光亮。期待葵田谷持续挖掘潜力，勇于尝试突破，充满激情地探索更加丰富多彩的意义空间，进一步扩大他的悬疑推理小说版图。

（作者简介：元分，甘肃庆阳人，甘肃省平凉市网络作家协会理事）

---

① 《专访｜葵田谷：悬疑是一种向黑暗和悲观宣战的檄文》，https://www.163.com/dy/article/ER-HONQI40518SVEH.html，2019 年 10 月 15 日。

孤独·生命·自我

——评高世现《鸿门宴》

朱勇希

一、引言

在中国文化认知的语境里，"鸿门宴"一词首先不是作为诗歌代称存在，而是出自《史记·项羽本纪》的片段。该片段主要讲述了昔日汉高祖刘邦与西楚霸王项羽在鸿门这个地方举办宴会的过程中所发生的一系列权谋斗争的故事。后来随着故事的广泛流传，"鸿门宴"已经成为一个专有名词。高世现以此为诗题，是站在中国历史和文化背景的高度上进行创作的，这使得诗歌《鸿门宴》诞生后天然就具备浓厚的人文价值。但要理解该诗，则必须超脱于真实历史，加入现代化的元素去看待。正如张桃洲所说："在 21 世纪的驳杂语境里，新诗阅读不再仅仅是孤立的诗学问题，而是被裹挟到无序的社会文化的声浪中。"① 时代语境是解读的要点。这首诗还是高世现所创作的长诗《魂魄·九歌》之《酒魂》的一部分，要结合组诗主题来理解。此外，现代诗的最大特点之一就是求新意，无新意则不成新诗。因此文艺界对这首诗的评论也多从其新颖度出发，特别是高度赞扬其形式化技巧的创造。然而，这些评论对诗歌的主题式研究是极少的，且没有形成系统、科学的评价体系。所以，需要加入有理论支撑的主题式解读。下面以孤独、生命、自我三个部分为例，来阐述《鸿门宴》的艺术成就。

二、孤独：一个人的苦饮与寂静

《鸿门宴》关于孤独的诗句共有两处，且都是相同的重复句。"今夜我必须

---

① 张桃洲：《"解诗学"视域下的新诗阅读问题》，《文艺研究》2022 年第 3 期。

自斟自饮，对我的孤独谢罪。"孤独，是人类最原始、最古老的情感之一，它源自精神的不满。"这种精神的需要（即期望）与其实现或满足的可能性之间的反差便构成了孤独第一层面的成因。"① 在诗歌创作中，孤独也是诗人的主要灵感来源。如柳宗元《江雪》的"孤舟蓑笠翁，独钓寒江雪"，陈子昂《登幽州台歌》的"前不见古人，后不见来者"，李煜《虞美人》的"寂寞梧桐深院锁清秋"等，这些诗句无不是孤独寂寞之作。但《鸿门宴》没有忽视孤独的另一个原则：饮酒。"必须自酌自饮"将酒意化成了孤独的愁绪，这是承继了中国诗人的传统，尤其是李白的影响。李白描写孤独有"举杯邀明月，对影成三人""抽刀断水水更流，举杯销愁愁更愁"等名句，均出自物我感同的链接想象。由此可见，高世现和李白有着相似的创作特色：超乎寻常的想象。可以说高世现对李白是出于借鉴之需求，别于原创之真理。就像高世现自己所言："住在我身体里的李白，他已经醒来，他体是我体，我体是他体，就没有了分别，狂一点，我是当世的李白，就是唐朝的高世现。"② 有了李白作为创作支点，再加上诗人有意识地模仿学习，诗歌便产生脱离俗套的独立性。

诗歌在描述"孤独"时灵活运用了意象的表现技法和其他形式的艺术手段。有酒相伴，有人对饮，才称得上盛宴，是宴会最好的模样。但沦落至独饮，无怪要向孤独谢罪。这也是诗人内心的空虚独白，所以才会有"今夜我必须把这碗不惊动任何时空的大海/一干而净。我的心必须干干净净，一分一秒""今夜我必须把这碗不惊动任何时空的苍天/一饮而净。我的心必须明明白白，一寸一厘"的表述。但空虚并不是诗人兴致乏然，而因为他是坐俯八方的孤家寡人。"大海"与"苍天"，属于宏大的物象。"一干而净"和"一饮而净"给读者带来了震撼的视觉冲击，还构成了整个世界的全貌。这样的诗句表达很容易让人联想起现代社会的某样新事物——电影。诗人在自述中也提到了这一点："我的《鸿门宴》这一章构架的基本元素就是电影。"③ 电影的镜头语言与文字相结合，加强了诗歌场景的张力，完美地呈现出诗人的心境：以世界的分量，尚且填充

---

① 田晓明：《孤独：人类自我意识的暗点——孤独意识的哲学理解及其成因、功能分析》，《江海学刊》2005 年第 4 期。

② 《〈佛山悦读荟〉第四期：高世现〈酒魂〉品鉴会》，http://www.yzs.com/zhongshitoutiao/8636.html，2021 年 2 月 1 日。

③ 《〈佛山悦读荟〉第四期：高世现〈酒魂〉品鉴会》，http://www.yzs.com/zhongshitoutiao/8636.html，2021 年 2 月 1 日。

不满诗人的内心，又有何物能解孤独呢？

而诗人的回答，依旧是酒。因为"酒"是《鸿门宴》从属的主诗《酒魂》的主旨，以"酒"解孤独既符合古典诗歌的传统，又能与主诗《酒魂》对应，加强与所有组诗的联系。"大海"是酒，"苍天"也是酒，世界也是"酒"，这是物象化意象的巧妙运用，"因为单纯地摹写事物的形态和直白地表达感情都不是美和艺术，只有'示以意象'才能成其为美和艺术，才能传达出艺术品所具有的内在的、精神性的意蕴和气韵，使人们获得丰富的审美体验和感受"①。所以仅仅一杯这样的"酒"是不足够的，"一分一秒"和"一寸一厘"都要灌入。诗歌的逻辑是非常清晰的，从开头到结尾，"孤独"一直都是显性的主题，在这个过程中将"鸿门宴"的人物与事件一笔带过是诗人有意的"误导"。这使得读者会认为"孤独"似乎只存在于"我"的痛饮上。但历史和现实的处境同样是孤独的，这就是人类生活的常态。从整体上来看，《鸿门宴》的孤独是贯穿始终的，它是诗歌的明线，也是暗线。通过对"自酌自饮"的四次循环回扣，每一个具象对应着一个孤独的抽象形态，做到了在保障诗歌层次条理性的同时增强诗歌的感染力。

三、生命：打破时空的大气磅礴

"生命"在《鸿门宴》中并非以外显的形式表现出来，诗人把他对于生命的思考融入了环境与"鸿门宴"的历史舞台当中。开头诗人就要"肆无忌惮地宴请一场剽悍的大雪"，这场雪不由得让人想起《水浒传》中"林教头风雪山神庙"的茫茫风雪，都是一个人独自面对雪色的天地。在中国古典诗歌中，"雪"代表着酷寒、肃杀、万籁俱寂，其意境是冰冷无情的。但在高世现的诗歌里，"雪"有了新的意义。"冰川世纪的饭局，混沌大餐，也不必是/西元前的晚餐，古老的东方——还是我念念不忘随身听的电量，今夜我必须在场。"生命最原始的渴求便是饥渴，唯有物质和能量的补充才能延续生命，这是最纯粹的生命意识。"生命产生后，生命体与环境之间便通过同化和异化的方式进行物质和能量交换，由此建立起特定的、稳定的对象性关系。"② 诗人与"雪"开始

---

① 毛宣国：《意象与形象、物象、意境——"意象"阐释的几组重要范畴的语义辨析》，《中国文艺评论》2022 年第 9 期。

② 陈新汉：《关于生命意识的哲学思考》，《哲学研究》2022 年第 1 期。

同化，汲取其中的能量，才能够享受"冰川世纪的饭局"；顺着"雪"与天地同化，才享用到"混沌大餐"和"西元前的晚餐"。"随身听"是现代社会的物品，常用来凸显人的特立独行，在此处便是诗人个性的象征，也是从同化中醒来的道具。东方古老厚重的历史文化，是供"随身听"所用的电量。这蕴含着诗人留下的暗示：他的诗歌生命、诗歌灵感、有关于诗歌的一切，都来自中国文化。正是在这样的环境下，生命拥有了穿越时空的力量，不分古今、不分东西，都在为活着而努力。因此诗人今夜必须在场，他的生命意识已经在诗歌世界里打下了深刻的烙印。

在高世现看来，生命有着高于一切的价值。因此历史上那场涉及阴谋诡计、步步杀机的"鸿门宴"，刹那间就被平息了。"不动一兵一卒，不掀翻一桌一凳/不碰飞任何一条大江大河"，诗人的手段是温和的，但狂放傲然的气势是直白的。"没有战乱，我的对面没有刘邦/没有范增献计，项庄舞剑，我没有对手"，这是对古典诗歌传统的一次颠覆，史书里的主角没有资格出现在诗歌世界里，没有任何他们的位置，因为诗人已然无敌。这是诗人对《鸿门宴》这首诗的自信，也是对自己所开创的"新史诗"现代诗流派的自信。但必须关注的是，关于"传统"与"现代性"的讨论仍是现代诗探索的一个问题，从这个角度来说，任何现代诗仍有延续传统的可能。"传统确实客观存在，但每个人在重新诠释传统时都携带不同的'前见''时间距离'和视界，因而所发现的'传统'各有千秋，导致'传统'在一代又一代人的'诠释'中不断形成新的面貌和秩序。"[1] 所以说，《鸿门宴》还处在对"传统"再改造的范畴内。

与此同时，《鸿门宴》的生命意识受"传统"的影响也是鲜明的。最经典的就是死亡与志向的关系，高世现对此有特殊的理解。"一侧耳就有了将军令，一弹指就有了广陵散/一仰头就有了乌有之乡，我的对面/全是空案空座，王霸都自刎了，诗人都投江、卧轨了，再无英雄怒叱，再无美人娇嗔，慷慨从来不曾这么慷慨于我的爱。"无论是《将军令》还是《广陵散》，都是艺术名篇，是名士风流的伴奏曲，是需要文人耗尽生命才能创出的青史之作。但在诗人这里，信手拈来，这并非狂妄，而是现代人站在前人肩膀上的谦卑。"王霸"与"诗人"，两个悬殊却又相似的身份，涉及项羽自刎、屈原跳江、海子卧轨。"以死

---

[1] 罗小凤：《"现代性"作为一种古典诗传统——论 21 世纪新诗对古典诗传统的新发现》，《文学评论》2022 年第 3 期。

明志"正是"传统"生命意识的高尚选择，高世现为他们留下的慰藉是"爱"：对生命之爱、对诗歌之爱，能够扫除一切天灾人祸、心灵创伤。这便是诗人想要展现给读者的理想与心境。可以说，正是对于"传统"有了一定的延续，生命意识才能有跨越人心的力量。这也正是新诗创作的一个追求。"只有投入生命意识，文艺作品才能成为'生命活体'。"① 《鸿门宴》也因此拥有了自己的生命。

四、自我：个性与共性的意识

现代诗歌特别强调"自我意识"的觉醒，这背后涉及的是五四运动以来所倡导的"人的文学"及"人的解放"，以人性为本。"自我"的存在意味着诗人的精神体，越是强烈，就越能回答柏拉图关于人的哲学命题："我是谁，我从哪里来，要到哪里去？"这也正是现代诗歌作为文学艺术与哲学勾连的节点。《鸿门宴》共出现了 51 次"我"，诗人闲云野鹤曾运用西方精神分析学派来解读诗中的"我"，但他把所有的"我"都解读为"超我"："诗歌《鸿门宴》中虚拟的'我'，就是如同神佛一样的'超我'。"② 这其实与诗人的追求存在着一定的偏差，因为诗句"今夜，神必须逃离高岗，今夜我必须胆大包天"已经表达了诗人自身的无神论信仰，将"神"取而代之的是"自我"。因此诗中每一个"我"都代表着不同的"自我"，代表着诗人多元的个性。实际上西方精神分析学说创始人弗洛伊德将人的精神分为"自我""本我"与"超我"三个部分："自我"属于身体的感知，"本我"是情欲的化身，"超我"是理想的超越。③如果将诗中的"我"进行分类，那么"孤独之我"便可称为"本我"，这是诗歌的情感底色，也是全诗的主基调；"谢罪之我"便是"超我"，以创作诗歌的理性与感性来驾驭全诗的结构和精神；最后的"自我"，诗人以解剖式的自白表现出来："今夜，我要邀请我的心出来舞剑，我的血出来/仍不断为我温酒，我的骨头出来，仍不断加炭/我的肝胆出来照明，夜已深，宵更深，我的瞌睡虫

---

① 杨守森：《生命意识与文艺创作》，《文史哲》2014 年第 6 期。

② 闲云野鹤：《孤独者的精神守望——读高世现的诗〈鸿门宴〉》，载微信公众号"石湾陶魂"：《重读经典：高世现〈鸿门宴〉》，https://mp.weixin.qq.com/s/BMIoIpdhRawNW5Rq—Hu9vw，2017 年 4 月 28 日。

③ ［奥］弗洛伊德著，车文博主编：《弗洛伊德文集 6：自我与本我》，长春出版社 2004 年版，第 126－136 页。

出来四面楚歌，我的酒嗝出来十面埋伏／我的灵魂也出来了，仰首环顾，大雪顿停半空。"心、血、骨头、肝胆、瞌睡虫、酒嗝、灵魂，都是诗人的一部分，在诗歌世界里将诗人的肉体和灵魂统统剥离开，留下的便是"自我"。这种毫不克制且奔放的表现手法在新诗当中已经有过先例，郭沫若的《天狗》可以说是最早的开创者。"我剥我的皮，我食我的肉，我嚼我的血，我啮我的心肝，我在我神经上飞跑，我在我脊髓上飞跑，我在我脑筋上飞跑。"[1] 不同点在于，《天狗》的"自我"是对新世界的狂热爱慕，《鸿门宴》的"自我"则是酩酊大醉的聊以自慰。这也正是高世现学承百家，又能自成一家风格的诗歌特色。

除了个性之外，"自我"也与大众产生联结。《鸿门宴》并不是沉浸在幻想当中的干号，而是建立在现实与理想边界之上的乌托邦。在现实当中高世现创作诗歌的环境并不优越，甚至可以说是在生存压力的夹缝中写诗，用他自己的话来说就是"我无法有整块完整的写作时间，我只能在闹市区商铺之中夹杂着很多很多噪音写诗"[2]。在这样艰苦的环境中，他得以窥见社会真实的一角：所有看似不可消除的矛盾，在时间之下终会归于和解。所以他把"自我"融入人类群体当中。见到了一个个"似我非我"的人，"我看见我正与隔世怔忡的我相逢于苍茫之中／寒风也骤然在我面前刹住，我也瞿然惊见／史前之我，垓下土，霸上尘，我的右手跟我左手化干戈／我的前脚为后脚送玉帛，我退三步，世界／就用海阔天空为我加冕，还有什么让我不痛快"，不管是什么时代、什么地方，生活安宁永远都是最广大人民最深切的愿望。诗人将现在的"自我"与过去、未来的"自我"串联在一起，形成了非线性逻辑，从多元视角观察到人们放下了对彼此的成见，能够痛快地享受生活。某种程度上，诗人打开了荣格所说的"集体无意识"世界，把它纳入进诗歌的精神体系，从而让《鸿门宴》得到了更深层次的升华。"自我"不仅代表着小我，还是全人类大我的缩影。这就是"诗人独立的'自我意识'融入'社会大众话语'"[3] 的最终成果，使得这首诗成为中国现当代诗歌史上的可读之作。

---

① 郭沫若：《女神（初版本）》，人民文学出版社 2020 年版，第 54 页。
② 郭思思：《高世现：2012，我们以微博的方式影响中国诗歌》，《贵州民族报》，2012 年 2 月 17 日 C01 版。
③ 宾恩海：《中国现代诗歌的文化特征探析》，《文学与文化》2012 年第 4 期。

五、结语

基于整首诗来说，孤独、生命、自我这三个主题是《鸿门宴》的核心概念，也是高世现诗歌成就的一大亮点。对诗歌的痴迷以及独有的生活经历为他创作诗歌提供了源源不断的灵感源泉，再加上他对技法的运用和对传统的继承，最终才将《鸿门宴》推到较高的艺术境界。当然，作为组诗的一部分，《鸿门宴》还可以拥有更完整的解读。但单独罗列出来并不影响诗歌的美，它会以另一种形式，向读者展示诗人对人生、对社会、对宇宙的无限思考和感悟，吸引读者去阅读。从这点意义上来说，《鸿门宴》也许推动了中国现当代诗歌的发展，为汉语新诗开辟了一条新的创作道路。

（作者简介：朱勇希，广东河源人，肇庆市第一中学高中部语文教师）

老 · 破 · 小

——谈钟道宇小说《紫云》

莫丽莎

　　古端州，现肇庆，产端砚。自唐朝以来，端砚开采可考的历史已逾 1 300 年，有"中国四大名砚之首"的美誉。紫云，则是贯穿22万文字的线索——既是与砚一辈子结缘的程家儿女程紫云，也是李贺"踏天磨刀割紫云"诗中质地刚柔、花纹炫目的端砚砚石。钟道宇作为生于斯长于斯的砚都作家，充分挖掘端砚文化资源，将端方守静的砚人精神写进西江小城故事，以悠久深厚的文化底蕴、不破不立的主题设置以及小家小民的结构安排共同支撑起这一部程家兴衰史。

一、地域文学与地域性创作

（一）区域文学与地域文学

　　区域文学与地域文学，分别书写区域文化与地域文化。区域文化即在某一个行政区域内的文化，文化被区域边界的明确性隔离开来。区域的政治色彩浓厚，一是指区域划分是政治上的地理分区，二是指区域文化挖掘的目的多是提振当地群众的文化自信心。地域文化则更注重文化的整体性。地域是面积相当大的一块地方，边界模糊。只要是在相似的自然环境、生活习俗中孕育的文化，都可以被视作一个文化整体，如岭南文化、西江文化等。西江处在五岭之南，按理说来二者应是包含关系，地域大者包含地域小者。从文化平等的角度看，二者也可以认为是并置关系。岭南文化是由大处观之，得出五岭之南各地文化的共性；西江文化则将目光聚焦于西江流域，观流域内文化的独特之处。

　　按学界对于文化区的区分，区域文学属于功能文化区，地域文学属于感觉文化区。前者根据政治或某种社会功能组织起来,后者则是人们对于某一文化区域有共同认知,并且由这一共同认知自发地汇合。区域文学与文化建设距离近,地域文学的功用性则没那么强。刘保昌从学理性的角度看区域文学,认为区域文学强调的是区域文学史,而区域文学史不过是本区域内的作家和客籍作家创作的大杂烩式的"拼盘",缺乏文学史著作必需的学理依据。即使是省域文学史著作中贯穿古今地域文化的红线,也是一种人为构造的"地域精神传统"。这种人为剪裁的结果,并不符合文学史的发展实际。①

(二)《紫云》创作的地域性

《紫云》是从制砚生活中取材,以西江文化为书写对象的文本,自然被归入地域文学范畴。从文学地理学的角度观之,钟道宇已经在《紫云》中实现了文学与地理环境的互动,但这种实现显得有些初级。迈克·克朗认为"文学写作的世故性和地理学写作的想象力"应该是有机结合的整体②,《紫云》明显在"文学写作的世故"上有所欠缺,此点将在后文铺叙。

地域文学创作的特点就在于其地域性:一是创作素材的地域性——水乡临江而建的房屋、专诸巷的青石板、买卖砚石的天光圩、上山割草时用来充饥的稗子、婚娶时负责婚礼仪式的好命婆等。二是小说语言的地域性。"妹丁""得闲""身光颈亮""天刚麻麻亮"的地方语言从人物口中说出,端州城才生动起来。三是题材风格上的地域性。端石只在肇庆出产,故端砚题材小说也算是肇庆的"特产"了。风格上,由于端州以农业、手工业为主要产业,节俭朴素的主流价值观也被《紫云》所吸收。

地域性文学文本是否会影响到读者的接受度?小说语言的地域性对于身处岭南文化圈之外的读者可能会产生阅读障碍,如"只要自己从中做点事"(若用普通话逻辑表达就是"只要自己从中努力")。不过既然是现代汉语的表达,读者也能通过猜想大致明白句子意思。此外,按曾大兴的看法,"虚拟景观和实体景观是相对而言的,在一定的条件下是可以互相转换的。虚拟景观可以变成实体景观,实体景观也可以变成虚拟景观"③,小说风物的地域性对于读者接受

---

① 刘保昌:《地域文化视野与中国文学研究》,《福建论坛》(人文社会科学版)2021年第5期。

② [英]迈克·克朗著,杨淑华、宋慧敏译:《文化地理学》(修订版),南京大学出版社2005年版,第53页。

③ 曾大兴:《文学地理学概论》,商务印书馆2017年版,第224-234页。

度来说还不算问题，读者能够根据自身经验对风物的空白进行想象和填补。总而言之，文本的地域性对于读者与文本之间的互动不会有太大影响。

二、小家族与小市民

（一）小家族

家族一直是现当代中国小说创作的重要母题，不同于 20 世纪大家族的家国同构、宏大叙事，钟道宇将目光放在了小家族上。如果说白鹿原上的白家是汪洋大海里的帆船，风高浪急，与时代紧密相连，那么端州城里的程家则是西江支流的小舟，水流轻缓，摇摇晃晃便驶向远方。"基于血缘和地缘的关系结合而成的白鹿原……在体现白鹿原社会稳定的同时，又无限放大了家族主义而毁灭任何的个人主义行为。这种迫使个人遵从群体的伦理制度常常会暴露出它的自私冷酷性。"[①] 钟道宇的小家族叙事也基于血缘和地缘关系，但其小说中的人物个人意志能得到充分体现，人物的善与恶都展现得淋漓尽致。

家国同构的大家族经历由盛至衰的缓慢过程，其家族史实也是家族没落史。以《白鹿原》为例，白、鹿这两个封建大家庭最终破败，大家长一残一疯。脱离了家庭的白灵和鹿兆鹏通过革命才获得了新生。小家族叙事则更关注家族自身，不过多地将家族命运与民族、国家相连。《紫云》中程家的家族史是没落—重振史，实质上是呈波浪形上升的重振史。它的重振不依托革命，只要祖传的制砚手艺在，就总能走过低谷时期。革命对于程家反而是起负面影响的存在，如程家后人当红卫兵，一把火把祖传制砚秘籍化为灰烬，后来程家的重振靠的是幸存下来的制砚方术。虽然《紫云》中的小家族描写已与以往家族描写有较大不同，但它也仍未走出"二元对立"的家族叙事模式，即代表不同利益的两个家族之间的对抗。[②] "二元对立"在《紫云》里表现为程家和马家的矛盾冲突。

---

① 李兰：《〈白鹿原〉的家族叙事模式研究》，陕西师范大学硕士学位论文，2012 年，第 18 页。
② 曹书文：《当代家族小说创作的模式化倾向》，《探索与争鸣》2009 年第 12 期。

（二）小市民

1. 阴险狡诈、心胸狭隘的男性群像

黄莘田为获程家祖传的十块价值连城的老坑砚石，暗中借银两给程家良赌博，利息高得令人咋舌，最终黄莘田成功拿到砚石，还令程家家破人亡。紫云的师兄顾公望被净身成太监后心理变态、因爱生恨，令手下制造矿难使得紫云丈夫马二驹命丧黄泉；他认为自己失去了男根没办法给曾经挚爱的紫云幸福，但在郭木桥接近紫云时，出于嫉妒他又对郭木桥痛下杀手。恶的进阶式则体现在马青阳与程学谦身上，他们贪婪且善妒。马青阳好面子，自己的砚行入不敷出时，不想让别人嘲笑他无能，于是以性蛊惑妻妹，用哄骗的手段得到价值万两的玉镯。性不过是他获利的工具。马青阳为复仇，在程学谦砚行对门也开了一家砚行与其争夺生意，苦思冥想出一个把程学谦逼上绝路的方式，便"阴恻恻地笑了"，最终使程学谦陷入癫狂。在偶遇精神失常的程学谦时，马青阳突然想起岳父的话"要想生意好，仁义是个宝"，遂对其心生愧疚。他的愧疚并不是因为他对自己的亲表哥程学谦不仁不义，而是因为信守仁义的目的——生意兴隆。他着眼于生意，才产生了这一份虚假的愧疚情感。后来马青阳想成立砚行义会，为父老乡亲谋福利，也只是因为亏心事做多了，"把自己困在小格局里"了，想借此让自己的心平静下来，是出于自身利益考量而不是深刻反省后的悔过。程学谦帮师父卖砚偷收回扣，亦在师父面前诬陷同门师弟马青阳。他对师长不真不诚，导致马青阳出走砚村，流浪在外。程学谦在马青阳店铺生意做得越来越红火时，"每当想到日后要身居马青阳之下，他就妒火中烧"[1]。在马青阳的运作之下，程学谦的砚行被官府查封，迫切想要东山再起的他竟盗了祖先的墓碑，换得银票若干，却被祖先魂魄烦扰，最终落得疯癫的下场。

书中的男性角色多是恶的，其恶能溯因，能在情节中寻得合理解释。恶的共因，笔者认为主要是从商的缘故，受到了重利轻文的价值观影响。他们的恶缺少对照，只有平铺直叙的描写，缺少玩味的空间。

2. 逆来顺受、自强不息的女性群像

逆来顺受是封建时代及父权社会下女性的无奈之举，女性仅作为依附于男

---

[1]　钟道宇：《紫云》，花城出版社 2011 年版，第 150 页。

性的第二性别存在。程家良常去锦阵花营寻花问柳，他的女人只是对着他离去的背影呢喃"别把不干不净的病带给我"，可她心里也清楚，选择权在程家良手中，患不患病，由不得她。银盏的丈夫郭木桥要远走他乡去寻他曾经的爱人紫云了，晨时的江面浮起雾气，小舟拐过一道又一道弯，渐渐淡出视线，银盏心里百般无奈，朝着在晨雾中消失的郭木桥喊：找不到就回来。丈夫死后，银盏独自经营砚盒铺，对于往来的砚商来说，她"不仅可以打情骂俏，还可以扫榻留宾"[1]，性变成了置换资源的工具。站在历时的角度回看，这无疑是在物化女性，但从共时的角度着手，女性只是物。处在压迫下的女性，自主意识与抗争精神被剥夺，如同行尸走肉。逆来顺受，不过是挽留丈夫的卑微手段罢了。封建时代的婚姻关系或许可以称为雇佣关系。男性赚钱，女性负责满足契约方提出的一切合理或不合理的要求（不合理的要求在当时的时代背景之下也是合理的）。

自强不息是书中女性在脱离男性后做出的无意识反叛。紫云、银盏先后丧夫，却都能凭一己之力开起店铺，撑起男性缺位后的家庭。紫云少年时便被程家抵债抵到黄家做婢，却凭自身才能在黄家得到了受教育的机会。后被知名砚匠顾二娘选中当徒弟，凭借所学手艺得到市场认可，也顺利把儿子马青阳养育成人。封建社会里，男性作为顶梁柱存在，但紫云、银盏面对变故时，都没有自怨自艾，而是迅速整理好悲痛，找寻谋生的路子。

但作者在揣摩女性心理这一方面有所欠缺，有时候描写得过于简单，显得粗糙，倒不太贴合人物了。比如在紫云丈夫因矿难离世后，紫云曾经的情人郭木桥向她表示关心，紫云竟又对郭木桥动心了。既然是会为丈夫的离世感到巨大悲伤的女人，真的那么容易就能实现情感转移、另寻新欢吗？

三、对传统的"破"

父权社会、血缘地缘政治的小说背景下，作者有意地"打破"原有传统。制砚四大家中的顾家，祖传技艺原本是传男不传女的，家长却因儿子的意外死亡，将技艺授予儿媳顾二娘（避免技艺外传的缘故）；顾二娘在学成顾家技艺之后，为了避免顾家精巧的琢砚技艺失传，遂将传内不传外的技艺教给了外姓紫云。

---

[1] 钟道宇：《紫云》，花城出版社 2011 年版，第 96 页。

家族的使命传承不排斥女性，且女性在其中与男性平分秋色。程家祖上留下十块价值连城的老坑砚石，需要年轻貌美的族内女性拥着入眠，用阴气滋养以保持上好的石质与气泽。程家男性负责采砚，女性则负责养砚，与传统家族叙事中女性只相夫教子相比，《紫云》明显给女性提供了一个更大的事业舞台。紫云学成之后归乡，可砚村从未有过妇道人家拜师入行做砚匠的先例。她成了例外，拜了伍丁先师，和一众男丁一样，在同一个神灵的庇佑下开始了琢砚的行当。

外姓马青阳建议成立砚行义会，把不同血缘的砚工聚在一起，砚村各姓合祭一个祠堂。这是对以血缘为主导的宗法制传统的突破。义会更重视技艺的传承而不是血缘的传承，使得砚村以更开放、更包容的姿态接受从四面八方来的巧工能匠。

家族叙事常写家族的没落，在《紫云》中，作者也借人物之口说出"一代不如一代"。程家这个小家族多次走入低谷，一代传人程学谦因重振无果而陷入癫狂，却又能够触底反弹。程家的家族史不是没落史，而是重振史。与原有的家族叙事传统并不相同，他们能够在家族内部找寻新生的路子，且不故步自封，积极寻求合作实现共赢。故事的尾声，程、马、郭、蔡四姓传人共同完成了一方百鸟归巢砚。百鸟归巢砚本是程家独门技艺，但它最后得以完工依靠的是众人的力量。

对于性，小说也许受到后现代主义思潮的影响，和商品化紧紧联系在一起——不写守贞而写反叛以及性的物化。对于马青阳、银盏来说，性已经工具化，变成他们获利的手段；紫云、桔花都在婚前发生过性行为，并且怀着骨肉和一个与孩子毫无血缘关系的男人成婚。性是她们懵懂时寻欢取乐的方式。作者以戏谑的笔调去写性，解构却不重建，在文章中留下混乱却支离破碎的性爱关系，强调了性是自然发生的，不应受封建礼教的束缚。

四、情节与语言：循环与重复

小说的情节设置别出心裁，同一段描写出现在同一人物的不同境遇下，对比明显，情感更为强烈；语言上也不乏诗意美，如脸色煞白的紫云，"像轻风中的红绸带一样软软地飘到墙角"，又如"木棉花的凋零声仿佛短促的惊呼从树上掉落"。①

情节和语言上的特色是循环和重复。情节上，如紫云婚嫁时楝子掉落在丈夫马二驹的肩膀上，地上，楝子黑紫色的浆黏黏糊糊的，与它的核混杂着；又如，银盏看着丈夫郭木桥在茫茫雾气中隐去。这两个情节既出现在事件发生时，也出现在人物的回忆中，既能映衬人物心境，又能紧密串联情节。

在封建压迫的背景下，不同的女性角色进入相同的不幸的命运循环。紫云和银盏未婚先孕，都嫁给了与自己并无过多情感联系的丈夫；穷小子与富家女的故事模板也重复套用。郭木桥和马青阳都是出走的流浪汉，做小工时得掌柜喜爱，进而娶其女承其家业，摇身一变也成了掌柜身份，无过多新奇之处。

语言上的重复虽显露质朴，但如果尺度把握不好却又会成为文章的缺憾，使得描写单调起来。在描写程学谦幼时学制砚，"枯燥的练习就像钝刀一样，切割他的神经末梢"②；描写紫云学制砚时，枯燥无味的练习也是如钝刀一般切割她的心灵。此外，小说的语言还应细细雕琢——"他的心还是挺心痛的""命运是有很多无尽的可能与不可能的"③。描写的严谨性还有待商榷，如描写砚石颜色"淡青如羊肝"④。经百科检索发现一味中药名为青羊肝，而青羊是偶蹄目牛科动物青羊，"青"并不是对其肝脏颜色的形容。羊肝生是鲜红色，熟是浅棕色，何来淡青色呢？

五、结语

地域文学的发展，既要重视文本的空间性，也要重视空间的文本性。就前者而言，《紫云》对于端州的地形地貌、风物习俗的描写比较优秀，也充分地挖掘了端砚文化"薄重立脚匀，微凹聚墨多"、端方守静、持正守白的匠人精神。从文化视域着眼，肇庆只是一个被边缘化了的城，是文化中心的"他者"；就后者而言，空间的文本性展现，并未受到太多重视。改善局面的方式之一就是重视空间的文本性，进一步挖掘空间的文化内涵，以及重视精准的表达，不断追问僧"推"还是"敲"月下门，这样才能写出"世故性与地理性结合"的

---

① 钟道宇：《紫云》，花城出版社 2011 年版，第 50、175 页。
② 钟道宇：《紫云》，花城出版社 2011 年版，第 130 页。
③ 钟道宇：《紫云》，花城出版社 2011 年版，第 13、32 页。
④ 钟道宇：《紫云》，花城出版社 2011 年版，第 103 页。

优秀作品来。早期的人本主义地理学家认为，地方是无法完全用科学的眼光来认识的，地方的知识需要从内部来理解其情感和意义①，只有受到地方文化浸润的作家才能理解、才能通过文字让地方的知识被理解。钟道宇的端砚题材小说创作使西江地域文学创作初战告捷，但由于空间文本性的挖掘还不够深入，其发展仍任重道远。

（作者简介：莫丽莎，广东阳江人，北京语言大学比较文学与世界文学2024级硕士生）

---

① 赵小玲：《迈克·克朗"文学空间"理论研究》，重庆师范大学硕士学位论文，2016年，第19页。

空间批评视域下《汲水的母亲》中的母亲形象

杨傲之

《汲水的母亲》[①] 是一篇短小的以讲述一位母亲每日去河边汲水这一日常劳动行为为主的散文。水与母亲的关系是文学中常见的母题，许多作品善于通过水这一意象去构建"母亲"的形象，此文亦然。散文《汲水的母亲》通过水构建起一个简单的空间，正如散文开头，"当一条河横亘于生活，与其发生关联是自然不过的事情；当一条河从生命中穿过，它会改变你的容貌、性情，乃至人生的走向"，由此可以看出，散文所展现的正是母亲与水所构成的生活，空间密切关联着人的生活，由水所搭建的空间对母亲的影响是深远的。列斐伏尔认为："（社会）空间不是事物中的一种，也不是众多产品中的一种，它包含物体，也包括物体间共存和同存的相互关系，它们的（相对）秩序和/或者（相对）无序。"[②] 在此基础上，列斐伏尔提出了"空间三一论"。空间包含物理、精神和社会三维度。"'空间三一论'并非理论猜想、空间话语或者抽象模式，而将抽象思考与日常生活体验、历史、文化、经济、社会等多种因素相结合，囊括'空间实践'（spatial practice）、'空间表征'（representation of space）及'表征空间'（representational space）三环节（moment），同时强调三者之间的相互作用及辩证关系，以此阐释社会空间的社会生产。"[③] 本文将通过列斐伏尔的"空间三一论"讨论空间对母职（母亲职责）的构建和美化，以及空间与文中母亲自我的关系。

---

① 杨芳：《守河者》，太白文艺出版社 2022 年版，第 185 – 186 页。

② Henri Lefebvre、Donald Nicholson – Smith，*The Production of Space*，Cambridge，Massachusetts：Wiley-Blackwell，1991：73.

③ 赵莉华：《空间政治与"空间三一论"》，《社会科学家》2011 年第 5 期。

一、"水缸""河"与劳动——自然地理空间与生活轨迹

水搭建了母亲生存的空间。"从家里的水缸到河边",这构建了母亲日常生活和劳动的一个基本场景。这中间是一个明显的轨迹,母亲在这个两点一线的场景中展开活动。"水缸"与"河"这两处水,一个是家庭的象征,一个是外界的象征,二者以水作为联结,将母亲的全部生活囊括其中。由此可见,母亲的生存空间是长期受到限制的。这一场景所展现的母亲的生活无疑是单调甚至乏味的。散文描写了母亲汲水这一劳动过程:"母亲半蹲在河边,低俯着身子,一手将桶往水里一沉,再用力往上一提,水桶在空中划了一道优美的弧线。很快,她将另一只水桶以同样的动作灌满水,整个过程仿佛一气呵成,优美动人。"通过母亲汲水活动的"一气呵成"可见母亲对这一劳动行为是非常熟悉的,可见汲水这件事几乎每天都要发生,这是一个千篇一律的过程。

因此也可以说,"水"限制了母亲的生活空间。母亲每日的劳动是从水开始的——去河边汲水,走过从水缸到河边、从家中到外界的这一段路,便是"喂养眼下的日子"的路。"汲水的母亲来到河边,挑起沉沉的负荷,紧促的步子伴随着水和白铁皮铁桶的撞击声,一步步朝家走去",母亲挑着"沉沉的负荷"从河边走回家中的水缸,这条路上"水"是母亲的负荷,是"如此之沉"的"担子",即是母职压力的来源。因此除去由"水缸"象征的家庭、"河"象征的外界以外,"水"——担子中的水——更象征着劳动。故还可以说,"水"即劳动限制了母亲生活的空间。

由此,本文总结出母亲在由水搭建的空间中活动的特点:第一,空间范围受到限制,几乎被限制在"水缸"与"河"构成的空间中。第二,活动形式单调乏味,千篇一律。第三,这一活动并不是为了她自己,而是为了"喂养眼下的日子",为了母职的实现。

二、被他者化的母亲——社会空间与"被看"的介质

水搭建了母亲被凝视的空间,换言之,水营造了他人对母性进行想象的空间。

首先需要明确这个他人,即凝视母亲、看母亲的主体是谁。"这中间,是一段对水的想象。"这是谁的想象?是母亲本人的想象吗?相较而言更有可能是旁观者或称叙述者的想象。整篇散文的叙述者"我",称母亲为"母亲"的,最

有可能是她的孩子。孩子是母职一个很大的组成成分，孩子可以视作母亲劳动最大的既得利益者之一。这里便显示了母亲的一个社会关系，母亲是家庭不可或缺的一部分，她的孩子在依靠她并关注她。也可以由此展开许多对母亲劳动的想象：如，在围绕着水缸的家庭生活中，"水"可能会被如何使用，母亲如何用这些水来"喂养生活"？可能用于洗衣做饭，也可能用于洒扫庭院。

在这个由水搭建的空间里，他人在透过"水"看母亲，"水"成为他人凝视母亲的介质。散文中从他人——极有可能是孩子——的视角去描写母亲汲水的动作和画面，她"低俯着身子"，汲水的动作"一气呵成，优美动人"，可以看见这段叙述对本应辛苦枯燥的劳动场景进行了美化。而这一美化，是在"水"这一充满诗意的空间中发生的，"河水、天、地，构成了一个永恒的场景"，而母亲"和这一切成了一个整体存在"。在这一场景中，劳作的辛苦被他人充满诗意的注视消解了，母亲这一身份与诗意空间相融，成为一个美好幻想的载体。母亲在河水、天、地构成的永恒的劳动空间里成为承载他人对母职想象的他者，汲水的母亲是"被看"的，她走入这个劳动的空间中，被他人凝视，并且被先入为主地赋予了对于一个正在劳作的、以优美姿态劳作的年轻女性的想象——她是一个母亲，年轻漂亮，在诗意的场景中诗意地劳动，而非艰辛地劳动。

这种诗意的渲染，遮蔽了劳动本身繁重与奉献的性质，使艰苦的劳动以及母亲的奉献成为理所当然。这不仅使旁观者眼中的劳动不再艰辛，更蒙蔽了母亲对自身苦难的认知，使母亲甘于任劳任怨，甘于向家庭奉献劳动，甘于将自身塑造为他人眼中完美的母亲形象，完成由外界及自身的自我异化。在这一过程中，她的真实的自我和切身感受被忽视了。"担子如此之沉，谁也不知道她因何而笑。这笑意，让郁结不再，让阴霾散去，有了这样的笑，似乎才忍受住了愁困、悲苦和苍凉。"由此，母亲作为他者在旁观主体的凝视中被神圣化、诗意化，同时母亲的苦难和责任、劳动的艰辛被消解，正如母亲的"笑"使"愁困""悲苦"和"苍凉"变得理所当然。

西蒙·波伏娃在《第二性》中把女性的地位总结为"第二性"，正如波伏娃所说的"女性不是天生的，而是后天形成的"[①]，母亲也是后天形成的，是被凝视成他者的结果。母亲在诗意的环境中被生产，正是在这样的"被看"之下，母职被渲染成神话，母亲被诗意化的渲染制约了选择，丧失自我成为他者。

---

① [法]西蒙娜·德·波伏娃著，郑克鲁译：《第二性》，上海译文出版社2011年版，第15页。

三、水中的自己——心理空间与自我存在

水是母亲自我存在的空间，即水是母亲自我凝视的载体，同自我对话的途径。

散文中说："她爱每天清晨到河边挑水，这是只属于她一个人的静默的时光。这时候，天色、水声、鸟影、花香……都属于她自己了。她爱这挑水的过程，在一日所有烦琐的事务里，唯独挑水是她独自的，没有人争，没有人抢。"母亲每日的汲水活动是"只属于她一个人的静默的时光"，她"爱这挑水的过程"，"一日所有烦琐的事务里，唯独挑水是她独自的"。由此可见，水构建了一个只有母亲自己和水存在的自我空间，尽管也被他人凝视着，但"她并没有意识到这一切"。她是这个自我空间的主体，水给了母亲一天中少有的可以作为主体而不感受他人凝视的机会——因为她沉浸于对水中的自己的凝视中。

水给了母亲一个以主体身份去"看"的空间，尽管"被看"的对象仍是自己。母亲在"看自己"中找回了本我。这个只有母亲自己和水存在的空间是具有生命力的身体体验，自己身体的感知是母亲构建主体性的主要途径。"身体不仅仅是我们'拥有'的物理实体，它也是一个行动系统、一种实践模式，并且在日常生活的互动中，身体的实际嵌入，是维持连贯的自我认同感的基本途径。"[1] 散文描写了母亲的许多感官，"天色、水声、鸟影、花香……都属于她自己了"，"她喜欢站在河边，看缓缓的水流从脚下经过，那么轻，那么柔，如同她的心"。这些都是在水边才有的身体体验，是短暂的、不常有的。被禁锢于日常劳动中的母亲，身为他者和"被看"的客体的母亲，是"被控制、压迫、改造的对象，因此身体空间呈现出狭小局促性、自我圈限性、压抑扭曲性和道德训诫性的特点"[2]，无法用自己的身体去感受。而在这个自我空间中，母亲可以用自己的感官去感受自己。"在水中，她看到了自己有些羞怯的倒影，那么年轻、柔美。于是，她开始大胆地看着自己，比在房间的镜子中还仔细地打量自己，在天地之间，在大自然中……"在象征着外界的河水中，母亲会比在"房间的镜子"即家庭空间中要更加放松自在，由此可见，在家庭中，身为母亲的

<hr />

① ［英］吉登斯著，方文、赵旭东译：《现代性与自我认同：现代晚期的自我与社会》，生活·读书·新知三联书店1998年版，第61-62页。

② 谢纳：《空间生产与文化表征——空间转向视域中的文学研究》，辽宁大学博士学位论文，2008年，第141页。

她是看不了自己、做不了自己的。即便是在水中看自己，这短暂的复归自我的过程，也需要"大胆地"才行。在这个仅有水和自己存在的心理空间里，母亲既是主体，又是客体、被看的对象。母亲在看自己这一行为中找到了主体性。她看着自己"羞怯的倒影"，是年轻、柔美的，于是她"大胆地看着自己"，因为在自己作为主体凝视自己的过程中，她找到了真正的自己——一个成为母亲之前的、美丽纯粹的、身为一个女人的本我。

但是母亲并没有沉浸在本我之中，她没有用复归的本我与超我（母亲身份）对抗，没有选择怨恨甚至逃离母职，而是选择了和解。在对本己性的本真认知中，在与本我的对话和相互欣赏中，母亲与超我达成了和解。尽管在水中短暂地找到了自己，她又不得不"回头看一眼，快步朝家走去"[①]，在和解之后抛下刚刚找回的本我，继续回归母职、回归家庭。"回头看"则是对水中的自己——那个本真的、成为母亲之前的美丽女性的不舍。从家庭的"水缸"走到外界的"河边"，是离开母职走向本我的路径；从"河边"走回家庭，则是从本我回归母职的路径。尽管充满不舍，但超我让她不得不这样做。超我禁锢了母亲，但同时母亲选择与之和解，继续压抑本我。散文通过描写这种和解，对这种高尚的选择表现出一种赞美的态度。

综上所述，《汲水的母亲》通过水搭建的空间，展现了一位母亲在家庭与外界之间的走动中得到本我与超我和解的过程。在这一过程中，母亲始终作为被凝视的他者存在，水使母亲短暂地找回了主体性。散文揭露了对女性在母亲身份中他者化的命运和对自我的放弃，然其仍在以诗意的语言赞美母性的伟大，展现女性与母职和解的结果，却难免显得落入俗套，缺乏对传统题材的批判和超越。

（作者简介：杨傲之，湖南阮江人，肇庆学院文学与传媒学院汉语言文学专业 2020 级本科生）

自由的囚笼

——论路魆小说《最后一次变形》中"变形"情节的设置

邓巧茵

"变形"在现实生活中是不存在的，是作者在小说中为"表哥"赋予的独特天赋。"表哥"会"变形"，要从小时候受卡夫卡《变形记》的影响开始说起，变成甲虫成为他展示"变形"天赋的开端，他有自己的想法，这是他梦想向现实的延伸，但同时也是他进入另一个囚笼的一步。原本是理想向现实的突破，但"表哥"再也无法做回自己。

"表哥"会变形这样的情节设置，不仅能把人对自由的追求但现实中身不由己的矛盾激化，而且能把人性的明暗两面暴露于读者眼底之下。文章以"我"的视角作为镜头，向读者播出"表哥"变形的一生，善良与冲动、真诚与虚伪、主动与被动，一次又一次的"变形"，深深地吸引着读者的阅读兴趣，最终把故事推向了高潮。实际上，"表哥"的变形，不仅变化着他自己的形状，变化着一个家庭的状况，而且变化更大的是他心理上的成长。最后一次变形也就是永恒的变形，他终于可以冲破所有的束缚，逃脱那个限制他的囚笼。无关人性、无关现实、无关迫不得已，他终于变形成功了，获得真正的自由。"变形"的意义，不过是不顾沧海桑田，一心变成一个自己想要成为的模样。

一、"变形"不是重获自由而是再入囚笼

"变形"不能逃出囚笼，囚笼是物质世界的产物，物质的囚笼不以人的意志为转移。小说《最后一次变形》开篇"县监狱"三字便首先进入读者的眼睛，囚犯在监狱插翅难飞，我们很难不去想象"表哥"到底经历了什么。"生理限度是自由选择的底线，法律和伦理限度是自由获得和实现的上限，只有在

底线和上限之间的自由，才能真正得以实现。"① "表哥"变形成一辆劳斯莱斯却冲撞别人，无论他有一千个理由，无论他是一个多么善良、乐于助人的人，这些都不会有人再去听了。在人类世界，自由与法律是相对的，伸出拳头是我们的自由，我们可以随意挥霍，如果伤及无辜，进入物质囚笼在所难逃。就算"表哥"可以变形成其他东西，"犯罪"这顶帽子却是摘不了。无论有多强大的"变形"天赋，"变形"的意义不是如愿以偿，而是监狱伺候。

"变形"困于意识里，囚笼是精神世界不可跨越的高墙。人的想象是丰富多彩的，在意识中我们可以上天入地，无所不能，但生而为人，人性的善恶美丑，都在无形中牵扯着我们的行为。"否认认识规律的客观性，认识论就失去了作为科学存在的权利。否认主体认识活动的自觉性，所谓客观认识规律就成了神秘的'天意'。"② 从我们一出生，便进入了精神世界的围栏，我们主宰命运，又被命运主宰，二者注定交织。文中"表哥"某个神话般的阶段活在主观意识的幻想中，被赋予能够变形的天赋，成功"变形"卡夫卡《变形记》中的甲虫角色。但是即使他有如此强大的功能，自己的天性也只能屈服于社会的人性和现实。梦中臆想在现实中自由伸延，"变形"的用途却只用于减轻童年时期的惶恐不安，博得亲戚满堂喝彩，"表哥"再也活不出独立真诚的自己了。

"变形"不是重获自由而是再入囚笼。无论是物质层面的囚笼还是精神层面的囚笼，尽管有着"变形"这样了不起的天赋，终是兜兜转转，从一个囚笼出来，再进一个囚笼。本以为可以像卡夫卡小说《变形记》那样，有着"变形"的功能，就能够凭借臆想在现实世界里自由穿梭，没想到自己的价值却终被利用。因为客人需要而变成一张凳子贴上别人的屁股，因为母亲需要而变成一根擀面杖在面粉中翻滚，本想潇潇洒洒，到头来却变得越来越唯唯诺诺，跌入囚笼。然后，他终于不再想压抑自己的天性了，他变形，他伤害到无辜，囚于满天黄沙的监狱，即使出狱了，还不是回到那个从前的禁锢？无论他怎么变形，变成什么，变形的意义不过是自由地从一个囚笼换到另外一个囚笼，循环往复。如此精彩的"变形"，用虚幻的描写，把人的天性和社会生活所具有的矛盾激发出来，心中所念不会轻易就得偿所愿，现实容颜不会轻易改变，变成自己追求的样子需要在二者之间找到一个平衡点，具有鲜明的社会现实性。

---

① 张琳：《自由的限度》，《中共中央党校学报》2002 年第 3 期。
② 田心铭：《认识发展规律的客观性与主体认识活动的自觉性》，《北京大学学报》（哲学社会科学版）2000 年第 1 期。

二、"变形"是矛盾的转移

"小说离不开情节，情节离不开矛盾冲突。"[①] "表哥"会"变形"的情节是为推动小说故事发展而设置的，这样的情节不仅仅是在矛盾中发生的，而且激化了不少矛盾。在"变形"的情节中，无论是"表哥"变形成物体这种真正的变形、"表哥"对人生态度的变形，还是人和人之间情感相处的变形，其本质都是矛盾之间的转移。

（一）"变形"在可能中成为必然

伴随着不同矛盾的摩擦，每个人的性格不同，日升月落，一个人最终能够变成什么样都是未知的，就像是一棵树，有一万种可能，长出一万片完全不一样的叶子。但是由于每个人的追求不一样，每一个十字路口指向的不同方向都在冥冥之中暗示了结局。"表哥"会变形、"表哥"变形成何样、不同人之间的变形的相处方式……矛盾的树枝在必然性中向不同方向伸展。

1. 所念即成所得

"变形"的开端与其说是从"表哥"成功模仿《变形记》变成甲虫，不如说是从更早之前"表哥"沉迷于各种幼稚的童话和漫画开始。"表哥"热衷于将内心的虚幻变成现实，如此与众不同，就使得他最后拥有了"变形"能力，没有任何的别扭之处。如果他像"我"一样喜欢有迹可循的侦探类文学，养成像"我"一样的性格，那么"表哥"就不会拥有"变形"的能力了。"表哥"拥有变形的能力后，不过是把理想对现实的矛盾转化为现实对理想的矛盾罢了。

2. 万物在运动着

根据马克思主义哲学关于运动的观点，运动是无条件的、绝对的、永恒的、普遍的。世间的万事万物都是运动着的，无论是精神上或是物质上。表面上的变与不变，实际上都是变化着的。变形这样特别情节的设置，是"表哥"对主观情感的追求，"表哥"由一开始的只会变单一的物体到最后能变成一堆沙子，是由低级向高级的发展。人是会变的，就连"姨妈"一家人的关系，最终都进行了一段变形。这样的变形故事是符合思维、符合逻辑、符合情节发展的，这样的变形情节的设置是对矛盾的不断转移和升级，是必然的。

---

① 赵伯红：《矛盾冲突在小说建构中的作用》，《文学教育（下）》2015 年第 6 期。

（二）矛盾在变形中错位

变形是契机。在自由的囚笼里，即使在不同的时空，矛盾也会错位。命运从变形开始，最终又以变形结束，多的是"表哥"追求事物的过程。小说设置的情节中，"表哥"从学会变形开始，身边的许许多多都发生了变化。"姨妈"会因为"表哥"的超能力而骄傲无比，后来又因"表哥"的堕落而丧气；"我"一边在道德里挣扎一边又想着鸠占鹊巢；"嫂子"以前喜欢"表哥"变形逗她现在却显得厌恶；"母亲"能放弃情感但是难忍潇洒；"侄子"嫌弃他父亲是因为嫉妒"表哥"变形的超能力；就连狗也似乎在"表哥"即将出狱前走失……文章里的人物形象是立体的、丰满的。"表哥"会变形，在文中起到一个推动情节发展、展露人性的作用：把相同或不同的矛盾放到一起同时激化，然后让它们形成错位，将矛盾转移，相互摩擦升级成为一个更为完整、更为复杂的矛盾。即使"表哥"不存在变形这一能力，人性也是复杂的。变形是人性在矛盾中错位的转移，也是小说矛盾转移的牵引。这样的变形，这样变形情节的设置，化抽象为具体，以一种更为直观的方法，把现实生活复杂多变的样貌展现了出来，小说的主旨和内涵变得更加丰富了。小说跌宕起伏，大大加深了读者的阅读兴趣，生动形象地把万事万物皆囚于自由的囚笼的画面描绘出来。发生着变形的，不仅仅是物态，更是人们的心理。

三、"变形"不是工具的替代

变形需要等价交换但绝对不是工具的替代。天下没有免费的午餐，也没有免费的变形，1 000 斤的棉花只能换 1 000 斤的钢铁。自由应该被重新定义，自由不是完全的自由，而是有限制的自由。在小说的自由囚笼里，变形情节体现等价交换。"表哥"可以变形，拥有强大的天赋，但是他的代价是牺牲了自己的真诚而去成全他人；"表哥"变形后可以放肆抒发情感，结果就是不要自由去坐牢；"表哥"想变成一堆流动的沙子就要承受身体解体的风险……变形是事物以一种形式换另一种形式，以一种形态换另一种形态。

人善于假借外物，人并不是工具本身。变形虽然需要付出代价，但绝对不是工具的别称。"人非草木，亦非工具，尽管大众会自比螺丝钉，但这并不代表人就等同于物，相反，人应是具有独立人格的存在。"① "表哥"之所以想冲破多层枷锁，是因为人是有灵性的，是独立存在的个体。当所有人都把他当成工具时，他并不甘于沦落至此，所以他出狱之后不再想变形了，这是他对现实和命运的反抗。他不是不乐于助人，而是在乐于助人的过程中被看成了工具而失去了最真实的自我。变成一根擀面杖或是一把椅子都是他不甘愿的，人非工具也非奴隶，人的价值不该被当成工具来利用。人是有精神境界的，"超越肉体需要的精神追求、超越必然束缚的自然追求、超越个人私利的利他追求和超越现实世界的理想追求，是人的精神境界的重要表征"②。"表哥"并不是拒绝变形，只是深陷于他不能按照自己意愿去自由变形的悲痛囚笼。文中有一句话说得非常好："有些人不甘只成为人。有些齿轮一定要运转，才不会生锈。"③ 自己有着变成导弹去报效国家的才能，为何屈于小屋？要是非得服务他人不可，那人也不应该是工具，最终的成果，应该叫一厢情愿。最后一次变形，也是一次永恒的变形，是除开所有，不顾一切。在最后，"表哥"成功地变成了一堆沙子，他终于冲破囚笼，与天地融为一体，获得真正的快乐和自由了。他不用再变成所谓的世俗工具了，他不用再理会人世间因为变形带来的种种矛盾，他不用再迁就他人，为他人利用，他终于做回了他自己。

四、结语

最后一次变形是一次永恒的变形，"表哥"最终得偿所愿，变成了一堆沙子，以自己的方式活着。路魆笔下的"变形"是那么地成功，让人久久回味。"变形"情节的设置用意至深，用现实生活中不存在的幻想变形来写现实生活中的真正变形，激化矛盾、兜兜转转，把人们对现世生活的无奈和对人性的追求淋漓尽致地展现了出来。无论是理想与现实、主动与被迫、真诚与虚伪，最终都化作一片沧海桑田了，"表哥"以他自己的方式活着，实现了一次真正的变形，逃出了那个所谓的自由囚笼，无拘无束。

"表哥"最后的潇洒是经历了无数次变形之后才得来的，像"我"这样的凡人只能生活依旧，暗示了实现人生境界的升华之不易，变形亦是成长。同时，

① 袁毅扬：《论工具人》，《散文百家（理论）》2021 年第 3 期。
② 徐斌、陈国娜：《人的精神境界几个重要表征》，《中国高校社会科学》2016 年第 2 期。
③ 路魆：《最后一次变形》，《收获》2021 年第 4 期。

小说变形情节的设置十分新颖，跌宕起伏的情节引人入胜，把抽象的东西形象化了。实际上，"变形"不仅是"表哥"单纯的肉体交换，还是他从身体到心理成长的飞跃。怎么看待变形，要不要变形，如何去变形，变形成何样，全都是我们的自由。追求更高的精神境界，我们都需要学会变形，冲破现实生活和人性之间矛盾的囚笼，获得独立的自我。小说变形情节的设置合乎情理，能够很好地激发读者对人性和现实的思考，意味深长，值得我们一品，再品。

（作者信息：邓巧茵，广东肇庆人，肇庆学院文学与传媒学院2022级汉语言文学专业本科生）

从网络文学到影视剧

——论《闻香榭》的跨媒介多元传播

叶锦淳

网络技术的迅速发展、电子媒介的兴起在很大程度上推动了传统媒介的发展与革新。当今，文学的传播不再仅仅依赖于语言文字，将文学作品搬上大荧幕逐渐成为流行趋势，多种媒介的结合传播在如今大有愈演愈烈的趋势。①

《闻香榭》是广东省肇庆市青年作家徐爱丽（笔名：海的温度）所创作的系列小说，主要讲述了古代胭脂水粉香铺"闻香榭"里发生的离奇故事，豆瓣评分均在 8 分以上。2022 年 8 月 11 日，该小说被改编为影视剧在搜狐视频热播。该影视剧是由张楠执导，王瑄、徐滨等演员主演的古装玄幻爱情轻喜剧。开播至今，"闻香榭恋爱内卷古偶""直球式恋爱能有多香""闻香榭表白名场面"等全网热搜超过 23 个，微博相关话题阅读量也达到近 2 亿次，讨论量突破 16 万次，在抖音、快手等短视频平台上也有多个话题登上实时热点，备受热议。《闻香榭》在当下竞争激烈的古装剧"战场"中，闯出了一条属于自己的道路。本文以《闻香榭》为对象，分析其跨媒介多元传播的过程与形态，借此引发对网络文学跨媒介传播的一些思考。

一、跨媒介传播的概念

所谓跨媒介传播，是媒介市场发展的结果，是信息在不同媒体之间的流动与互动。它包括了两层含义：一是指相互信息在不同媒介之间的交叉传播与整合；二是指媒介之间的合作、共生、互动与协调。受众需求是跨媒介传播产生

---

① 韩传月、高梦琳：《网络文学〈琅琊榜〉的跨媒介传播研究》，《广西质量监督导报》2021 年第 1 期。

的社会基础，当单一形式的传播媒介不能满足受众需求时，跨媒介传播便应运而生了。①

二、以《闻香榭》为代表的网络文学创作生态

2011 年，网络小说《闻香榭》开始在天涯论坛进行刊载，一经问世就吸引了一大批读者，几个月内便创下 1 000 多万次的点击量，随后，徐爱丽便签约雁北堂中文网，在该网站上进行《闻香榭》的连载更新。2013 年，《闻香榭》系列小说由上海人民出版社发行。有别于传统文学的发行方式，随着近几年网络媒介的发展和版权意识的加强，涌现出了一大批网络阅读软件，如番茄小说、晋江文学城等，作家们在网络上连载小说，读者付费阅读，平台与作家都能获得收益。然而，一旦网络连载的小说拥有极高的阅读量或带来不菲的收益时，绝大多数作者会选择出版纸质书，进一步打造 IP（Intellectual Property），而大部分的读者也依旧会为其买单。因此，现代网络文学 IP 的产生是融合了线上与线下两种媒介的。这种产生方式，一方面降低了因为文章质量不佳和市场评估失误带来的损失，另一方面可以为公司和作者带来双重收益。

三、《闻香榭》的跨媒介传播

1. 优秀的文学作品是影视创作的重要基础，小说本身的高质量为其跨媒介传播奠定了坚实的基础

《闻香榭》的故事元素丰富而多元，它将故事背景设定在奇幻悬疑的世界里，这就很好地迎合了年青一代的喜恶偏好与情感诉求。爱情是《闻香榭》影视剧的主线，但其并没有为了爱情主线而刻意突出主角，淡化配角与剧情，而是完整地讲述了每个人身上的故事，展现人物的多样性：好人会自私，坏人也会有高尚的一面。即使是配角，也有鲜活的灵魂，而不是推进剧情的"工具人"。观众会为因贪念太重不被救赎的"师兄"而叹息，也会为痛失爱妻的柳中平而心疼。同时小说还融合了正与邪、善与恶、坚守与背叛等超越时间与空间、性别与年龄的故事元素，这些故事元素能够在各种新型媒体环境下实现跨媒介多元传播，成为吸引各阶层人群的主要因素。

---

① 王雪枫：《浅析跨媒介传播的意义》，《语文学刊》2009 年第 24 期。

传统文化与奇幻悬疑的结合。《闻香榭》是一部以制香为题材、以大唐盛世为背景的古典奇幻悬疑小说。书中不乏对古法制香的过程进行细致的描写，可见作者参考大量历史文献和考据材料，对中国古代胭脂水粉制作工艺与中国传统香草进行了细致入微、分门别类的整理挖掘，并且与大唐的风土人情、设计精巧的故事情节完美地融合在一起，在推动小说情节的同时也弘扬了中国传统独特的制香工艺，极具东方古典魅力。而隐于人世的三百年女妖婉娘、具有灵异功效的胭脂水粉、人类身上的"凡尘六香"等角色与设定则为小说增添上了几分玄幻色彩。传统文化与奇幻悬疑的巧妙结合，使得《闻香榭》既有娱乐性也有历史性，是深度和广度、亚文化与主流文化的兼容并包。

2. 高关注度与接受度为影视作品实现跨媒介传播提供了可能性

近年来，粉丝效应正逐步成为一种新的营销和传播方式，粉丝与收视率的密不可分性成为利益的驱动力，而 IP 改编的收视率很大程度上倚重于"原著粉"，因此忠于原著是收视率的基本保障。《闻香榭》的跨媒介传播要实现粉丝群体从文学到影视的媒介转化，剧情与原著必须互相贴合。《闻香榭》改编成影视剧后，其主要剧情、人物成长与场景设定等方面基本上还原了小说，获得了原著粉丝的认可与支持。然而，过多的重复也会导致粉丝审美疲劳，传播范围受限。因此，从文学到影视的转化过程中也要注重创新，兼顾潜在观众的需求是其"出圈"的重要因素。《闻香榭》改编成影视剧时，也在角色与剧情上进行了一定的精简与调整，将原著中次要或重复的人物删去，把小说中的女性角色方沫儿改编成男性角色方沫，将剧情重心更多放在婉娘与方沫之间的情感建构上，削弱了"闻香榭"所遇到的奇闻怪事，将一些没有必要展现的情节，以旁白带过，让剧情更加紧凑的同时，也兼顾了其整体性，给观众带来了不一样的观感。

此外，《闻香榭》的宣发团队进行了广泛而全面的宣传推广，利用网络技术与地方资源，实现线上与线下多种宣传途径的结合。新媒体技术的发展为影视剧的营销提供了更为广泛的手段，《闻香榭》制作方组织精英剧宣力量，为该剧主演拍摄了极具个人特色和角色标识的短片与海报，进行了广泛的宣传推介，同时依托抖音、微博、小红书等平台，打造"人鱼 CP"等话题模式，在较短时间内实现了《闻香榭》在大众群体中的曝光度和浏览量。同时，在作品本身的品牌赋能下，肇庆本地媒体对作家徐爱丽的访谈、文学机构开设的研讨会等激发了不同消费群体对于《闻香榭》的新鲜感与尝试感，有效扩大了其知名度。

3．兼顾了不同媒介的特点

《闻香榭》系列小说包含《闻香榭：脂粉有灵》《闻香榭：玉露无心》《闻香榭：沉香梦醒》《闻香榭：镜花魔生》四册，共 105.11 万字。要以影视的方式呈现如此长篇幅的内容必将耗费相大量的人力、物力和财力，且无法预估收视收益能否填补前期投入。而根据中国互联网络信息中心（CNNIC）的统计，截至 2022 年 6 月，20～29 岁、30～39 岁、40～49 岁网民占比分别为 17.2%、20.3% 和 19.1%，高于其他年龄群体，网民呈现出年轻化的态势。改编后的《闻香榭》影视剧一共 14 集，每集在 40 分钟以内。快节奏而紧凑的剧情、"直球"式的打法更符合年轻观众的娱乐需求和对情感关系的接受方式。

除此之外，相较于网络文学而言，影视剧更注重视觉审美。网络文学转换为影像作品，最大的特点之一就是能够具象地提供情节场景及人物形象。《闻香榭》影视团队在服化道、选角等方面都颇具匠心。贴合人物的服装造型、精致华丽的制香工具、古色古香的室内置景、电影质感的画面呈现以及明快流畅的剪辑手法等，都给观众带来了绝佳的视觉体验，其以小而美的制作造就了高质量的影视剧。如剧中女主角婉娘喜好逛街购买首饰衣裳，她在日常生活中也精心装扮自己，如华丽或纱制的衣裙、精致的耳环与头饰、温婉的妆容等。而在外出采药时，婉娘则穿着一袭黑衣，妆容素淡，英姿飒爽，颇有巾帼不让须眉的风范，让观众眼前一亮。在"眼球经济"时代，帅哥靓女是消费主义意识形态垂青的对象。《闻香榭》影视剧中具有大唐华美之风的高颜值演员也是吸引观众眼球的重要法宝。

四、跨媒介传播过程中的问题

第一，传统文化气息的削弱。《闻香榭》一书中，一个突出的亮点就是对传统香文化的传承。小说中有大量香草种类科普及制香场面的描写，如《闻香榭：脂粉有灵》中对胭脂水粉制作过程的描写："要把上好的当年新米泡在水里，过个几天等酸味弥漫时，捞将出来，用石磨推成极细的粉末，然后澄在一旁。等到清水跟粉浆分开时，将清水氽出倒掉，剩下的放到阳光下暴晒。干了之后，将粉末刮出，再细细研磨，用细筛子筛了，加上些同法炮制的桃花粉、茉莉粉等，便成了香滑轻盈的'桃面粉'和'紫粉'。"这些细致的描写将读者带进了一个神秘又迷人的香粉世界。上海书店出版社编辑方蔚楠对此大为称赞：

"《闻香榭》中处处可见对中国传统文化智慧的赞许之情，尤其关于古法制香的描述，让小说在情节推动的同时也弘扬了传统文化的工匠精神，独具东方古典魅力，又无一丝生涩枯燥之处，是网文中弘扬中国民族艺术、文化和传统价值观的新生代清流。"然而，改编后的影视剧则更加突出了《闻香榭》中的玄幻色彩与爱情元素，削弱了传统文化气息。

第二，语言特点的流失。该小说的特点之一在于其语言清新文雅，颇有古典韵味。如《闻香榭：玉露无心》中对静域寺的描写，"门内松柏巍巍，绿意盎然，梆梆的木鱼声便随着袅袅的青烟，在冬日越发显得静谧悠远。树顶的白雪尚未消融，与松针上闪亮的冰凌相映生辉，映出团团簇簇的墨绿、灰绿、浅绿来……"网络小说所改编的影视剧为了能拥有更多的受众，会使遣词造句更加通俗易懂，然而一旦没有把握好通俗化的尺度，便会趋于娱乐性和肤浅化，长此以往，文化产业就会迷失在消费主义的旋涡中。影视剧《闻香榭》中无论是旁白还是主人公的对白，都没有沿袭原著语言文雅与古典的韵味，稍显平淡无奇。

"电影话语需要在叙事方式个性化、叙事内容人文化、叙事空间真实化等方面进行变革，叙事内容要更加注重故事的客观纪实性与主观表现性，将人物的心理空间、情感空间和思维运动全方位体现出来，更好地实现电影的美学价值、文化价值与社会价值。"[①] 网络文学跨媒介传播在我国风靡已久，然而不可否认的是，IP改编依旧处于发展阶段，从网络小说到网络剧的转化不够成熟，虽有佳作，但整体制作水平偏低。面对网络IP爆热的现象，我们需要更多冷静的思考，网络文学的跨媒介传播不是一时的商业盈利模式，如何突破古代宫廷、玄幻仙侠、情感纠葛等老套叙事框架的禁锢，实现文学与影视跨媒介传播的完美结合，打造更加精良的作品，是未来网络小说改编成影视剧需要不断探索和解决的问题。

（作者简介：叶锦淳，广东揭阳人，扬州大学新闻与传媒学院新闻与传播专业2024级硕士生）

---

① 李娟：《影像媒介叙事中的民族集体记忆建构——以四部"南京大屠杀"题材的电影为例》，《中州学刊》2013年第9期。

附　录
诗歌梦与人格志
——陈陟云诗集《黄昏之前》研讨会述评

黎保荣

　　2022 年 2 月 19 日晚上，肇庆市文艺评论家协会、肇庆学院文学院共同举办的陈陟云诗集《黄昏之前》研讨会，以腾讯会议的方式在线上进行。研讨会由肇庆市文艺评论家协会主席、肇庆学院文学院教授黎保荣主持，邀请了北京大学中文系姜涛教授、首都师范大学文学院张桃洲教授、中国人民大学文学院杨庆祥教授、中山大学中文系林岗教授、岭南师范学院文学院张德明教授参与研讨，同时邀请肇庆学院文学院专业播音员向海燕老师朗诵了陈陟云的诗歌《一生不变的爱情》。

一、大传统与小传统

　　所谓"大传统"是指陈陟云的诗歌继承中国古代诗歌的"隐秀"传统，而所谓"小传统"则指陈陟云的诗歌继承 20 世纪 80 年代的中国新诗传统。

　　姜涛教授指出，陈陟云诗集中的诗歌没有标明具体的写作时间，但读下来感觉收入了不同阶段的作品，有些变化，也有不同的类型，有早期的咏史诗、纪游诗，也有写日常生活的诗，但整体上继承了中国古代诗歌的"隐秀"传统。他认为陈陟云的诗歌是一种沉思型的诗歌，风格比较统一，诗如其人，抒情性比较强，内敛，低调，从容。陈陟云本来长期在法院担任领导，生活阅历比较丰富，入世很深，但是他很少写他的生活经历，有一种隐逸的气息，更多倾向于凝定自身，凝定孤身一人时独处的感受，写山水、自然，在山水、自然中凝望、驻足，停留下来反思自己跟自然的关系，有时写他深夜的感受、自照、冥想，他的诗歌与其工作生活具有较大的反差。

　　20 世纪 90 年代以来，很多诗人非常追求社会、历史的包容性，追求如何记录现实，如何表现批判现实，在复杂的社会中发现新的经验，这是现代诗歌非常重要的抱负，也是其现代性的特征所在。但是除此之外，其实无论中国还是西方，无论古代还是现代，都还有一个非常深厚的诗歌传统或脉络，那就是在写作中怎样调节自己和语言的关系、自己跟身心的关系、自己跟自然的关系。姜涛教授认为，陈陟云诗歌虽然有不同的类型和主题，但更多地具有调节自我和语言的关系，跟世界拉开距离，超越具体的、尘世中的复杂的纠葛，在更内在的生命感受层面中展开，其实这样写法是比较难的。如果换了一个缺乏阅历的年轻诗人来写，很容易写飘，甚至写得比较造作，没有深度和意蕴。陈陟云诗歌最好的地方是把比较复杂丰厚的社会人生体验，寄托在看起来相对单纯的事情当中。特别是陈陟云诗集中第一辑的诗歌，有一种非常浓郁的生命流逝、岁月不可追回的感觉，虽然有自然山水风景，但人生的阅历感、沧桑感很重，好像诗歌中的"我"是站在时间的尽头来回看生活，但这不完全是怀旧，一方面是回看人生的历程，另一方面有一种非常强烈的渴望——渴望生命的奇迹、渴望情感的激荡。

　　姜涛教授比较喜欢的一首诗是《这一天就这样老了》，诗中写到竹子的形象，写竹子节节生长，不得不长久弯曲，失去水分，干裂，这样又挺拔，又弯曲，好像在时间中跟自我抗衡，特别有张力，既往上生长，又不断被时间、被生活碾压，特别有代入感。"以空，以直，以秀逸傲立"这一句特别棒，因有前后的张力、压抑、弯曲等铺垫，特别是"以秀逸傲立"的形象，让他联想到《文心雕龙》的隐秀之美，所谓"隐"就是含蓄、蕴藉，有非常多的层次，所谓"秀"就是挺拔、卓绝，态度鲜明。陈陟云诗歌的整体感觉就是这种隐秀之感，一方面写作热烈、鲜明，有一种生和爱的渴望；另一方面风格沉吟舒缓，有非常丰厚的气息和层次，特别能写出心灵的波纹，写出看起来单纯，但实际上很厚重、沉甸甸的感觉。《盛夏里的向日葵》这首也能体现"隐秀"的特征。这首诗写得很热烈，写到了广州番禺的葵庄，那些像烈日开放的向日葵，像特殊年代的病人、疯子一样，被关在医院里、疯人院里，这是凡·高式的呈现，甚至是福柯式的呈现，非常强烈。但后面有个反转，从"葵花"写到"我们"，说"我们"从葵庄离开之后，好像鲁迅《狂人日记》中病后初愈的人一样，过去"我们"也发狂，但现在病好了，回看往事有些伤感，甚至觉得有趣，整体上叙事波澜不惊。诗中提到从葵花的心脏中挖出瓜子，一边嗑瓜子一边聊天，这种反转是由"秀"到"隐"的转换，好像波澜不惊，是一个过客的、过来人的视角，但这种波澜不惊、不动声色中恰恰有一个非常大的个人生命的冲突感。陈陟云虽然已经退休了，但作为诗人来说正值壮年。姜涛教授相信陈陟云以后的写作会非常开阔、从容，也能写出更丰厚的生命体验。

在嘉宾中，杨庆祥教授也认同陈陟云诗歌继承中国古诗的"隐秀"传统。而张桃洲教授则认为陈陟云的诗歌继承 20 世纪 80 年代中国新诗的传统。张桃洲教授说他对陈陟云的诗歌读得比较多，自己收有几本陈陟云的诗集。他觉得陈陟云的诗歌写作有一种持之以恒的姿态，以及一种一以贯之的波澜不惊的气质。从早期的《喀纳斯河》到近期的《黄昏之前》，陈陟云诗歌的调子比较平缓，超越了世间的、凡俗的纷扰，处在一种平和的、安静的状态。深入来谈的话包括三个维度：第一个维度，陈陟云个人身份、专业与其创作的关系，也就是法律与文学的关系。这是个有意思的话题。但正如姜涛教授所说，从陈陟云的诗歌中看不出他的法律专业背景，虽然讨论诗人的创作未必要讨论其专业，但陈陟云从事法律工作，却几乎没写其专业工作的内容，不写他看到的，以及一些比较大的社会话题，从这个角度可以讨论出一些问题来。第二个维度，陈陟云诗歌创作与 80 年代文学的关系。在一定意义上，把陈陟云的几部诗集综合起来看，我们可以把陈陟云称为"80 年代之子"，他的诗歌创作植根于 80 年代，他从 80 年代汲取营养，这种营养一直滋润、丰富着他，一直推动着他的创作。80 年代所具有的理想主义、激情主义、感受方式、人文气息等，对他的诗歌创作有比较大的影响，这么多年，直至近期的《黄昏之前》，80 年代的气息还是非常浓郁。可以说，陈陟云大量的诗歌写作，超越了具体的时间、空间，例如《时日》，是非常抽象的时间，不知道是哪个时间；还有《旷寂》，是非常抽象的状态和心境；而《在河流消逝的地方》，尽管河流出现了一个地点，但不知道是哪里的河流或水域。这些诗超越了现实的具体的时间点、空间点，将它们抽象化为内心的感受。又如《何以为镜》，镜子是非常古老的意象和主题，但陈陟云把自己写作的取材封闭起来、包裹起来，进行内化。第三个维度，陈陟云写的基本上是抒情诗，抒情意味非常重，这也是 80 年代所带来、所赋予的。如早期的《喀纳斯河》就具有一种强烈的抒情色彩、抒情调子。在最新的诗集里，我们可以从《黄昏之前》这首诗来看看它的抒情性究竟如何，一开始第一行"黄昏之前，我必须跟上光的节奏"，一起笔的调子就很沉静，又蕴含一个非常强烈的主体，这句诗定下了全诗的调子。接下来"强暗光之间的纹理……隐迹的影"，这里又出现了一个"我必须"，黄昏之前定下的调子，推动着后面对隐迹的影的追寻，有强烈的主体意识；接下来"它们湿润……在心间抖动"，以及第二段的"大洋彼岸……越过重洋"，读的过程中韵律感就出来了，诗中的"疲惫的水鸟"也是主体意识的投射。结尾的"亲爱的……无期"虽然短促、刻意了一些，跟前面绵长的、韵律感十足的部分不同，呼应主体意识不断地扩展、延展，不断抒发这种情绪，所以在结尾部分进行收束。这是非常典型的抒情诗，抒情意味、抒情色彩非常浓郁。而陈陟云其他的诗歌，也超越了具体的时空，但并不妨碍其情绪的激荡、扩展，泛着涟漪的感受。张德明教授也认同陈陟云诗歌继承了 80 年代中国新诗传统的观点。

二、现代性维度与独特眼光

杨庆祥教授谈及，虽然他在嘉宾中年龄较小，但跟陈陟云交往的时间却较长。他 2009 年 12 月就写了陈陟云长诗《新十四行：前世今生》的评论，觉得非常惊艳，评价较高。杨庆祥教授认为，陈陟云诗歌不只是植根于 20 世纪 80 年代汉诗写作的传统，还跟中国古代文人的"隐秀"传统密切相关，整体给人一种内热外冷的基调。例如陈陟云的《新十四行：前世今生》就与中国古典诗歌甚至是古典文化传统有关，有着不少戏曲尤其是粤剧的特征，事实上陈陟云本身也的确喜欢听粤剧。而陈陟云其他的诗歌写作也会有戏剧性的冲突、戏剧性的片段、戏剧性的对话，这样一种戏剧性的引入，在某种意义上冲破了一般意义上抒情诗的特征。所以，他觉得陈陟云是一位有自己写作历史、有清晰写作意识的诗人，同时也是一位有代表作的诗人。

但是他更倾向于陈陟云诗歌的现代性维度，他用三个词来概括陈陟云诗歌的现代性特征。第一个词是"确定性"，比如其诗歌《事物的确定性》，可以说是小的戏剧化的片段，在这样的片段里，作为主体的诗人与变化的"你"进行了小小的对话，呈现了一种确定性与不确定性之间的辩证和互动。有意思的是，陈陟云作为一个法官，又有着严谨的世俗秩序和规则，他对事物的逻辑性和世俗秩序的确定性是怎样去理解的？其实，虽然陈陟云的诗歌有很强的抒情色彩，但实际上他的用词及其抒情的姿势非常有法度、非常严谨。在历史的逻辑和词的逻辑里，他想从中化解出去，跳脱出去，因此经常孤独一人，面壁，打坐，坚守，通过这些方式变化出去。

这样的变化，通过一种非常有想象力的方式、变形的方式来化解看起来坚不可摧的历史的逻辑与词的逻辑。这就要谈到陈陟云诗歌的第二个词——"变形记"，这种变形几乎无处不在。比如说《今夜无雨，坐听雨》，写想象中的雨、根本就不存在的雨，但这是下在体内的雨。比如说《茶马古道》那个不断死而复生、生而复死的汉子，这也许是陈陟云的一个幻影，诗中的汉子"脸上刀劈的疤痕，却是'生'字最重的一撇"。还有《喀纳斯河》里梦见自己变成昆虫，《时日》里将自己变成鹰，《洪水》里变成鱼，陈陟云通过想象将自己幻化成不同形态的事物、想象中的事物，以此克服历史的逻辑与词的逻辑对他的控制和规训，克服法度对他的控制和规训，获得精神上的自由和心灵上的圆满，这是陈陟云非常自觉的诗歌写作意识。陈陟云诗歌的变形记，很容易让人联想到卡夫卡的《变形记》，但这是一种根植于中国文化的变形。卡夫卡的《变形记》是单向度的，人变成大甲虫就变不回来了，就会被家人扫地出门，但是陈陟云诗歌中的变形则能够随时变化，变回尘世中的人。幻变来自中国文化，它是中国文化和中国当代写作中的重要关键词。"庄生晓梦迷蝴蝶，望帝春心托杜鹃"，"子非鱼，安知鱼之乐"，这是中国传统文化的幻变。网络电影中有不少幻变，例如电影《妖猫传》的幻术，一下子把传统、历史、当下打通了。陈陟云的变形记是双向维度甚至多向维度的，他不停地转换自己的角色和身份，他通过这种变形记，解构了事物的确定性，在整体的意义上，他的诗歌写作看起来非常具有逻辑的秩序，但同时不断把叙事的圆环拆解掉。在此意义上，陈陟云的诗歌不仅有抒情的维度、隐秀的维度，还有一个重要维度——反讽，这也是第三个词。这是在"抒情""隐秀"的传统假面之下，有着现代性的当下的指向。

与其他专家不同，林岗教授更关注陈陟云诗歌所提供的独特视角。他自述很少研究中国新诗，20世纪80年代初，他自己年轻的时候曾在《诗探索》打杂，但很快离开新诗研究。但是读了陈陟云的诗歌，他发现陈陟云具有特别的眼光。

首先，长期的行政经验赋予陈陟云一种特别的眼光。中国古代的文学史尤其是诗文，几乎就是官员的历史，大约95%的诗文作者都是有官职的，这些诗文伴随其在宦海里沉浮，宦海之外的人几乎是沉默的，不会写诗的。当然，比较通俗的民歌、乐府诗属于另外一个层次的文学。这样的官员写作的古代传统，在新诗之后几乎断了，但最近几十年来逐渐有所增多。以宋代的官职来看，陈陟云大概属于南海通判。古代写诗的人，其官员身份对诗歌创作有着一定的影响，帮助他认识人生、认识世界。读陈陟云的诗就有一种读古诗的感受。很多新诗人把诗歌创作当成一件作稻粱谋的事，谋求名利。而陈陟云虽然是业余写作，但他的诗歌深度交织在他的人生里，其好处是"入乎其内，出乎其外"。一个人不写诗则不能"入乎其内"，但是如果没有陈陟云的觉悟，对他所从事的官职和写诗两者的觉悟，又不能"出乎其外"。新诗好不好主要看作者的眼光，因为新诗的修辞手法少了很多，保留下来的东西有二：一是分行，一是意象，与古典诗歌很不一样，古典诗歌有押韵、平仄、节奏、用典等，但新诗在这些方面的经验就少了。所以，新诗的现代眼光就变得很重要，在不同的诗人那里是不一样的。陈陟云的诗歌看不出他具体的行政经验，但是官员的经验为他观察事物带来一种独特的眼光。如《这一天就这样老了》，他这个"老了"实际上是别有用意的，不是一般的年老，正如苏东坡的"路长人困蹇驴嘶"，他走在这条路上，这是磨难较多的路，是需要多重人格去应付的路。在这里面，陈陟云获得了一种眼光去看待，他把自己老了比喻为一辆车，"放"一下也可以，"修"一下也可以，陈陟云这首诗中的"修""放"，就不是一般的意义。姜涛教授也谈到陈陟云写的竹子：一节节长、一节节弯，古人写的竹子是直的，但他写的竹子是弯曲的，这就是一种眼光、一种特殊的经验。其他新诗人写的诗歌一般表达怎样孤独，没有提供一种复杂性。做官的生涯跟他的诗歌，不是一种直接的关系，例如问陈陟云"做法官，为什么不写法律这方面的事情"，这样提问题其实是不对的。他其实是把这些东西进行了变形，无论你在哪个场合，都有一种普遍性，只要你在这个场域，你就摆脱不了这种场域的影响。另外，陈陟云的历史题材的诗歌也具有现代眼光。如《王的盛宴》虽然形式上有待完善，但诗中写刘邦"杀人事业"，写项羽"杀人专业"，写韩信"杀人职业"，眼光就非常独特。对历史有一种直言不讳的发现，用新诗的形式表达出来。他的诗歌的意象、欲言又止的表达，把真情隐含、流露在诗里，他所提供的东西是一种特别的经验，与其他诗人普遍是现代人的感受不同，这是很难得的。"入乎其内，出乎其外"，陈陟云是当代诗坛百花园里，专心写作个人风格、个人特色诗歌的诗人。

三、追求语言精致与诗意丰厚，书写生命幻象与人格志

张德明教授自述他跟陈陟云接触比较多，他的南方诗歌研究中心曾经出过三本评论陈陟云诗歌的书，属于跟踪阅读，如《生命的幻象书写》《细读陈陟云》等书。陈陟云是一个具有诗歌理想和诗歌抱负的诗人，从进入北大之后，就焕发出这样一种抱负。他已经有40年的创作经历，是一位有追求、有代表作的诗人。《黄昏之前》是一个比较优秀的选本。

具体来说，陈陟云诗歌具有四大追求。第一，追求诗歌创作的纯粹性。陈陟云对纯诗写作有着执着的追求，他的私心杂念不多，创作时把自己的身份撇开，进入一个比较纯粹的个人化的世界，这虽与注重日常生活书写的诗歌潮流不吻合，却因此守住了自己的个性。这是一种生命的幻象书写，赋予诗歌一种纯粹的精神力量，他的诗不是对庸常生活的简单录写，而是带着形而上思辨的心灵沉吟与灵魂拷问。这种写作尽管与当下盛行的日常生活书写并不完全合拍，但它更具创作难度和艺术质地，也鲜明地凸显出诗人的自我个性和美学独特性。第二，追求语言与结构上的精致美。陈陟云的诗歌非常精致，没有粗制滥造之作，都是诗人精心打磨的，不能说每首都是精品，但很多诗歌都保证其水准和质量，很少有多余的字眼，整体上达到很高的艺术境地。其诗在语言上极为精致简约，词语的择选和意象的启用都相当精到，极为传神。陈陟云不少诗歌的结构设置也极为精巧，从而实现了内容与形式的和谐统一，具有突出的艺术表现力。第三，追求理想主义情怀的倾情述说。陈陟云不愧为张桃洲教授所言的"80年代之子"，他的诗歌常常闪烁着20世纪80年代理想主义的精神光芒，给人带来人生的启迪和精神的升华。《黄昏之前》这首诗中，诗人一连用了四个"我必须"来表达自己对于行动的坚持，不断前行，不断向着更高的人生目标的执意追寻，这种行动更多是一种精神行动。在《喀纳斯河》里，诗人对于"到对岸去"的追求，与车和对岸渐行渐远的现实形成了鲜明反差，遗憾和怅惘中仍不失对理想的守候，并没有迷失"到对岸去"的理想。第四，追求诗意呈现的繁复与丰厚。陈陟云的诗歌内涵非常丰富、语言非常节制，构成了一种较大的反差，可以说有效继承了"含蓄蕴藉"的古典诗学传统，他的诗歌往往用语精致而韵味丰足，诗意显得繁复而丰厚。这种繁复丰厚的诗学特性，使其具有了极为广阔的文学阐释空间。一定程度上，陈陟云的诗歌具备了可以不断

阐释、反复挖掘的诗学可能。他阅读《黄昏之前》的时候，发觉对一些旧作又有了新的感觉，卡尔维诺认为对于真正经典的作品，每一次阅读都是一次新的阅读，经典是在阅读和阐释之间不断成形的，阅读和阐释是文学作品经典化的重要路径。比如《梦呓》《事物的确定性》《深度无眠》《王的盛宴》《盛夏里的向日葵》等，有很大的阐释空间，值得不断阅读和阐释。

　　而这"四大追求"可以归纳为"两大意识"，一是突出的生命意识，面向个体，面向自我；二是有一种深厚的历史意识，面向世界，面向人类。

　　随后，笔者从艺术手法、精神资源、自我面相、文化蕴涵、特殊眼光等来小结专家们的发言，并用一个词来概括陈陟云的诗歌，那就是"清峻"。这个词的原意是廉洁高尚、公正刚直、清远高耸、简约严明，前两者大约可以指人格，后两者大约可用来谈文风。我们还可以用精致、思辨、寒气三个词来进一步解释"清峻"。

　　所谓"精致"，有三个方面。第一方面主要是指陈陟云诗歌所涉及的生活面不广阔，可谓"极简的生活"，所谓"清"就体现在这里。他很少写他年轻时的贫穷生活、读书生活，也很少写其司法生涯、社会见闻，只有从《故居》《周末，陪母亲在水边散步》《清明即景》《松赞林寺》等极少数的诗歌中，我们才可以看见陈陟云的真实言行，"他在做什么"。本来他身为法官，所见到的世界是很复杂的，但是也许正是因为其法官的身份，注重内敛和隐蔽，也许在他的潜意识中，平时面对的世界、人性已经够复杂了，所以写诗的时候还是不要那么复杂了，从面对世界转向面对自己，把所接触到的复杂的现实世界进行了简化和清理，并将之内化、抽象化，跟现实拉开距离，所以他有不少写古代的诗歌，从现实的世界跳到诗歌的世界。第二方面是语言的锤炼，如《桃花雨》中"以瓷质的声音，桃花落下"。第三方面是内容的浓缩与象征化，如《盛夏里的向日葵》。所谓"思辨"，是指陈陟云诗歌具有一定的思辨性或哲理性，有对复杂关系的思考，不在单一的简单的层面来理解世界人生，如《杯或手：一种存在或缺失》《何以为镜》《事物的真相我们根本就不可叙述》《南橘北枳》等诗。所谓"寒气"，是指陈陟云诗歌中往往表现出阴冷、弯曲、破裂的感觉，如《时日》《体内的玻璃》《躲进一个词》《深度无眠》《深夜醒来独观黑暗》等诗。简言之，陈陟云诗歌以其表面上生活不广、语言精练的"清"，进入更深层面的"峻"，就是那个蕴含着象征性、思辨性与寒气的世界。在此意义上，陈陟云的诗歌是陈陟云的人格志，毕竟，面对自我写诗，最终面对的是自己的人格与思想，他与现实世界拉开距离，却无意中以书写自我的方式，折射了现实世界，折射了现实世界给予他的方方面面。因此，他的诗歌的"精致"实际上是一种"内爆"的精致，而这样的"内爆"却是由于其诗歌的象征、思辨与寒气。

最后，在互动环节，诗人黄礼孩认为这次研讨会上，专家的发言给人启发，也给诗人以新的写作建议。

（作者简介：黎保荣，广东肇庆人，文学博士，肇庆学院文学与传媒学院教授）

后 记

　　出版一本或一套《肇庆文艺评论选》，是十多年前，肇庆市委宣传部原副部长、肇庆市文艺批评家协会（后来改为"肇庆市文艺评论家协会"）主席叶和坚同志的愿望。但因为他并非文学圈中人，所以这一计划迟迟未能实施。而在他大力推荐我当选市评协主席后，还跟我提过几次。鉴于我自己也十分忙碌，所以直至2023年才能舍出时间来完成这件事情，以免再留遗憾。

　　这本《肇庆文艺评论选》中的前两编是市评协会员或市里的评论家的论文，是先由我们从知网阅读后选择，再请作者校对、注释，最后由我来主编，内容涵盖了文学、电影、戏剧、音乐、美术、书法、摄影七大艺术门类。而最后一编是"肇庆当代文学评论"全国征文大赛的获奖征文，除了一篇是优秀奖外，其他篇基本上是一、二、三等奖。目前所选文章，只是鉴于篇幅有限而作的权宜之计。

　　就肇庆文学而言，它属于地方文学，可归入地方文化的研究范围。"地方文学"这个概念，有时称为"地域文学""区域文学""文学地理""地方写作"，它一方面具有地方色彩、地方气息、地方意识、地方视野，另一方面也可能具有中国意识、现代精神、世界视野，如肇庆作家路魆、陈陟云、钟道宇、梁宝星、杨芳等便是如此。

编　者

2024年5月21日